本书为国家社科基金项目"五四前后诗歌汉译文献集成与研究"
（项目编号：18BWW020）的阶段性成果

胡适诗歌翻译
与中国新诗文化转型

Hushi's English Poetry Translation

and Cultural Transformation of China's New Poetry

蒙兴灿　熊跃萍　著

社会科学文献出版社

SOCIAL SCIENCES ACADEMIC PRESS (CHINA)

前　言

　　五四新文化运动作为中国现代史的开端，深刻地影响了中国社会的各个方面。直到今天，我们所看到的中国社会的各种景象，还可以到"五四"前后去寻找端倪。因而，近二十多年来，研究和反思"五四"与"五四"前后中国社会文化思潮及其对其后中国社会发展的影响，成了学界一个持久不衰的热点。但在这些研究中，有一个方面却没有得到足够的关注，那就是诗歌翻译。如果我们同意中国的现代性是一种"翻译的现代性"，那么诗歌翻译就是促成这一"现代性"的重要开端；如果我们同意五四新文化运动是从"文学革命"开始的，那么诗歌翻译就是其中最重要的一着棋；如果我们要证明五四新文化运动带来的中国引进西方思想一事是"正打正着"、"歪打正着"还有"正打歪着"的话，那么诗歌翻译也是一个最好的例子（潘文国，2009：ⅰ-ⅳ）。要研究诗歌翻译与中国早期新诗文化转型之关系，诗人翻译家是最重要的研究对象，而在众多的诗人翻译家中，胡适是新诗理论的倡导者，也是率先用白话翻译英美诗歌的尝试者，顺理成章地被确定为第一研究对象。他的《文学改良刍议》拉开了文学革命的序幕，其后发表的《建设的文学革命论》《文学进化观念与戏剧改良》《谈新诗》等文章为新诗的确立和发展奠定了基础。而他于1919年翻译的英语抒情小诗《关不住了！》被普遍"作为新诗成立的纪元性作品"（王珂，2007：208～212），从这个意义上说，要研究中国早期新诗的文化转型，胡适及其译诗绝对是一个绕不开的课题。

然而，在 20 世纪 50 年代疾风暴雨式的批胡运动后，胡适研究基本上"被打入冷宫"。改革开放后，客观评价胡适的论著不断涌现。胡适作为"新诗开创者"的"贡献得到了充分肯定"，其包含若干首译诗的《尝试集》被公认为新诗的"拓荒之作"和"经典之作"（陈平原，2001：18～36）。

20 世纪 90 年代后，胡适作品大量印行，胡适研究也方兴未艾。2003 年安徽教育出版社推出《胡适全集》，共 44 卷；此外，还有无数胡适的传记、评述和专题论述。北京大学和安徽大学还分别推出了《胡适研究丛刊》（耿云志，1995）和《胡适研究》集刊（沈寂，2000），但这些研究和论述主要集中在胡适对白话文、白话诗、红楼梦研究、整理国故等中国现代学术思想诸方面的首创之功上。近年来，胡适研究有走向更加多样、全面的趋势。一个显著的标志是，台湾学者李敖在其《胡适研究》（2006）专著中称胡适是中国新文化的播种者，黎志敏（2005）、谢向红（2006）、熊辉（2007）等的博士论文和廖七一（2005）、蒙兴灿（2009）、孟泽（2011）、许霆（2012）、陈历明（2014）等的专著均从宏观层面对胡适的翻译有所涉及，也有学者洞察到胡适翻译的《短篇小说一集》在"五四"前后具有"示范性意义"（欧阳哲生，2009：1～10），甚至对将他的译诗《关不住了!》作为新诗成立的纪元也基本认同，反复引证（高玉，2007：181～186），但鲜有人对胡适译诗与中国新诗文化转型的关系进行较为深入的研究。在中国期刊网，以"胡适"为关键词搜索，从 1994 年到 2009 年十五年间可查阅到 1225 篇论文，2000 年及其后十八年间论文多达 2946 篇；胡适研究似乎有成为显学之势。但是，如果再以"翻译"为关键词进行二次搜索，就只剩下 94 篇了，其中有关胡适译诗的论文仅有 43 篇。这些论文有的研究了胡适诗歌翻译中的译者主体性和文本功能的转换（廖七一，2009：121～129），有的探讨了胡适诗歌翻译的现代性源泉及社会文化功能（蒙兴灿，2011：117～120）。这些研究的研究范围窄，涉及的诗歌译本数量少，因此无法让人们全面认识胡适译诗与中国新诗文化转型之间的相互关系。

　　就诗歌翻译而言，"五四"前后最为繁荣。当时诗歌翻译的数量、诗歌翻译的队伍以及诗歌翻译产生的影响，都是史无前例的。而置身于当时诗歌翻译热潮中的胡适，既是新诗理论的倡导者，也是率先用白话翻译英美诗歌的尝试者，其地位与影响无疑是首屈一指的。从历史的角度看，译诗的勃兴与白话新诗的滥觞、中国新诗文化转型以及早期新诗现代性的确立似乎存在某种内在的必然联系。对于这种联系，许多新诗论者虽有察觉，也做过一些零星的论述，但对其中的个案和捉摸不定的影响方式与渠道进行系统探讨的论著尚不多见（廖七一，2006：1～17）。

　　有鉴于此，本书将在系统而深入地分析社会变迁和近代文化转型、胡适文学思想的现代转型基础上，综合运用文化心理学、文化社会学、文化翻译学以及翻译诗学等理论，重点讨论胡适的白话思想与白话译诗、胡适诗歌翻译的语言嬗变与早期新诗诗体转型、胡适诗歌翻译的现代性以及胡适诗歌翻译思想与早期新诗的文化转型，探讨"五四"前后中西文化生态对译诗活动的驱动与制约作用，剖析胡适作为译诗最重要的主体在翻译活动中的主观能动性和文化自觉性，探究胡适译诗从主题到形式到语言再到文化转型，白话诗体最终成为译诗主流的演进历程，阐释在此历程中胡适白话译诗与中国新诗文化转型之互动关系，揭示胡适诗歌翻译的社会文化功能及其为中国新诗的文化转型做出的不可替代的独特贡献。

　　本书在撰写过程中，参考了国内外许多同类论著，吸取了其中许多精髓，在书稿即将完成之际，谨向原著者表示衷心的感谢。在书稿撰写过程中，作者力图做一些积极的探索和尝试，但由于水平有限，加之时间仓促，书中难免存在疏忽与不妥之处，敬请专家、同行和广大读者批评指正。

目 录

第一章 社会变迁与近代文化转型

第一节 清末民初的社会变迁与新文化运动的兴起

新文化运动是清末民初社会急剧变迁的产物，也是鸦片战争以来中国近代社会文化发展的必然结果。新文化运动的兴起与清末民初的社会经济、政治以及社会结构演变有着逻辑和历史的关联。

鸦片战争后，国门初开，中国社会在西方殖民主义的外部强力下开始了不自觉的近代化运动。从魏源明确提出"师夷之长技以制夷"，到曾国藩、左宗棠、李鸿章等为"自强""求富"而发起洋务运动，中国近代化运动最先是从器物和技艺层面开始的。器物和技艺层面的近代化运动虽然没有使中国真正走上近代化的道路，却为近代化运动的深入发展创造了历史条件。正是从洋务运动中分化出来的早期维新思想家提出了"政治不改良，实业万难兴盛"的思想（郑观应，1988：11），使中国的近代化运动从器物和技艺的层面向制度层面深化。从戊戌维新运动到辛亥革命时期，维新派和革命派都把批判的矛头指向封建专制的政治制度，并提出了建立资产阶级民主政治制度的主张。在为建立资产阶级民主政治制度而奋斗的过程中，维新派和革命派都认识到合格的国民对于建立资产阶级新国家的重要性，这就使中国的近代化运动从制度层面开始深入人的精神层面。辛亥革命推翻了封建专制统治，建立了中华民国，然而资产阶级的民主政治制度并没有真正建立起来。在当时的一些人看来民主政治制度在中国不能真正建立起来的根本原因在于多数国民没有民主政治的自觉："所谓立宪政体，所谓国民政治，果能实现与否，纯然以多数国民能否对于政治，自觉居于评价的地位为唯一根本之条件。……共和立宪而不出于多数国民之自觉与自动，皆伪共和也，伪立宪也，政治之装饰品也，与欧美各国之共和立宪绝非一物。"因此，他们提出要建立真正的民主共和国，"非先将国民脑子里所有反对共和的旧理念，一一洗刷干净不可"（陈独秀，1917b）。正是出于这样的目的，他们发起了旨在对国民进行思想启蒙的反封建思想文化运动——新文化运动。这就把近代化运动从制度层面深化到了人的素质和思想文化层面。从这个意义上说，新文化运动是中国近代化趋势的发展，也是中国近代化运动的重要阶段。

新文化运动本质上是一场思想文化启蒙运动，它是中国近代文化转型的必然结果。鸦片战争后尤其是第二次鸦片战争后，西方文化开始以前所未有的规模和势头进入中国。面对汹涌而至的西方强势文化，当时包括个别封疆大吏在内的一些中国人，一方面希望能够用西学来维护和挽救封建王朝的统治，另一方面又担心西方的强势文明冲击中国传统文明的根基，他们特别担心西学将取代他们赖以安身立命的儒家思想文化的正统地位。于是，他们出于一种极其矛盾的心理提出了"中体西用"的口号，试图在为西学争得一席之地的同时，将其作用限制在为中国封建统治和传统文化服务的范围之内。然而，历史的进程并不是他们能够左右的，中学的防线既然已经被西学打入了第一个楔子，那么，整个防线的瓦解就是早晚的事了。戊戌维新和辛亥革命期间对西方近代政治制度的推崇实际上已经在"中学"的防线上撕开了一条更大的裂缝。更具革命意义的是，伴随着西方政治制度和政治思想的传入，经严复翻译而进入中国的进化论，对国人的思想产生了巨大而深刻的影响。在进化论全面传入中国以前，以儒学为核心的中国传统思想文化尽管受到了西学的冲击，但它对中国人尤其是士大夫仍然保持着一种主流的影响力。即使在戊戌维新前，康有为在宣传他的变法思想时，也不得不披上孔子儒学的外衣。但自从严复于 1898 年翻译出版《天演论》以后，西方进化论思想极大地震动了中国的思想学术界，儒家思想因无法回答近代中国的一系列现实问题，而开始失去了往日的那种一统思想学术的地位。到了 20 世纪初，特别是科举制度被废除后，儒学维持其主导思想地位的制度保障不复存在，儒学进一步衰落。民国初年的"国学"复兴运动和孔教运动固然显示了一部分知识分子试图恢复儒学主导思想地位的努力，更显示了儒学地位衰落的既成事实。正是在这种思想文化背景下，新文化运动中越来越多的知识分子以西方进化论为理论武器，全面引进和传播以进化论为理论基础的自由、民主、人权、科学等西方价值观，对中国传统思想文化的核心——儒家学说展开了更为猛烈的进攻。陈独秀的一段话颇能反映出这一时代诉求："欲建设西洋式之新国家，组织西洋式之新社会，以求适今世之生存，则根本问题，不可不首先输入西洋式社会国家之基础，所谓平等人权之新信仰，对于与此新社会新国家新信仰不可相容之孔教，不可不有彻底之觉悟，猛勇之决心；否则不塞不流，不止不行！"（陈独秀，1916b：6～12）由此可以看出，西方进化论的传播使中国近代文化发展到一个新的阶段：以进化论为理论基础的新文化与以封闭为特征的旧文化的地位发生了根本的变化，两者之间"新旧思潮之激战"已经是不可避免的。因此，新文化运动是在中国近代文化转型的基础上发生和发展的，并且将近代中国文化的转型向前推进了一大步。

　　新文化运动的产生和发展与清末民初的社会变迁有着密切的

关系。这突出表现为清末科举制度的废除以及在此前后的教育改革为新文化运动准备的社会力量。首先，新文化运动的兴起是以新知识分子阶层的形成和壮大为其前提的。作为一种新思想和新文化的启蒙运动，新文化运动的领袖们固然有唤起"多数国民之自觉与自动"的用意，然而他们首先面对的应该是知识分子的启蒙问题，特别是青年知识分子的启蒙问题，新文化运动的领袖们都把希望寄托在青年一代身上。陈独秀创办刊物取名"青年"就是把启蒙的希望寄托在青年知识分子身上。因此，一个具有新知识、新思想的青年知识分子阶层，是新文化运动得以兴起的社会基础。而在新文化运动兴起之时，由于清末废除了科举制度，创办了新式学堂，一个有别于传统士大夫的新式知识分子阶层在中国社会已然形成。新式知识分子阶层尤其是那些自由职业者已经不再像传统知识分子那样对于政府有极强的依赖性，而是更多地表现出一种对于政府的离心力，并且具有更强烈的社会参与意识和政治敏感性。这种有别于过去士大夫阶层的新式知识分子阶层，为传播新思想创造了不可或缺的条件，也为开展新文化运动提供了受众群体。

科举制度的废除以及随之突飞猛进发展的西洋式教育不仅为新文化运动中新思想的传播准备了一大批接受群体，同时也为新文化运动中新思想的传播者及运动的实际领导者群体的形成创造了条件。从新文化运动中新思想的传播者和运动的领导者所具有的共同属性来看，他们大多具有留学外国的经历。《青年杂志》（自第2卷起改名为《新青年》）创刊时主编为陈独秀，到第6卷时实行轮流主编制。担任其轮流主编的陈独秀、钱玄同、高一涵、胡适、李大钊和沈尹默等6人都留过学，在新文化运动中非常活跃的鲁迅、周作人、吴虞等人也都有留学的经历。另外，新文化运动期间担任北京大学校长、对新文化运动兴起发挥过特殊作用的蔡元培也曾留学过德国和法国。这说明新文化运动的兴起和发展与清末民初的留学生教育发展有着非常密切的联系。有论者在论述五四新文化运动的历史原因时提到海外留学生对新文化运动的影响，认为"近代中国的改革运动，是由从不同国家归来的中国留学生以及中国自身的传统和历史先例等因素，以不同方式引发的"，在五四新文化运动时期，"思想和运动的新的方向则往往是与从海外归国的留学生相联系的"（周策纵，2016：25）。如"陈独秀1915年自日本回国创办的《新青年》杂志，标志着一个根本性改革运动的开始。这个运动由于蔡元培1916年从法国回国并随后着手重建北大的活动而得到加强。1917年夏季，胡适也从美国回国，加入了这些新知识分子领导人的行列"（周策纵，2016：42）。有意思的是，作者所列举的这三位新文化运动的领军人物留学的国家恰恰是清末民初在思想文化方面对中国影响最大的国家，也是中国留学生前往留学的主要国家。还有一个有意思的现象是，清末民初到日本和欧美留学的知识分子与洋务运动时期到国外留学的知识分子有一个不同的地方，即他们大多是学习西方人文社会科学的学科。上述《新青年》的主编和主要作者在留学期间大部分是学习政治学、哲学、文学的。即使原来有人学习医学（如鲁迅）、建筑学（如周作人）、农学（如胡适），后来也转而学习文学和哲学。他们之所以选择学习人文社会科学学科，主要是为了回国后改造中国的传统文化。正如鲁迅后来提及他弃医从文的动机时所说的："凡是愚弱的国民……第一要着是在改变他们的精神，而善于改变他们的是，我那时以为当然要推文艺。"（鲁迅，1923：1～2）因此，他们回国后大多从事教育和文学创作，这为他们成为新文化运动中的青年导师和新思想的传播者创造了非常重要的条件。就此而言，近代中国留学运动也在一定程度上成就了新文化运动。

作为一场文化革新和思想启蒙运动，新文化运动与民国初年的社会政治发展和政治局势密切相关。可以说，辛亥革命的爆发和中华民国的成立为新文化运动提供了必不可少的政治准备。民国成立以后，在政治上有了一个相对和缓的空间。政治体制的变革以及民主共和思想的传播，为思想自由、言论自由创造了条件。议会政治、政党政治等西方资产阶级政体形式的引入使中国政治体制发生了前所未有的变化。尽管这种政体形式其实并不为广大国民所理解，甚至也没有被当时的知识分子精英们完全理解和把握，但是它对国人的政治心理还是产生过巨大的影响，人们在这种政治体制下享受了在专制政体下所不敢想象的思想和言论自由。虽然后来在袁世凯和北洋军阀统治期间，当局对报纸杂志做出了一些限制，但是那些限制总的说来有限，特别是像上海这样的大城市，言论自由的程度还是较高。新文化运动兴起后，"北洋政府固然对《新青年》的言论和北京大学的活动不满，但是《新青年》及当时新文化运动所受到的限制并不厉害，北洋政府最在乎的是宣传'社会革命'，即所谓'过激派'，对着重于思想方面的新文化运动总体上干预不大"（谷银波、郑师渠，2006：176～178）。相反，当时北洋政府推行的"国语运动"与新文化运动中的白话文主张不谋而合。1917 年 1 月由北洋政府教育部指导建立的国语研究会成立，标志着北洋政府推动的国语运动正式开始。1920 年国语研究会发展会员一万二千多人，"实际上成了政府内知识分子与民间知识分子的大同盟"（谷银波、郑师渠，2006：176～178）。在国语研究会的推动下，1918 年 11 月北洋政府教育部颁布了注音字母，为国语和白话文的普及奠定了坚实的基础。后来教育部又通令全国，规定将教材所用文体由文言文改为白话文。胡适在谈及白话文运动时曾说过："数年前曾主张白话，假如只是这样在野建议，不借政府的权力，去催促大众实行，那就必须一二十年后，才能发生影响。"（胡适之、甘蛰仙，1921）

从民国建立之后的发展形势来说，五四新文化运动的兴起也是对封建复古思想泛滥的一种回击或反动。陈独秀是明白人，他当时就认为，虽然民国已经建立起来了，但国民头脑中仍然存在严重的封建帝王思想，"中国多数国民口里虽然不反对共和，脑子里实在装满了帝制时代的旧思想"（陈独秀，1917b）。高一涵也认为，"皇帝虽退位，而人人脑中的皇帝尚未退位"，尤为显见的事实是："入民国以来，总统行为，几无一处不摹仿皇帝。皇帝祀天，总统亦祀天；皇帝尊孔，总统亦尊孔；皇帝出来地下敷黄土，总统出来地下也敷黄土；皇帝正心，总统亦要正心；皇帝'身兼天地君亲师之众责'，总统也想'身兼天地君亲师之众责'。"（高一涵，1918：4～9）总结历史的教训，高一涵认为这是民国在建立的过程中，只进行"制度革命"而"思想不革命的铁证"（高一涵，1918：4～9）。可以说，清末民初的社会变迁，对思想启蒙运动的需求尤为迫切，这催生了一批具有革命意识的知识分子，他们率先觉醒，引领时代思想与精神，为新文化运动的兴起提供了难得的历史性机遇。

第二节　新文化运动与近代中国的文化转型

新文化运动始于 1915 年 9 月陈独秀创办《新青年》杂志。作为中国近代文化运动的一个重要阶段和一场伟大的思想文化启蒙运动，新文化运动的内容广及近代思想文化的各个领域，它的兴起和发展对中国近代文化转型产生了深刻的影响。

毫无疑问，"民主"和"科学"思想的传播是新文化运动最重要的内容之一。陈独秀在《新青年》杂志的创刊号上，发表了《敬告青年》，最先提出了"科学与人权并重"的命题，并把人权和科学看作民族发展、社会进步的两个重要条件，就好像是"舟车之有两轮焉"。1919 年 1 月，陈独秀在《〈新青年〉罪案答辩书》中明确提出"拥护德谟克拉西和赛因斯两位先生"，从而使

"民主"和"科学"成为新文化运动的两杆鲜明旗帜。新文化运动中以陈独秀等人为代表的新文化派不遗余力地宣传"民主"和"科学"的思想，使中国近代的"民主"和"科学"思想发展到一个崭新的阶段。

新文化派宣传的"民主"有两层含义。一层含义是就国家政治制度而言，即反对封建君主专制统治，建立自由平等的资产阶级民主共和国。第二层含义是独立、自由、平等，以及人格独立和个性解放。就这两层含义的比较而言，他们更重视民主精神，即人格独立、个性解放的方面。陈独秀就特别推崇法国资产阶级革命中的"自由、平等、博爱"原则，主张充分的个性解放，"以个人为本位"，争取"个人独立平等之人权"（陈独秀，1916a）。但他们又普遍认为，民主所包含的两个方面是互相联系、相辅相成的，民主政治必须以国民的人格独立、个性解放为基础；而国民的人格独立、个性解放又必须以民主政治为保障。陈独秀说："所谓立宪政体，所谓国民政治，果能实现与否，纯然以多数国民能否对于政治，自觉其居于主人的主动的地位为唯一根本之条件"（陈独秀，1916b：6~9）。这里所讲的"政治自觉"和"居于主人的主动的地位"，实际上就是指国民的民主精神和民主意识，这正是民主政治实现的最根本的条件。胡适也说过："争你们个人的自由，便是为国家争自由！争你们自己的人格，便是为国家争人格！自由平等的国家不是一群奴才建造得起来的！"（胡适，1930a：134~151）这就更明确说明了"民主"两层含义之间互为条件的关系。

以陈独秀、胡适等人为代表的新文化派在新文化运动中提出的另一个响亮口号是提倡科学。陈独秀在《敬告青年》中指出："凡此无常识之思维，无理由之信仰，欲根治之，厥维科学。夫以科学说明真理，事事求诸证实，较之想象武断之所为，其步度诚缓，然其步步踏实地，不若幻想突飞者之终无寸进也。宇宙间之事理无穷，科学领土内之膏腴待辟者，正自广阔。青年勉乎哉！"（陈独秀，1915：13~18）因此他提出"科学与人权并重"，并把"科学的而非想象的"作为对青年的要求之一。和他们所宣传的"民主"一样，新文化派所提倡的"科学"也包含两层含义，它既指具体的自然科学知识，又指资产阶级所需要的认识世界的科学方法和科学态度。陈独秀在《敬告青年》一文中便指出："科学者何？吾人对于事物之概念，综合客观之现象，诉之主观之理性，而不矛盾之谓也。想象者何？既超脱客观之现象，复抛弃主观之理性，凭空构造，有假定而无实证，不可以人间已有之智灵，明其理由，道其法则者也。"（陈独秀，1915：13~18）在这里，陈独秀把科学与想象截然割裂、对立起来，显然是不合适的。但是，他正确地指出，科学要求主观思想反映客观实际；同时，科学能够在人类已有知识的基础上运用逻辑推理等理性思维方式来认识世界。显然，这里指的是一种科学的认识方法。而这种建立在逻辑思维基础上的认识方法被普遍理解为"科学方法"。如《新青年》曾载文论述"科学方法"："自孔德提倡实证主义，穆勒实行逻辑革命以来，科学方法之重要，渐渐为公众所承认了。科学方法是什么呢？换一个名字说，就是实质的逻辑。这实质的逻辑，就是制造知识的正当方法。"（王星拱，1920：26~29）也有人将"科学"理解为一种"科学的精神"。毛子水在谈到"科学"的含义时认为，从广义上来说，科学有两种含义，一种含义指的是各门具体的科学，另一种含义则是指"科学的精神"。什么是"科学的精神"呢？他说："'科学的精神'这个名词，包括许多意义，大旨就是从前人所说的'求是'。凡立一说，须有证据，证据完备，才可以下判断。对于一种事实，有一个精确的、公平的解析；不盲从他人的说话，不固守自己的意思，择善而从。这就是'科学的精神'。"（毛子水，1919：10~24）这里所讲的"科学的精神"与前面陈独秀所讲的与"想象"

相对的"科学",其基本内容应该说是一致的,即都强调主观必须符合客观。只是陈独秀侧重于认识过程的科学方法,而毛子水则侧重于认识主体的科学态度。还有人将"科学"理解为一种世界观和人生观:"应用者,科学偶然之结果,而非科学当然之目的。科学当然之目的,则在发挥人生之本能。以阐明世界之真理,为天然界之主,而勿为之奴。故科学者,智力上之事,物质以外之事也。专以应用言科学,小科学矣。"(任鸿隽,1915:1343~1352)很明显,这是从认识主体和认识客体的关系角度阐述科学认识的功能与目的。它强调的是发挥人的主观能动性,认识客观世界的规律,从而做自然界的主人,而不做自然界的奴隶。

以上各种对于"科学"的不同理解并没有否定科学是反映客观世界本质和规律的知识体系这一基本含义,只是在承认这一基本含义的前提下,从不同的角度来强调"科学"对于人们认识和行为的规范作用。正是因为有共同的前提,以陈独秀等人为代表的新文化派在倡言"科学"时都普遍认为必须用科学的法则来认识客观事物。正如陈独秀在《敬告青年》中所指出的:"举凡一事之兴,一物之细,罔不诉之科学法则,以定其得失从违;其效将使人间之思想云为,一遵理性,而迷信斩焉,而无知妄作之风息焉。"(陈独秀,1915:13~18)换言之,只有用科学法则来观察事物才能使人们的思想言行遵循理性的原则,从而摈弃迷信和盲目无知的风气。这一对于"科学"的普遍认识,正体现了新文化运动中科学思潮的理性主义色彩。

以陈独秀、胡适等人为代表的新文化派大力倡导"民主"和"科学"既是对民国初年民主政治受挫和复古思潮泛滥的一种回应,更是中国近代知识分子向西方学习、追求现代化思潮的一种发展,"民主"和"科学"的思潮大大促进了人们的思想解放,对中国近代文化转型具有十分重要的意义。

辛亥革命胜利后建立了民国，但这并不意味着就实现了民主政治，相反，实现的却是北洋军阀的专制统治，这使新文化派更加重视对民主政治的研究。尽管当时《新青年》曾公开声明"批评时政，非其旨也"，但实际上新文化派并没有对政治表示冷漠，尤其是在宣传资产阶级民主共和国的政治思想方面他们更是不遗余力。他们认为，袁世凯及其之后的北洋军阀的统治不是真正的民主共和，而是"伪共和""伪立宪"。真正的民主共和国之所以在中国建立不起来，其原因就在于"共和立宪制，以独立、平等、自由为原则"，而辛亥革命后的中华民国缺乏的正是独立、平等和自由的实质。所以他们在宣传"民主"时，更注重其第二层含义，也就是独立、自由、平等以及人格独立和个性解放的宣传，从而使每一个国民"自认为独立自主之人格以上，一切操行，一切权利，一切信仰，唯有听命各自固有之智能，断无盲从隶属他人之理"（陈独秀，1915：13～18）。由此可以看出，尽管他们声明自己"不干预政治"，但新文化运动中的"民主"和"科学"思潮很明显有其政治背景，可以说，以陈独秀、胡适等人为代表的新文化派大力提倡"民主"和"科学"首先是对民国初年独裁专制政治局势和复古思潮的一种回应。

陈独秀、胡适等人还意识到，辛亥革命之所以失败，是因为没有合格的共和国国民，没有"多数国民"的觉悟，就不可能建立一个真正的民主共和国。而要使共和国拥有合格的国民，必须首先唤醒国民、改造国民，使之具有"国民之思想人格"。因此，深受"民主"和"科学"启蒙的新文化派，自然而然就考虑到了改造国民性的问题，遂形成了继辛亥革命后中国近代史上又一个改造国民性的思潮。对于"国民性"的含义，新文化派之间有着不同的理解。陈独秀将"国民性"与"奴隶性"对称，强调要打破"奴隶道德"，实现国民的"最后觉悟之最后觉悟"，也就是"伦理之觉悟"，因而他比较多地从伦理道德的角度来理解国民

性。李大钊在论述"国民之精神"时，较多地强调"自由之精
神""自我之权威""自我之觉醒"，注重于从自我意识的角度理
解国民性。胡适更多从改造国民语言，尤其是诗歌语言的叙事方
式入手，突破旧体诗的樊篱，通过诗体重建输入现代文明之精
神，从而达到唤醒国民、改造国民、重塑文明之目的。鲁迅则将
国民性与人性联系起来，认为改造国民性的目的是塑造"理想的
人性"。尽管这些关于"国民性"含义的理解的侧重点有所差异，
但其基本精神却是一致的，这就是倡导近代资产阶级的个性解
放，实践人道主义思想，力图以此为武器，唤醒国人自我主体意
识，把国人的精神从封建道德和封建文化的束缚和压制中解放
出来。

随着"民主"和"科学"思想的传播，以陈独秀、胡适等人
为代表的新文化派认识到作为"民主"与"科学"的对立面，专
制和武断、迷信和愚昧的理论根源都来自孔教和封建的纲常礼
教，同时国民的各种病态心理和性格弱点，也在很大程度上是在
孔教和封建纲常礼教的熏陶下形成的。出于"民主"和"科学"
启蒙的需要，也出于改造国民性的需要，他们又将批判的矛头引
向孔子学说、尊孔思想以及封建纲常礼教。

首先，他们批判孔子学说是封建专制主义的意识形态和理论
基础。在新文化运动中第一个点名批判孔子的易白沙在 1916 年 2
月发表的《孔子平议》中说："孔子尊君权，漫无限制，易演成
独夫专制之弊。"（易白沙，1916：14~19）正因为如此，孔子成
了历代封建专制统治者乐于利用的"百世之傀儡"。陈独秀也指
出"孔教之精华曰礼教，为吾国伦理政治之根本"（陈独秀，
1916c：8~12），而孔教所主张的"别尊卑、重阶级、事天尊君"
思想正适应了专制帝王的需要，是"制造专制帝王之根本恶因"。
被胡适誉为"四川省只手打孔家店的老英雄"的吴虞敏锐地看到
了封建帝制复辟活动与尊孔读经活动之间的密切联系，着重揭露

了帝制与儒教"交相为用"的关系。他认为"霸主民贼"利用儒家的经传"以遂其私而钳制天下",而儒教则利用"霸主民贼之力,以扩张其势而行其学"(吴虞、康有为,1985/1917:143～146)。因此袁世凯在复辟帝制时就大搞"祭天祀孔"的活动。他还将批判矛头直接指向孔子本人,把孔子称为"盗丘",指斥孔子是"谄佞之徒","湛心利禄,故不得不主张尊王,使君主神圣威严,不可侵犯,以求亲媚"。"诚可为专制时代官僚派之万世师表者也。"(吴虞,1985/1917:97)

其次,他们批判封建纲常礼教和封建宗法制度,尤其是作为封建礼教大全的"三纲五常"摧残人性,阻碍个性自由,是君主专制统治的社会基础。陈独秀视儒家的"三纲"为这封建社会"一切道德政治"的根本,而封建社会的一切道德准则和政治信条都是由这"三纲"派生的,正是这"三纲"使天下所有的人都丧失了独立自主之人格,平等自由之人权,成为封建专制统治的附属品和奴隶(陈独秀,1916a:103)。吴虞认为后世统治者"主'三纲'之说",提倡"忠义"和"孝悌"的最终目的,便是要维护君主专制制度。鲁迅则在《狂人日记》中将封建礼教和仁义道德的本质归于"吃人"。他在文中写道:"我翻开历史一查,这历史没有年代,歪歪斜斜的每页上都写着'仁义道德'几个字。我横竖睡不着,仔细看了半夜,才从字缝里看出字来,满本都写着两个字是'吃人'!"(鲁迅,1918:52～62)这种对封建礼教的深刻揭露产生了极大的社会震动,反对"吃人的礼教"成了当时人们的心声和口头禅。

最后,他们还从反对文化专制主义的角度批判了孔教和儒家学说。陈独秀指出:"盖秦火以还,百家学绝,汉武独尊儒家,厥后支配中国人心而统一者,惟孔子而已。以此原因,二千年来迄于今日,政治上,社会上,学术思想上,遂造成如斯之果。设全中国自秦汉以来,或墨教不废,或百家并立而竞进,则晚周即当欧洲之希腊，吾国有中国历史必与已成者不同。……及今不图根本之革新，仍欲以封建时代宗法社会之礼教统一全国之人心，据已往之成绩推方来之效果，将何以适应生存于二十世纪之世界乎？"（陈独秀，1917a）他认为，正是独尊儒术，导致了中国两千多年来政治上、社会上和学术思想上落后的局面，阻碍了中国社会的发展。因此这种独尊一家的文化专制主义既不符合思想自由的精神，也不适应于 20 世纪之世界。易白沙在《孔子平议》中也指出："孔子讲堂不许问难，易演成思想专制之弊。诸子并立，各思以说易天下。孔子弟子受外界激刺，对于儒家学术不无怀疑，时起问难。孔子以先觉之圣，不为反复辨析是非，惟峻词拒绝其问，此不仅壅塞后学思想，即儒家自身学术，亦难阐发。"（易白沙，1916：14～19）这种对孔子的批判，当然不符合历史事实，但他的主旨是要说明"真理以辩论而明，学术由竞争而进"，反对独尊儒家思想，主张学术自由。

显然，新文化派对于西方文明的推崇以及对于孔教和封建礼教的批判对中国文化的近代转型产生了深刻的影响。这种影响首先表现在文化观的转换上。众所周知，自洋务运动开始，"中体西用"即成了新学的倡导者构建其文化体系的一种结构模式，这一模式"在 19 世纪下半叶为许多人所乐道"（陈绛，1993：83～90）。以康有为、梁启超为代表的戊戌维新派虽然对洋务派的改革提出过尖锐批评，但在文化观上他们与洋务派并没有多少区别。1898 年 6 月，梁启超在代宋伯鲁草拟的《奏请经济岁举归并正科并各省岁科试迅即改试策论折》中写道："夫中学，体也；西学，用也。无体不立，无用不行，二者相需，缺一不可。今世之学者，非偏于此即偏于彼，徒相水火，难成通才。推原其故，殆颇由取士之法歧而二之也。……泯中西之界限，化新旧之门户，庶体用并举，人多通才。"（宋伯鲁，1898：9～11）由此可以看出，以康有为、梁启超为代表的维新派也是以"中体西用"

为基本模式来架构自己的文化观的。戊戌维新失败后，"中体西用"又成了清末新政中的教育改革的理论基础。张之洞在《江楚会奏变法三折》的第一折中就明示："修中华之内政，采列国之专长，圣道执中，洵为至当"，"中华所以立教，我朝所以立国者，不过二帝、三王之心法，周公、孔子之学术"。这里虽然没有概括出"中体西用"的语式，但其精神实质则与"中体西用"别无二致。很明显，清末新政虽废除了科举制度，从而使儒学失去了其占据中国传统文化核心地位的制度性保证，中国文化的结构也开始发生明显的变化，然而，这一变化是渐进的，即使是新式知识分子的文化观也还没有完全摆脱"中体西用"文化观的影响。直到新文化运动时期，以陈独秀为代表的新文化派才完全从"中体西用"文化观的影响下摆脱出来，原来在"中体西用"的文化观中居于"体"之地位的中国传统文化尤其是儒学，现在在新文化派那里成了批判和被改造的对象。

当然，新文化运动中中国文化的近代转型还突出表现在"文学革命"方面。而首举"文学革命"旗帜的当推胡适。1916 年 10 月，胡适从美国给陈独秀写信，对中国旧文学进行了尖锐的抨击，并提出"今日欲言文学革命，须从八事入手"（胡适，1917：26～36）。1917 年 1 月，胡适在《新青年》第 2 卷第 5 号上发表《文学改良刍议》，将前信中提出的"八事"在文字和顺序上稍加变动，再次提出来，即"一曰，须言之有物。二曰，不摹仿古人。三曰，须讲求文法。四曰，不作无病之呻吟。五曰，务去烂调套语。六曰，不用典。七曰，不讲对仗。八曰，不避俗字俗语"（胡适，1917：26～36）。1918 年 4 月，胡适在《新青年》上发表《建设的文学革命论》，又将这八条名之为"八不主义"。在胡适的大力倡导下，一个以提倡白话文、反对文言文为主要内容的白话文运动成为新文化运动的另一项重要内容。当时《新青年》的同人大部分都是白话文运动的积极倡导和参与者，尤其是陈独秀，那篇引发白话文运动的《文学改良刍议》便是他建议胡适用原来的通讯改成的。接着他又写了《文学革命论》一文，对胡适的主张表示大力支持。在胡适提出"甚愿国中人士能平心静气与吾辈同力研究此问题"时，陈独秀非常"武断"地表明了自己的观点："改良中国文学，当以白话为文学正宗之说，其是非甚明，必不容反对者有讨论之余地，必以吾辈所主张者为绝对之是，而不容他人之匡正也。"（陈独秀，1917c）《新青年》从第3卷开始几乎期期都有讨论白话文的文章和通讯。一些白话文的积极提倡者开始注意到了具体的改革问题。如刘半农的《我之文学改良观》、钱玄同的《论应用文亟宜改良》、傅斯年的《文言合一草议》、欧阳予倩的《予之戏剧改良观》等，他们对改革的内容进行了具体的分析，提出了一些有益的改革方案，如应用文改革的问题、汉字横排的问题、新式标点符号的问题、汉字拼音化的问题等。不久，新文化派所倡导的白话文运动开始与北洋政府所倡导和推动的国语运动合流。《新青年》的许多同人都是当时国语研究会的成员，国语研究会的活动成为《新青年》报道的重要内容。由于政府内的知识分子和民间知识分子的共同推动，白话文很快成为规范的、正式的书面语。在1919年4月召开的国语统一筹备委员会成立大会上，胡适、钱玄同、刘半农等提出《国语统一进行方法的议案》，主张"国民学校全作国语，不杂文言，高等小学酌加文言，仍以国语为主体"。这一主张得到官方认同。1920年1月，教育部通知全国："自本年秋季起，凡国民学校一二年级，先改国文为语体文，以期收言文一致之效。"同年4月教育部又规定，到1922年底，各学校一律废止文言文教科书，逐步采用语体文教科书，其他各科教科书也相应改用语体文（王建军，1996：252~253）。

白话文运动只是新文化运动中"文学革命"的一个方面。"文学革命"中更重要的还是文学内容的革命。如果说胡适的

《文学改良刍议》主要是提倡文学形式的改革，那么陈独秀继胡适后写的《文学革命论》则主要是强调文学内容的改革。陈独秀在这篇文章中提出了"文学革命"的"三大主义"：推倒雕琢的阿谀的贵族文学，建设平易的抒情的国民文学；推倒陈腐的铺张的古典文学，建设新鲜的立诚的写实文学；推倒迂晦的艰涩的山林文学，建设明了的通俗的社会文学。这"三大主义"实际涉及文学的本质、文学的目的等文学观念的深层次问题。陈独秀在谈到提出"三大主义"的理由时说："际兹文学革命之时代，凡属贵族文学、古典文学、山林文学，均在排斥之列。以何理由而排斥此三种文学耶？曰，贵族文学，藻饰依他，失独立自尊之气象也；古典文学，铺张堆砌，失抒情写实之旨也；山林文学，深晦艰涩，自以为名山著述，于其群之大多数无所裨益也。其形体则陈陈相因，有肉无骨，有形无神，乃装饰品而非实用品；其内容则目光不越帝王权贵，神仙鬼怪，及其个人之穷通利达。所谓宇宙，所谓人生，所谓社会，举非其构思所及，此三种文学公同之缺点也。"（陈独秀，1917d：6～9）针对"贵族文学""古典文学""山林文学"的这些"缺点"，他提出了建设"国民文学""写实文学""社会文学"的任务。为此，他发表《人的文学》一文，提出了"人的文学"的口号，简明地表述了文学内容改革的核心问题，从而把"文学革命"的理论进一步引向了深入。在"文学革命"的旗帜下，新文学的作家们秉承着以"人生"为主题的文学观念全力进行创造。如果说鲁迅的《狂人日记》是中国文学史上的一座里程碑，标志着现代文学从形式到内容、从思想性到艺术性的基本成熟，那么收录胡适翻译和创作诗歌的《尝试集》则是中国新文学史上第一部新诗集，标志着中国新诗文化的转型。

第三节　社会变迁与文化转型的互动：
以五四新文化运动为例

　　新文化运动和五四运动往往统称为五四新文化运动。周策纵的《五四运动——现代中国的思想革命》一书对五四运动的定义是："它是一种复杂的现象，包括新思潮、文学革命、学生运动、工商界的罢市罢工、抵制日货以及新式知识分子和各种社会和政治活动。"（周策纵，2016：5）显然，周策纵是从"广义用法"的角度下此定义的。如果从狭义上来理解，新文化运动和五四运动则有着明显的区别。前者是以"民主"和"科学"为旗帜，以封建主义的意识形态为斗争对象的一场思想文化运动；而后者则是以反帝爱国为旗帜，以帝国主义和卖国政府为斗争对象的一场政治运动。但是，五四运动之所以爆发与新文化运动又有着密不可分的关系。这种关系是文化转型与社会变迁之互动的体现。

　　首先，新文化运动为五四运动提供了思想上、精神上的准备。一方面，新文化运动传播"民主"和"科学"思想，批判孔教和封建专制主义，史无前例地解放了知识分子，尤其是青年学生的思想。青年学生由于受到西方近代"民主"和"科学"思想的洗礼，不再盲目相信任何权威、服从任何权威。相反，无论这种权威是历史的还是现实的，是思想的还是政治的，他们都敢于质疑，甚至反对与斗争。特别是在新文化运动早期，以陈独秀、胡适为代表的新文化派从反对封建专制主义的立场出发，猛烈抨击北洋军阀政府的专制统治，这实际上挑战了北洋军阀政府的政治权威，影响了北洋政府的声誉和威信。同时，新文化运动使广大知识分子认识到要争取国家主权，必须依靠广大民众，而不能靠独裁专制的北洋政府。因此，当听到巴黎和会中国外交失败的消息时，陈独秀马上意识到国人需要有"对外、对内两种彻底觉

悟"，即"（一）不能单纯依赖公理的觉悟；（二）不能让少数人
垄断政权的觉悟"。从这两种彻底觉悟，他又提出两则宗旨："强
力拥护公理！平民征服政府！"（陈独秀，1919）于是，我们发
现，新文化运动宣传的民主政治理想在五四运动中与实际的民主
政治运动结合起来了，学生们不仅高呼"外争主权，内惩国贼"
的口号，而且直接抨击北洋政府和整个统治阶级。另一方面，新
文化运动宣传的人权至上、人格独立和自由平等诸观念也对五四
运动中青年学生的爱国主义思想产生了深刻的影响。如前所述，
新文化运动宣传的"民主"不仅是一种政治制度，更是独立、自
由、平等以及人格独立、个性解放的观念。这种观念在新文化派
的潜意识里是与国家和民族的独立和自由联系在一起的。正是受
到这种观念的影响，广大学生和其他民众认为他们有权利为国家
和民族利益进行游行示威，有发表反帝反专制言论的思想自由。
正如周策纵所说的："与这个运动有关的许多重要的学生领袖从
一开始就觉察到他们的运动的真正精神并不是单纯的爱国主义，
而是与民意至上、人权至上和思想觉醒等观念密切相连的。"（周
策纵，2016：4～5）

　　其次，新文化运动为五四运动创造了有利的社会文化环境。
上述"民主"和"科学"思想的广泛传播及其对青年学生和广大
民众的影响实际上也是五四运动爆发的社会文化条件。除此以
外，1916 年底出任北京大学校长的蔡元培功莫大焉。他提倡办学
要"兼容并包和学术思想自由"，在北京大学进行了一系列大胆
的改革创新，改变了学校原来思想保守、校风腐败、生活散漫的
局面，使之成为当时思想最活跃、学术风气最浓厚的高等学校，
成为五四运动的摇篮和中心，从而为五四运动的爆发提供了最为
重要的社会文化环境。他聘请陈独秀担任北大文科学长，后者上
任后很快将先前在上海创办的《新青年》杂志迁至北京大学，许
多北大教员或学生，如李大钊、胡适、钱玄同、刘半农、沈尹

默、王星拱等纷纷加入，成为《新青年》的新作者，这样就在北京大学聚集了一个以《新青年》为中心的新知识分子群体，使北京大学迅速成为新文化运动的中心。与此同时，蔡元培还积极支持北大师生创办各类学会与社团，鼓励广大师生研究学问、研究社会。据统计，在蔡元培的大力推动下，"北大成立的各种社团有 27 个"（金林祥，1994），其中也包括一些思想性和政治性的社团。社团尤其是一些思想性和政治性社团的成立为北京大学的学生参与社会的政治活动提供了方便，当然也为北京大学的学生在发起五四运动中发挥骨干作用创造了条件。由此可见，蔡元培为五四运动的爆发做了大量的奠基工作，正是他在新文化运动中对北京大学的改革创新使其形成了社团活动频繁、师生思想活跃的局面，这不仅对北京其他高校，也对全国其他地区产生了非常重要的影响，不仅使北京大学成为新文化运动的中心，而且使其成为五四运动的摇篮。

最后，新文化运动还为五四运动培养、造就了大批鼓动者和精英骨干。"许多在鼓动示威、罢工、抵制日货等活动中起领导作用的人，实际上也是那些推动新文学、新思想以及社会改革的新兴知识分子"（周策纵，2016：4）。新文化运动之初，陈独秀、李大钊、胡适、蔡元培、钱玄同、鲁迅、周作人、高一涵等《新青年》和《每周评论》的主要撰稿人，无疑是"推动新文学、新思想以及社会改革的新兴知识分子"的中坚人物。这些精英领袖"通过激发学生对中国时事的兴趣，使他们对当代世界的现实有所意识，从而促进了运动的发展。他们虽然没有直接提出'五四'游行的建议，但是这一群人中的好斗分子宣称，青年应当担负起监督政府的政策、实行社会改革的责任。从这个角度看，'五四'游行可认为是这些新知识分子领导者教导的逻辑结果"（周策纵，2016：172）。实际上，这些人在五四运动中都以自己的方式对学生的爱国示威游行活动进行了积极鼓动和坚决支持。

更重要的是，那些深受早期新文化运动影响，并积极投身其中的青年学生在五四运动中扮演了直接发动者和领导者的角色，对五四运动起到了极大的推动与引领作用。新文化运动的领导者们基于进化论的观点，把国家美好的未来寄希望于广大青年学生。陈独秀把他创刊的杂志命名为《新青年》，足见其意味深长。他在创刊号上发表的《敬告青年》中这样写道："青年如初春，如朝日，如百卉之萌动，如利刃之新发于硎，人生最可宝贵之时期也。"他希望青年"自觉其新鲜活泼之价值和责任，而自视不可卑也"，"奋其智能，力排陈腐朽败者以去，视之若仇敌，若洪水猛兽，而不可与为邻，而不为其菌毒所传染也"（陈独秀，1915：13～18）。寄厚望于青年学子之情跃然纸上。李大钊也在《新青年》上发表《青春》文章，呼吁"青年之自觉，一在冲决过去历史之网罗，破坏陈腐学说之囹圄，勿令僵尸枯骨，束缚现在活泼泼地之我，进而纵现在青春之我，扑杀过去青春之我，促今日青春之我，禅让明日青春之我"（李大钊，1916：13～24）。这些激情四射的文章和观点无疑激荡着广大莘莘学子之心，吹响了他们积极投身新文化运动的号角。北京大学的新潮社就是当时的一个典型例子。胡适是这个团体的顾问，他大声疾呼、积极支持青年学生投身新文化运动，陈独秀、李大钊、周作人等"五四"领袖也对这个团体的建立以及之后开展的系列活动给予了极大的支持与鼓励。新潮社的傅斯年、罗家伦等不仅是新文化运动的积极参与者、主要骨干，而且也是五四运动的主要领导者。罗章龙在追忆"五四"时曾说，陈独秀当时"一再强调，要采取'直接行动'对中国进行'根本改造'。他的这些观点十分契合当时激进青年的心境，赢得了他们的尊重和敬佩，所以他登高一呼，可谓是应者云集。正是在他的感召与鼓动下，易克嶷、匡互生、吴坚民、宋天放、李梅羹、王复生、刘克俊、夏秀峰、张树荣、吴慎恭、吴学裴、王有德和我等各院校的青年学生，在'五四'前夕，秘密组织了一个行动小组"（罗章龙，1999：26～27）。后来，这个行动小组在五四运动的爆发过程中扮演了极其重要的角色。

当然，五四爱国运动的发生与新文化运动的影响有直接的关系，而五四爱国运动的发生又推动了新文化运动的深入发展，正是以五四爱国运动为契机，新文化运动开始从北京等少数几个中心城市逐渐发展到全国。以白话报刊为例，五四运动以前，全国白话报刊屈指可数。五四运动以后，全国的白话报刊猛增到400多家。五四运动对新文化运动的推动，又是社会变迁对文化转型之影响的一个例证。

第四节　胡适与中国文化的现代转型

五四时期是中国传统文化急剧分裂并向现代转型的伟大变革时代。"德先生"和"赛先生"这两个时代的精灵，唤醒了中国人的现代意识，造就了中国文化新的辉煌，因而被永久地载入了史册。在中国文化现代转型的至关重要时期，胡适的历史作用无疑是巨大的，他的思想起到了承前启后的作用，对思想界和学术界产生了长久而深远的影响。当时有人把他称作中国现代的孔夫子和"现代的伏尔泰"（费正清，2017/1982：55），时人或多或少都从他那里得到过思想的启蒙及思维方式的指导。毛泽东同志在与美国记者埃德加·斯诺的谈话中，提及自己在五四时代的思想状态时，就曾非常直率地承认过这一点。他对埃德加·斯诺说：

> 《新青年》是有名的新文化运动的杂志，由陈独秀主编。我还在师范学校做学生的时候，我就开始读这一本杂志。我特别喜欢胡适、陈独秀的文章，他们代替了梁启超、康有为

做了我的崇拜人物。（斯诺，1984/1937：129）

其实何止毛泽东一人如此，当时许多政治思想领袖式的人物像孙中山、廖仲恺、陈独秀等人，都曾受过胡适开放性思维的影响。由此不难看出，在五四新文化运动的发难期，胡适的确在担当国人思想的启蒙导师。所以，研究中国近现代的文化发展史和思想变革史，若去掉胡适这个"历史的中介物"，或者不实事求是地对其做出科学的评价，那么必然会走上反历史主义的道路。

但是，我们所感兴趣的并不仅仅是一个客观存在的历史事实问题，而是时代为什么会选择胡适，让其在中国文化现代转型过程中担当思想启蒙导师的使命，并能使其在当时的思想学术界产生巨大魔力，征服无数现代知识青年的心？这里面固然有时代的机遇问题，除此之外，还与胡适个人的因素有关。仔细分析，有两点格外分明。

一　新思想的"典范"作用

1917 年胡适在发动"文学革命"运动时，年龄只有 26 岁，无论他的学识还是他的资历，都无法与当时仍然健在且壮心不已的严复、康有为、梁启超、章太炎等人相比。但是，胡适却初生牛犊不怕虎，在短短的几年时间里，"好风凭借力，送我上青云"，名声大噪，雄踞文化思想领域，成为时代新的精神偶像，其影响也远远超过了严、康、梁、章诸人。究其根本原因，就在于胡适自身的言行所起到的新思想的"典范"作用。而恰恰是这一点，为他的前辈们所望尘莫及。

中国文化的现代转型，从鸦片战争结束以后便出现了端倪。当西方的帝国主义列强用象征着现代物质文明的枪炮轰开了中国这座古老城堡的大门之后，民族生存的危机感也越来越牵动着中国知识阶层的心。李鸿章等开明的绅士知识分子发动的"洋务运动",目的就是要变革一下中国被动挨打的现实局面,以"船坚炮利"来抵御西方现代文明对中国古老传统文化肌体的侵蚀。结果中日甲午海战一役,清朝政府苦心经营了多年的北洋水师全军覆没,"洋务运动"随即宣告失败。紧接着,以康有为、梁启超等人为代表的近代城市知识分子迅速崛起,他们或直接或间接地都受过西方现代文明的精神洗礼,思想也开放得多。他们总结了"洋务运动"失败的经验教训,认为仅仅靠"船坚炮利"救不了中国;必须改变现有的政治体制,中国才会有新生的希望。因此他们又发动了一场以实现君主立宪制为内容的"维新变法运动"。然而老佛爷慈禧太后一声令下,抓的抓,杀的杀,这场运动很快惨遭失败。

这两场运动的兴起,标志着中国思想界和知识界现代意识的萌生。他们看到了中国已处于新旧交替的十字路口,不变革现实无法立足于世界,于是奋而起之倡导变革;但他们最终失败的命运,也给后人留下了无数的思考。用我们现代人的眼光来看,尤其是发生于晚清时代的那场声势浩大的"维新变法运动",明显带有思想启蒙的性质。然而,它在指导理论方面,却存在三个内在的限制。其一,运动的倡导者们的行动宗旨是传播西方的新思潮,抨击传统的旧体制;但他们的着眼点只是有选择地对其进行传播介绍,而并非主张对其全方位引进和实际运用,其本质仍是对传统的政治体制进行输血和移植部件,以便延长它的寿命。故当意识形态的领袖们一旦意识到即使是这种有限度的引进过程也会导致他们同传统文化相割裂时,他们都感到了一种从未有过的痛苦和留恋,思想发生了动摇,最终还是退回到"洋务运动"时所提出的"中学为体,西学为用"的老路。实际上,"西学"完全被搁在了一边,胡适在总结梁启超的思想弱点时,就曾指出:

梁先生的文章,明白晓畅之中,带着浓挚的热情,使读的人不能不跟着他走，不能不跟着他想。有时候，我们跟他走到一点上，还想往前走，他倒打住了，或者换了方向走了。在这种时候，我们不免感觉一点失望。（胡适，1930b：11～24）

就连举世瞩目的梁启超都"打住""换了方向"（这种不彻底性，可以说是他对五四新文化运动全面反叛精神采取对立态度的根本原因所在），更何况他人呢？其二，晚清思想界参与启蒙的中坚力量，绝大多数不懂西洋文字，他们只能通过日本这个窗口杂乱零碎地输入一点西方文化的基本知识，而对于西方文化的精髓，都缺乏系统的了解和本质的认识。梁启超曾对此喟然叹息道：

> 晚清西洋思想运动，最大不幸一事焉，盖西洋留学生殆全体未尝参加于此运动；运动之原动力及其中坚，乃在不通西洋语言文字之人。坐此为能力所限，而稗贩、破碎、肤浅、错误，诸弊皆不能免；故运动垂二十年，卒不能得一健实之基础，旋起旋落，为社会所轻。（梁启超，1921：162～163）

其中固然也有例外，比如严复本人就精通西文，他所翻译的《天演论》比较系统地介绍了达尔文的自然进化论和赫胥黎的社会进化论思想，在当时所引起的社会影响也最大。可是，这位"老先生"在功成名就之后，很快便向后退却，栖身于封建势力的营垒，成为守旧派阵营中的一员大将。所以，他也不可能身先士卒，在全社会起到新思想启蒙的典范作用。其三，也是非常重要的一点，即晚清启蒙运动（实际上也包括五四新文化运动早期）的主要领导者，几乎都来源于留日的学生。日本的封建政治与中国的封建文化属于同一母体，虽然明治维新以后，日本的国体迅速向资本主义过渡，但是它的文化意识形态的变更，却不是与经济基础的变更同步完成的。从 19 世纪末到 20 世纪初，日本的政治体制为了彻底摆脱封建文化的重心引力，经历了一个漫长的演化过程。而从封闭状态出来求学的留学生，正是在这种独特而畸形的文化环境中接受着现代文明意识的洗礼，所以，无论他们怎样挣扎，都无法割断他们同封建文化的直接联系，其思想的进步性与保守性是不难想象的。

五四新文化运动前夕的中国近代思想学术界，基本上就是处在这样一种浑沌初开的复杂而又混乱的思想状态中。人们在困惑与焦虑之中，迫切希望能有人揭开新思潮那神秘朦胧的面纱，使它放射出智慧之光以普照国人。而这个曾令无数思想大师颇感困惑的所谓难题，却被刚从美国留学归来的胡适轻而易举地解答了。他在"文学革命"已取得了决定性胜利的 1919 年又先后发表了《"人道主义"的真面目》《实验主义》《杜威哲学的根本观念》《新思潮的意义》等系列文章，从最普通的实践意义出发，对于现代文明意识的精髓做了高度的概括。他指出：

> 新思潮的根本意义只是一种新态度。这种态度可叫做"评判的态度"。……尼采说现今时代是一个"重新估定一切价值"（Transvaluation of all values）的时代。"重新估定一切价值"八个字便是评判的态度的最好解释。（胡适，1919a：12～19）

"重新估定一切价值"这八个字，看起来非常简单，却凝结着胡适对中国近代知识阶层思想病根的理性认识。晚清以来，思想界激烈论战的中心议题，说穿了就是一个在"西学东渐"的前提下，怎样去重新认识民族传统文化的态度问题。由于参加论争的各方既对西方文化的本质缺少必要的了解，又对传统文化的弊端缺乏现实的认识，因此争来争去，都被卷入了主观情感的纠葛里，使之变成了一场"空对空"的理论混战。可以说，晚清的思想文化界是空前活跃的，但所取得的足以自立的实际性成果却几乎没有。胡适则大不相同，他并不急于去解释西方文化"是什么"，也不明确阐明他对传统文化的具体评价，他完全不介入文化本体论的范畴，化高深为通俗，把西方人的现代思维方式和价值观念介绍给国人，引导他们从社会现实生活中的各种事物——上至抽象的"天道"观念，下到具体的人的日常行为方式入手，对于千百年来一直制约着中国人的思维习惯进行全面而深刻的反思。当人们把那些所谓永恒不变的天理、信仰、制度、习惯、圣贤之言等放在"现实价值"的天平上，与人类的现代文明精神进行比较时，它们立刻便失去了往昔神圣的尊严和诱人的光泽。所以，"重新估定一切价值"的口号提出，使中国千百年来视为正统的、正常的、天经地义的概念、制度、信仰都受到了致命的打击，整个社会都感受到了它那巨大而强烈的冲击力。胡适不仅在理论上倡导这种评判精神，而且还率先躬身实践。他运用现代科学方法去整理民族文化遗产，重新评价孔儒思想和古典文学，还历史一个本来面目，先后写下了几百万字的学术著作，他带头改革婚丧礼仪制度，坚决反对将儿女视为私人财产，大力倡导妇女的合法权益，公开向封建的伦理道德观念宣战；他与蔡元培、陶行知等人一道，积极创办实验学校，主张新型教育，目的就是要彻底改变理论与实践相脱离的传统教育体系……在社会生活的诸多方面他都起到了新思想的"典范"作用，引起了全社会的强烈反响。正如孙伏园当时所评价的那样，"'胡适之'三个字之所以可贵，全在……革新方法能在思想方面下手，与从前许多革新家不同"（孙伏园，1922：3）。

二　新文化的"开拓"作用

众所周知，任何一种文化都具有两个层次——一是通俗文化，一是上层文化，而五四时代的胡适，在这两个文化层面上都做了全面的开拓与创新，从而扩大了他在当时思想文化界的深远影响。

胡适发动"文学革命"运动的主要宗旨，是提高通俗文学的社会地位，以便同封建腐朽势力仍占上风的上层文化相抗衡，确立白话文的正宗地位，为新思想的传播准备利器工具。所以，他把那些被封建文人踩在脚下的白话小说、戏剧、诗词、俚曲统统树立起来，作为新文学语言形式的楷模与范式，与上层文化领域中的"四书""五经"等经典文籍相提并论，进而达到全面改造上层文化的目的。陈独秀对于胡适的这一意图十分了解，因此他在《文学革命论》一文中配合胡适的理论，明确提出了"文学革命"的三大主义：

> 文学革命之气运，酝酿已非一日，其首举义旗之急先锋，则为吾友胡适。余甘冒全国之敌，高张"文学革命军"大旗，以为吾友之声援。旗上大书特书吾革命军三大主义：曰，推倒雕琢的阿谀的贵族文学，建设平易的抒情的国民文学；曰，推倒陈腐的铺张的古典文学，建设新鲜的立诚的写实文学；曰，推倒迂晦的艰涩的山林文学，建设明了的通俗的社会文学。（陈独秀，1917d：6~9）

后来，钱玄同、刘半农等人也纷纷加入这个阵营，他们遥相呼应，一出绝妙的"双簧戏"，终于引起了全社会尤其是上层知识社会对于"文白"之争的广泛兴趣和注意，从而使白话文运动迅速普及开来席卷全国，一时间，白话文成了最时髦的语言形

式，得到了人们的认同和接受；《红楼梦》《水浒传》等通俗文学
作品也成为新的经典，受到各阶层人士的青睐和欢迎。白话文的
推广普及，为知识分子阶层和市民阶层提供了现代文明意识进行
直接对话、直接交流的机会；而新的思维方式和价值观念也正是
通过白话文的渠道，输送到了这一部分人中间，为五四运动的爆
发做了必要的准备。为此，国民党中左派领袖人物之一的廖仲恺
先生，亲笔写信给胡适，高度赞扬了他在这方面所做出的不可磨
灭的历史功绩。他说：

> 我辈对于先生鼓吹白话文学，于文章界兴一革命，使思
> 想能借文学之媒介，传于各级社会，以为所造福德，较孔孟
> 大且十倍。（廖仲恺，1994：400~401）

胡适等人发动的白话文学运动，虽然引起社会上轰轰烈烈的
巨大反响，但是那些身居上层文化领域的"抱残守缺"之辈，却
对此恨之入骨。他们在痛骂讥笑之余，又故意押出　副士大夫文
人的清高傲态，认为胡适等人只不过是一群不学无术之类在那儿
哗众取宠、沽名钓誉，而"林琴南辈与之较论，亦可笑也"（严
复，1923：112~128）。这使胡适面对了一个无法回避的严峻现
实，仅仅提倡白话文、翻译与创作新诗，其影响最终不过局限于
通俗文化的层面上，若要促使中国文化尽快转型，就必须打入上
层文化的领域，在那里占有一地并且引发一场革命。这对于胡适
来说，并非一件易事。尽管胡适留美七年，读了不少洋人的经
典，通晓柏拉图、黑格尔，可是他的"国学"功底并不太深，不
仅根本无法同这些学术宗师相攀比，甚至连他所教的几个优秀学
生也不如。罗家伦后来在回忆这段历史时，就曾毫不客气地说：

> （胡适）他初进北大做教授的时候，常常提心吊胆、加

倍用功,因为他发现许多学生的学问比他强(抗战胜利后的第二年,适之先生于北大校庆之夕,在南京国际联欢社聚餐时演讲,就公开有此谦词)。这就是指傅孟真、毛子水、顾颉刚等二三人说的。(罗家伦,2015/1950:151)

但是,令人感到诧异的是胡适在回国后不到两年的时间里,竟能从这种功底上一跃而起,跻身于上层文化的"国学"研究领域,不仅使他的学生折服之至,就连他的学术前辈也大为惊叹。其实,这里面并没有什么高深莫测的奥秘,他只不过是采用了一种全新的思维方式去重新诠释"国学",大大动摇了根深蒂固的传统学术观念。首先,他从自己所熟悉的先秦诸子的思想入手,写了一篇《诸子不出于王官论》的文章,先在哲学领域里向古典哲学的研究权威章太炎先生发难,引起了学术界对他的注意,接着,他在北京大学哲学系教授古典哲学史的课程时,又避开了他所陌生的西周以前的思想发展史,仍从子学的角度插进去,并运用中西哲学比较研究的方法来讲学,使大学生们耳目一新、茅塞顿开。顾颉刚先生在谈到他对胡适这种全新授课方式的感受时说:

> 这一改把我们一班人充满三皇、五帝的脑筋骤然作一个重大的打击,骇得一堂中舌桥而不能下。许多同学都不以为然,只因班中没有激烈分子,还没有闹风潮。我听了几堂,听出一个道理来了,对同学说:"他虽然没有伯弢(指陈汉章先生,胡适接课前的哲学教师,引者注)先生读书多,但在裁断上是足以自立的。"(顾颉刚,1982:36)

任继愈先生也认为胡适这种"截断众流"的做法,"敢于打破封建时代沿袭下来的不准议论古代圣贤的禁例。他把孔丘和其他哲学家摆在同样的位置，供人们评论，这是一大变革"（任继愈，1979：32，40～46）。胡适过人的胆识和敢破敢立的精神，吸引了无数青年学生，就连著名"国学"大师黄侃、刘师培的高门弟子如傅斯年、毛子水、顾颉刚等人也被吸引了过来，并很快成为新文化运动的重要干将。1919年2月，胡适的《中国哲学史大纲》上卷出版发行，这本著作集中了胡适用新思维对中国古典哲学提出的见解，同时也向上层文化领域证明了"像胡适这样提倡白话文的人，竟能读古书，而且能读最难读的古书"（冯友兰，1984：218）。加之蔡元培先生在为该书所写的"序言"中，高度评价了胡适的"国学"功底和中西方哲学之比较研究的新方法，使胡适在上层文化领域的中心北大校园里牢牢地站稳了脚跟。其次，他发动"整理国故"运动，扩大他在上层文化领域里的影响。从1919年起，胡适以"重新估定一切价值"的观念为准则，大力倡导用科学的方法去"整理国故"，重新认识历史。他本人更是身先士卒，埋首故纸，辛勤笔耕，在哲学、宗教、文学、史学等研究方面大获丰收，成绩斐然。他先后写出了《惠施、公孙龙之哲学》《墨家哲学》《庄子哲学浅释》《淮南子的哲学》《菩提达摩考》《吴敬梓传》《水浒传考证》《红楼梦考证》《西游记序》《三国演义序》《白话文学史》《井田辨》《南宋初年的军费》《再论王莽》等数百万言的文章和专著，不仅充分显示出他在考据学方面的非凡才华，同时也使他在学业上受益匪浅。胡适的"国学"功底本来并不很深，但在"整理国故"的过程中，他不断地吸收吃进，大大扩展了他的知识面，加之中国的学术界历来有以考据学的功底来论定一个人的地位和贡献的传统，而梁启超又把胡适纳入正统的考据学派的行列，认为"绩溪诸胡之后有胡适者，亦用清儒方法治学，有正统派遗风"（梁启超，1921：162～163）。这种美誉之辞明显是对胡适"整理国故"行为的误解或曲解，然而却提高了胡适在"国学"研究界的知名度，不仅使他在上层文化领域中站稳了脚跟，同时也开始产生放射性的影响。最后，创建"新红学"派，奠定了他在上层文化领域中的领袖地位。"红学"虽产生于清代，在胡适之前已有蔡元培、王国维等大师名家专门研究，却是在五四新文化运动中，由于胡适把科学的思维方式引入"红学"研究的领域，才扩大了它的社会影响的。从此以后，"红学"便作为一门独立的学科，成为"显学"的一支。胡适前后花费了数年的功夫，写出了十几万字的考证文章。他力排众议，以大量翔实可靠的史料和严谨缜密的推理，考证出《红楼梦》的作者是曹雪芹，并将作品与作者的家世进行了比较分析，从而将"红学"由"索引""猜谜"式的研究，引上了科学的轨道。胡适用他"红学"研究的丰硕成果向社会表明，他不但能为他人之所能为，也能为他人之所不能为，这无疑使其名气大振。胡适打入上层文化领域的过程，正是一种全新的文化思维被中国知识阶层逐渐接受的过程，而中国文化的现代转型，也以此为基点而拉开了它雄浑悲壮的序幕。

胡适之所以能够异军突起、后来居上，成为五四时期思想文化界中新的精神偶像，主要应归功于其思维方式与治学方法，即：历史的眼光、客观的态度、朴实的学风和不盲从定论的自立精神。所谓历史的眼光，就是以进化论的思想为基础，"推翻'六家''九流'的旧说，而直接回到可靠的史料，依据史料重新寻出古代思想的渊源流变"，还它一个历史本来的面目（胡适，2013：194）。所谓客观的态度，就是"对于冷静追求真理的爱好"和"尽力抱评判态度而排除成见去运用人类的理智"（胡适，2015：427~446），以科学的方法去"寻求事实，寻求真理。……没有证据，只可悬而不断；证据不够，只可假设，不可武断"（胡适，1930a：134~151）。所谓朴实的学风，就是在做文章方面，必须首先解决一个"通"字，即"做文字必须要叫人懂得"，化高深为浅显，化玄妙为通俗，使思想观点明白晓畅、流传久远。

所谓自立的精神，就是不轻易地盲从古代圣贤的立言定论，而应对具体研究的问题，用自己的眼光去观察分析、归纳摄取，最后得出自己的结论。胡适的这种思维方式与治学方法，显然与实验主义哲学的怀疑论有着直接的内在联系，然而它却使胡适打破了"国学"研究的传统格局，对通俗文化与上层文化都做了全面的开拓，这使他在知识阶层和市民阶层都拥有大量的崇拜者和追随者。

胡适的开放性思维，与中国文化的现代转型有着不可分割的密切关系，但这并不等于说他的思想完美无缺、无可挑剔。胡适思想的局限性，是由他所信奉的实用主义哲学的内在限制性决定的。胡适在解释"实验主义"哲学的本质时，曾做过这样的说明：

> 实验主义自然也是一种主义，但实验主义只是一个方法，只是一个研究问题的方法。他的方法是：细心搜求事实，大胆提出假设，再细心求实证。一切主义，一切学理，都只是参考的材料，暗示的材料，待证的假设，绝不是天经地义的信条。实验主义注重在具体的事实与问题，故不承认根本的解决。（胡适，1922a）

胡适的这种解释是否符合"实验主义"哲学的真正含义，我们可以姑且不论，但这段话有两处明显是自相矛盾的地方。第一，"一切主义，一切学理，都只是参考的材料，暗示的材料，待证的假设，绝不是天经地义的信条"，试问"一切主义"中包不包括实验主义？它是不是"天经地义的信条"？胡适并没有回答。实际上，他是站在实验主义的立场上而采取排他主义的态度，这导致他在学术问题以及文化问题上的许多偏见。第二，"实验主义注重在具体的事实与问题，故不承认根本的解决"。我们知道，研究问题的目的，就在于解决问题，如果不是为了解决问题，那么研究问题又有何用？胡适在同李大钊所进行的关于"问题与主义"的论战中，就始终坚持着这种矛盾的逻辑。他认为应该抛弃空洞抽象的"主义"，多讨论具体实在的"问题"，"从人力车夫的生计问题，到大总统的权限问题；从卖淫问题到卖官卖国问题；从解散安福系问题到加入国际联盟问题；从女子解放问题到男子解放问题；……那一个不是火燃眉毛的紧急问题？"（胡适，1919b）依照胡适"不承认根本的解决"的逻辑，他所提出的这一大串"火燃眉毛的紧急问题"，根本没有讨论的必要。其实，"五四"时期胡适思想带有一种强烈的非理性倾向，即：主张"破坏"而不考虑"建设"。正是这种倾向的存在，造成了胡适思想上的双重人格："他相信并主张自由主义，提倡'好人政府'，但在中国现代的条件下，却不得不最终依附在独裁政权下。他创作了《终身大事》，歌颂自由恋爱，但在中国条件下，他却不能也不愿与母亲包办的旧式婚姻相决裂，而宁可自己忍受一生。"（李泽厚，1987：15）

但无论如何，胡适在新文化领域中的开拓作用对传统的封建文化所造成的巨大的破坏，是同时代的人无可比拟的。尤其是他把文学革命的主要目标定在了革旧诗的命，可谓稳准狠，因为他明白，所谓白话文取代文言文，成败的关键在诗歌。他看得很清楚，白话文在小说词曲演说等领域取得胜利是不难的，最大的阻力在旧诗，"待到白话征服这个诗国时，白话文学的胜利就可说是十足的了"（胡适，1934：15~31），因为词曲小说之用白话，宋元就已有了，时报议论演说文字用白话，梁启超也已开了头，现在就算取得胜利也没有很大的意义。只有诗才是传统文学真正的灵魂，传统文人最后的精神归宿。推翻了旧诗，对传统文学釜底抽薪，旧文学就再也没有复兴的可能。因而胡适自称在美国留学时考虑的文学革命问题始终在诗歌，他受影响的美国新思潮也是"新诗"运动，而他提出的文学改良"八事"受意象派主张的启示，也明显是针对旧诗的。这些我们在以后的章节中还要详细讨论到，这里不再赘述。所以，在中国文化的现代转型过程中，胡适绝对是一个不可或缺的标杆人物。

第二章　胡适文学思想的现代转型

第一节　历史演进的文学观念

一　胡适的历史进化观：人类历史是点滴式进化而成的

（一）历史进化观念之表现

近代以来，西方文化对中国影响最深、最广的，莫过于"物竞天择，适者生存"的进化论。从 19 世纪 70 年代到 19 世纪 90 年代前期，达尔文的进化论被概略地译介到中国，推动了一部分中国人形成了进化史观。从 19 世纪 90 年代以后，达尔文、斯宾塞、赫胥黎等人的学说被进一步译介到中国，"物竞天择，适者生存"的"生存斗争"学说成了风靡一时的时代思潮。受此思潮的影响，胡适很早就有了历史进化的观念。1906 年，胡适在上海澄衷学堂读书时，写了一篇由他的老师杨千里命题的作文《物竞天择适者生存试申其义》。虽然是一篇命题作文，但也可以看出进化论已经对胡适产生了较深的影响。这篇文章开宗明义："物与物并立必相竞，不竞无以生存也，是曰物竞。竞矣，优胜矣，劣败矣，其因虽皆由于人治，而自其表面观之，壹若天之有所爱憎也者，是曰天择。惟其能竞也，斯见择也；惟其见择也，斯永生存矣。于物则然，于人亦然，于国家亦然。"（胡适，1998/1906：

409~410）从中可以看出胡适的思想中已经有了历史的进化观念。

在留美期间，他的历史进化观念有了进一步的发展。这从他的日记中能得到证明。例如，1913 年 10 月 8 日，他在日记中详细罗列了历史上的那些道德是非观念的变迁情况：

> 古代所谓是者，今有为吾人所不屑道者矣。古人所谓卫道而攻异端，诛杀异己，如欧洲中古教宗（Church）焚戮邪说，以为卫道所应为也，今人决不为此矣。耶教经典以为上帝为男子而造女子，非为女子而造男子，故女子宜屈服于男子，此说今人争嗤笑之矣。不特时代变迁，道德亦异也。即同一时代，欧人所谓是者，亚人或以为非；欧亚人所谓非者，斐、澳之土人或以为是。又不特此也，即同种同国之人，甲以为是者，乙或以为非；耶教徒以多妻为非，而满门之徒乃以为是；民主党以令菲律宾独立为是，而共和党人争以为非。又不特此也，即同一宗教之人，亦有支派之异：天主旧教多繁文缛礼，后人苦之而创新教。然新旧教都以耶稣为帝子，神也，死而复生，没而永存，于是有三尊之说（Trinity）。三尊者，天帝为父，耶稣为子，又有"灵"焉（Holy Spirit）。近人疑之，于是又创为一尊之教（Unitarianism），以上帝为一尊，耶稣则人也。凡此之类，都以示道德是非之变迁。（胡适，2001/1913：200~202）

之后，胡适以进化论的思想对此评论说："是故道德者，亦循天演公理而演进者也。"（胡适，2001/1913：200~202）接着，胡适又说，"道德是非"本身是不会变迁的，所变迁的只是关于"道德是非"的"观念"：

> 然则道德是非将何所取法乎？善恶果无定乎？抑有定

乎？其无定者是非乎？抑人心乎？人心是非观念之进退，其有所损益于真是非乎？抑天下固无所谓真是非真善恶者耶？则将应之曰：天下固有真是非真善恶，万代而不易，百劫而长存。其时代之变迁，人心之趋向，初无所损益于真是非也。事之真是者，虽举世非之，初不碍其为真是也。（胡适，2001/1913：200～202）

在胡适看来，人们关于道德是非的"观念"之所以会发生变迁，是因为"人之知识不齐"。所以胡适主张："吾人但求知识之进，而道德观念亦与之俱进，是故教育为重也。"（胡适，2001/1913：200～202）

需要指出的是，胡适的进化观念与中国当时乃至以后相当长时期流行的进化观念是有区别的。后者信奉"斗争哲学"，认同弱肉强食，强调竞争，把暴力革命和武装斗争当作社会进步的动力。例如20世纪20年代，接受了马克思主义以后的李大钊崇尚斗争哲学，信奉暴力革命。1926年5月他在《马克思的中国民族观》一文中说：

> 我们读了马克思这篇论文以后，应该很明确的认识出来中国国民革命是世界革命一部分的理论和事实。……中国国民革命运动的主潮，自从太平天国动乱以还，总是浩浩荡荡的向前涌进，并没有一刹那的停止。帝国主义对于中国民族的压迫，只有日益增加，故中国民族之革命运动，亦只有从之而日益强烈。……因为对于压迫的还答，只有反抗，对于他们镇压我们的"秩序"的酬应，只有我们反抗他们的骚乱，这便是革命。依"礼尚往来"的礼让，这个骚乱，亦必然的要输运到欧洲去，输运到一切帝国主义的国家去。（李大钊，1962/1926：545～555）

　　姜义华指出，从 19 世纪后期到 1919 年五四运动前后，在差不多 1/4 的世纪中，"从孙中山到陈独秀，都服膺达尔文"，尽管他们对"生存斗争"学说也有所匡正，但这一学说始终是"中国社会变革所依据的最基本的'公理'"。

　　与上述情况不同的是，胡适虽然也相信进化论，但是他批判弱肉强食的社会现象，反对强权，强调互助，主张一点一滴地改良、进化。这种进化观念，尽管在当时的历史语境中显得"不合时宜"，但他始终坚持着。1914 年 10 月 26 日，胡适在日记中说到他对"国家主义与世界主义"的看法，其中包含着他对历史进化的主张。他说，"今之大患，在于一种狭义的国家主义"，"此真今日之大患"（胡适，2001/1914a：508）。胡适指出，这种强权主义最有力的提倡者为德国人尼采（Nietzsche）。因为在尼采看来，世界是强有力者的世界，那些捍卫弱者的道德、法律、慈悲、和平，都是"人道之大贼"，"弱无力者之护符"，"奴隶之道德"，"人道之孟贼"，都应当"斩除净尽"。此时的胡适正醉心于大同主义和世界主义，认为在国家之上更有一大的目的在，更有一大的团体在，如葛得宏斯密斯（Goldwin Smith）所谓"万国之上犹有人类在"（Above all Nations is Humanity）。为了实现他理想中的大同主义和世界主义，胡适对斯宾塞进化论中的某些合理因素予以了肯定：

　　　　达尔文之天演学说，以"竞存"为进化公例，优胜劣败，其说已含一最危险之分子，犹幸英国伦理派素重乐利主义（Utilitarianism），以最大多数之最大幸福为道德之鹄，其学说入人甚深。故达尔文著《人类进化》（*The Descent of Man*），追溯人生道德观念之由来，以为起于慈悯之情。虽以斯宾塞之个人主义，本竞争生存优胜劣败之说，以为其伦理

> 学说之中坚，终不敢倡为极端之强权主义。其说以"公道"
> （Justice）为道德之公理。（胡适，2001/1914a：508～509）

胡适特别强调指出，斯宾塞的进化论中所说的"公道"，是
"人人皆得恣所欲为，惟必不可侵犯他人同等之自由"，也就是
"我之自由，以他人之自由为界"，这是一种主张对于人的自由有
所限制的进化论。与此同时，胡适对尼采的强权主义进行了批
判：自尼采之说出，而世界乃有无道德之伦理学说……其遗毒乃
不可胜言矣。

通过以上分析可以看出，胡适是信仰进化论的，他所信仰的
是一种以公道为基础、富于人文关怀精神的历史进化论。

1914年11月3日，胡适在日记中表达了他对西方近世"各
行其是"说的看法。他说，当韦莲司女士问他"若吾人所持见解
主张与家人父母所持见解扞格不入，则吾人当容忍迁就以求相安
乎？抑将各行其是，虽至于决裂破坏而弗恤乎？"时，胡适以为
此问题乃人生第一重要问题，细思之，若从西方近世倡导个人主
义的学说出发，则应"不容忍"和"各行其是"。他说："凡百
责任，以对一己之责任为最先。对一己不可不诚。吾所谓是，则
是之，则笃信而力行之，不可为人屈。真理一而己，不容调护迁
就，何可为他人之故而强信所不信，强行所不欲行乎？"（胡适，
2001/1914b：515～516）在胡适看来，这种"不容忍"之说，其
所根据，并非自私之心，实亦为人者也。接着，他从历史进化的
立场出发，说明了每个人的思想独立和各行其是的必要性：

> 盖人类进化，全赖个人之自芚。思想之进化，则有独立
> 思想者之功也。政治之进化，则维新革命者之功也。若人人
> 为他人之故而自逼其思想言行之独立自由，则人类万无进化
> 之日矣。（胡适，2001/1914b：516）

　　1919 年 12 月，胡适在《新青年》第 7 卷第 1 号上发表了《新思潮的意义——研究问题、输入学理、整理国故、再造文明》一文，对"新思潮运动"的含义做了解释。他认为，新思潮的精神是一种"评判的态度"，新思潮的手段是"研究问题与输入学理"，新思潮对于旧文化的态度是"反对盲从"，而且要"用科学的方法来做整理的工夫"。而这一切行为的唯一目的则是"再造文明"。在这里，胡适以历史进化的观念对于"再造文明"的"下手工夫"进行了说明：

　　　　文明不是拢统造成的，是一点一滴的造成的，进化不是一晚上拢统进化的，是一点一滴的进化的。现今的人爱谈"解放与改造"，须知解放不是笼统解放，改造也不是笼统改造。解放是这个那个制度的解放，这种那种思想的解放，这个那个人的解放，是一点一滴的解放。改造是这个那个制度的改造，这种那种思想的改造，这个那个人的改造，是一点一滴的改造。（胡适，1919a：12 ~ 19）

　　1926 年 7 月，《现代评论》第 4 卷第 83 号上刊登了胡适撰写的《我们对于西洋近代文明的态度》一文。在这篇文章里，针对有人毫无根据地贬斥西洋文明是唯物的（Materialistic），而尊崇东方文明为精神的（Spiritual）这一现象，胡适以历史进化的观念进行了驳斥。他指出，在东方文明中，眼看无数的人们挨冻受饿，不去想方设法帮助他们努力奋斗，增进幸福，反而把"乐天""安命""知足""安贫"等挂在嘴边，叫人服从命运安排，自欺欺人，安于现状，而有狂病的人又进一步，索性回过头去，"从自欺自慰以至于自残自杀，人生观变成了人死观，都是从一条路上来的：这条路就是轻蔑人类的基本的欲望。朝这条路上走，逆天而拂性，必至于养成懒惰的社会，多数人不肯努力以求人生基本欲望的满足，也就不肯进一步以求心灵上与精神上的发展了"（胡适，1926a：3～11）。在胡适看来，这种懒惰观念、不思进取的民族生存状态，只会使之得过且过而绝不会使之屹立于世界民族文化之林。

接着，胡适从历史进化的观念出发，指出西洋近代的文明之所以是理想主义的，是精神的，是因为从理智上说，它教人训练自己的官能智慧，一点一滴地去寻求真理，一丝一毫不放过，一铢一两地积起来。胡适又指出，真理诚然是发现不完的，但"科学决不因此而退缩。科学家明知真理无穷，知识无穷，但他们仍然有他们的满足：进一寸有一寸的愉快，进一尺有一尺的满足"，"格一物有一物的愉快，革新一器有一器的满足，改良一种制度有一种制度的满意。今日不能成功的，明日明年可以成功；前人失败的，后人可以继续助成。尽一分力便有一分力的满意；无穷的进境上，步步都可以给努力的人充分的愉快"（胡适，1926a：3～11）。

胡适进一步认为，从宗教和道德上说，由于西方人持续不断地寻求真理，所以西方近世文明进化出了新宗教、新道德。在上述分析的基础上，胡适总结性地说，西方近代文明以追求人生幸福为基础，不仅增进了人类物质享受，而且还能满足人类精神需求。

总而言之，在胡适看来，人类社会在物质生活和精神生活两个方面都是可以一点一滴地不断向更美好的方面进化的。这正是胡适的历史进化观念的表现。

胡适对历史进化的主张，还表现在1930年他发表于4月《新月》第2卷第10号上的《我们走哪条路》一文中。在这篇文章中，胡适认为，要想建立一个安全、繁荣、文明的现代国家，就面临着一个道路选择的问题：是走革命的路呢？还是走演进的路呢？抑或还有第三条路可走呢？他认为，这不仅是态度问题，也是方法问题。接下来，他以历史进化的观念论述了"演进"与"革命"的关系，表明了自己对于解决这一歧路问题的态度和方法。他说：

> 革命与演进本是相对的，比较的，而不是绝对相反的。顺着自然变化的程序，如瓜熟蒂自落，如九月胎足而产婴儿，这是演进。在演进的某一阶段上，加上人功的促进，产生急骤的变化；因为变化来的急骤，表面上好像打断了历史的连续性，故叫做革命。其实革命也都有历史演进的背景，都有历史的基础。（胡适，1929a：6～21）

接下来，胡适举例说，欧洲在"宗教革命"之前，就已开展了无数次宗教革新运动，作为历史的铺垫；所谓的"工业革命"，更是历史逐渐演进的过程，而不是暴风骤雨般的革命过程；政治史上所谓的"革命"，也是历史不断演进的结果。在列举上述事例的基础上，胡适得出结论说：

> 所以革命和演进只有一个程度上的差异，并不是绝对不相同的两件事。变化急进了，便叫做革命；变化渐进，而历史上的持续性不呈露中断的现状，便叫做演进。但在方法上，革命往往多含一点自觉的努力，而历史演进往往多是不知不觉的自然变化。（胡适，1929a：6～21）

综上所述，胡适的思想中具有鲜明的历史进化观念，即认为人类社会的历史是由低级到高级、由野蛮向文明进化的，这种进化是由竞争造成的。进化和文明，是一点一滴不断演进的结果，而不是笼统造成的结果。

（二）历史进化观念之成因

胡适历史进化观念的形成，是由当时的历史语境决定的。如前所述，19 世纪 70 年代以后，西方的进化论就已被介绍到中国。胡适在出国之前就已经接触到进化论。1904～1910 年，胡适在上海求学，先后进入梅溪学堂、澄衷学堂、中国公学、中国新公学等 4 所学校。在这个观念激变的时代，在上海这个中国思想最活跃的城市，胡适接触到了许多新思想，其中较为持久的、给胡适打上烙印的是严复和梁启超两个人。在中国公学，胡适拜读了严复翻译的赫胥黎所著的《天演论》。这部书于 1895 年译成，1898年出版，它集中介绍了赫胥黎的《进化论与伦理学》和斯宾塞的《综合哲学》的主要观点，通过译文的增补删削和大量的按语，将赫胥黎的"天人争胜"和斯宾塞的"弱肉强食"这两种迥然有别的观点捏合在一起，为戊戌变法到辛亥革命再到五四新文化运动提供了一种思想和政治变革的主导理论，这对当时包括胡适在内的中国知识分子无疑产生了巨大而深远的影响。胡适在《四十自述》中说：

> 《天演论》出版以后，不上几年，便风行到全国，竟做了中学生的读物了。……在中国屡次战败之后，在庚子辛丑大耻辱之后，这个"优胜劣败，适者生存"的公式确是一种当头棒喝，给了无数人一种绝大的刺激。（胡适，1930b：11～24）

严复的《天演论》在当时的影响，也可以在蔡元培那里得到印证。蔡元培说："《天演论》出版以后，'物竞'、'争存'等语，喧传一时，很引起一种'有强权无公理'的主张。"（蔡元培，1923）

　　读完《天演论》以后，胡适又读了一些课外书，其中有严复翻译的密尔（严复译为穆勒，即 John Stuart Mill）所著的《群己权界论》（即《论自由》[*On Liberty*]）和梁启超在 1902 年到 1904 年写的书。梁启超的文章，对于此时的胡适影响非常之大，使胡适对霍布斯、笛卡尔、卢梭、康德、边沁和达尔文等近代著名思想家有了基本的了解，并使他彻底明白了中国之外还有很优秀的民族、很优秀的文化。在梁启超的思想中，对胡适影响最显著的应该是他的进化论及其所蕴含的进步观。梁启超在发表于 1903 年的《说希望》一文中，从进化论的立场，认为人类文明在不断地进步，因此，我们应该对生活抱有希望。在梁启超看来，"希望者，制造英雄之原料，而世界进化之导师也"，"天下最惨最痛之境，未有甚于'绝望'者也"，"有希望则常人可以为英雄，无希望则英雄无以异于常人"，"老子曰：'知足不辱，知止不殆。'此毁灭世界之毒药，萎杀思想之谬言也"（梁启超，1903：17~23）。胡适的乐观主义精神与梁启超的影响应该是分不开的。

　　胡适曾说，他在十几岁"最容易受感动的时期"被梁启超"破坏亦破坏，不破坏亦破坏"的口号震荡感动，并认为二十五年后他还感觉到梁启超那"抱着满腔的血诚，怀着无限的信心，用他那支'笔锋常带情感'的健笔，指挥那无数的历史例证，组织成那些能使人鼓舞，使人掉泪，使人感激奋发的文章"的"魔力"（胡适，1930b：11~24）。这些事例表明，胡适在出国之前，即十几岁的少年时代已经接触到了来自西方的进化论，这种理论成了他认识世界的一把钥匙，并成为他以后接受实验主义、自由主义之路的桥梁。

　　但胡适真正深入而系统地了解进化论，是在留学美国之后。1910 年 7 月，胡适在二哥的帮助下，在北京参加第二批留学美国的庚款官费生考试，以第 55 名（共 70 名）的成绩获得留学的资格。在美国，胡适先入康奈尔大学农学院，一年半以后，即 1912

年春天，因对农学失去兴趣而转入文学院。留美期间，胡适不仅更深刻地了解了达尔文的《物种起源》，而且对实验主义进化观也有了更进一步的掌握。产生于 19 世纪末 20 世纪初的实验主义是现代西方重要的哲学流派，创始人是美国的皮尔士，后来詹姆斯把它应用到宗教经验上，并提升到心理学和哲学的层面。舍勒随后又把它扩展到真理论和实在论的"人本主义"领域。这样，实验主义的应用范围不断扩大，影响也不断增加。杜威又对它进行了改进，将其界定为"工具主义"或"实验主义"的范畴。

唐德刚在《胡适口述自传》的"注释"中说，"实验主义"在杜威崛起之前通用 pragmatism 一字，意为"实用主义"。这一概念易流于"机会主义"（opportunism）。所以杜威不喜欢此字，乃另造 instrumentalism（机具主义）及 experimentalism（实验主义）。杜氏主张观念必须在实验中锻炼，只有经过实验证明，在实践上能解决实际问题的观念，才是"有价值的观念"，也就是"知识必须自实验出发"。它不是"只论目的，不择手段"。相反，它是为解决实际问题，于实验中选择正当而有效的手段。这就是杜威的"实验主义"。（唐德刚，1998：279）

在杜威的实验主义哲学里，进化论起着重要的作用。杜威把进化论有意引入哲学，并于 1909 年撰文《达尔文学说对哲学的影响》，重点阐释了达尔文进化论的哲学意义，表明他不仅把进化论当作一个自然科学理论，更是从哲学层面认可进化论。在他看来，达尔文进化论的意义已经超越了自然科学界，进入了哲学领域。它对哲学的最重要贡献是引进了一种新的思想方式。这种新的思想方式就是反本质论。在杜威这里，物种的演化是一个自然选择的过程，而不是由神意或抽象理念主导的过程。这样，人们的关注点就从绝对本质转向具体的、变化着的情境。

实验主义哲学一经产生，便迅速传播开来，并支配了 20 世纪以来美国哲学的发展，且对世界各国，特别是一些发展中国家产生了广泛的影响。这一现象绝不是偶然的。罗素认为，"杜威博士的见解在表现特色的地方，同工业主义和集体企业的时代是谐调的。很自然，他对美国人有最强的动人力量，而且很自然他几乎同样得到了中国和墨西哥之类的国家中进步分子们的赏识"（罗素，2015：418）。由于当时的中国正需要由农业社会和个体手工业转向工业社会和集体企业，所以以胡适为代表的一些知识分子对实验主义发生了兴趣。闻继宁也认为，"实用主义真理论讲究实效、讲究行动、讲究证实，比起欧洲传统哲学，它更具有简洁明快、易于接受的特点。所以，无论是从形式上还是从内容上说，实用主义对于讲求实际的美国民众都具有莫大的吸引力"（闻继宁，1999：79）。

杜威实验主义的进化思想，对于胡适的历史进化观念的形成产生了深刻的影响。对于这种影响，胡适曾多次说起过。胡适在《介绍我自己的思想》一文中说："我的思想受两个人的影响最大：一个是赫胥黎，一个是杜威先生"，"达尔文的生物演化学说给了我们一个大教训：就是教我们明了生物进化，无论是自然的演变，或是人为的选择，都由于一点一滴的变异，所以是一种很复杂的现象，决没有一个简单的目的地可以一步跳到，更不会有一步跳到之后可以一成不变"，"实验主义从达尔文主义出发，故只能承认一点一滴的不断的改进是真实可靠的进化"（胡适，1930a：134～151）。

在《我的信仰》中，胡适也说到过杜威的进化思想对他的影响：

> 杜威教师给了我一种思想的哲学，以思想为一种艺术，为一种技术。……我曾用进化的方法去思想，而这种有进化性的思想习惯，就做了我此后在思想史及文学工作上的成功之钥。尤更奇怪的是，这个历史的思想方法并没有使我成为

> 一个守旧的人，而时常是进步的人。例如，我在中国对于文
> 学革命时期的辩论，全是根据无可否认的历史进化的事实，
> 且一向都非我的对方所能答复得来的。（胡适，1931a：2~7）

胡适主张互助、渐进、和平的进化观念与赫胥黎的影响也有
关联。赫胥黎是一个自然科学家，晚年转向哲学研究。他将人类
社会的进化过程视为一种伦理过程，物种进化的特点是紧张而不
停的生存斗争，但伦理过程却要"所有的人相亲相爱，以善报
恶"，献身于"互助这一伟大事业"。他还说，"社会文明越幼稚，
宇宙过程对社会进化的影响就越大。社会进展意味着对宇宙过程
每一步的抑制，并代之以另一种可以称为伦理的过程"（赫胥黎，
1971：57）。

除此以外，胡适在留美期间，结交了许多朋友，美国人发自
内心的乐观精神与蓬勃向上的精神风貌也给胡适留下了深刻的好
印象。在这个地方，似乎没有什么是人类智力不可能做成的。胡
适不可避免地受到这种对于人生持乐观向上的精神感染，数年之
间，他少年老成的人生态度就渐渐得到了治愈，因而养成了乐观
的人生哲学。反过来，乐观的人生哲学则有助于他顺利地接受进
化论。

二　胡适历史进化观中的文学观：文学是随时代的变迁而变迁的

胡适的历史进化观对他的文学思想产生了很深刻的影响，他
的文学思想具有了鲜明的历史进化观念，这种观念在他的《文学
改良刍议》（1917年1月）、《历史的文学观念论》（1917年5
月）、《建设的文学革命论》（1918年4月）、《实验主义》（1919
年）、《白话文学史》（1921年）、《国语文学史》（1924年）、《介
绍我自己的思想》（1930年）等著作中都有鲜明的体现。

　　胡适历史进化的文学观可以从他的文学形式观和文学内容观两个方面得到体现。

（一）历史进化的文学形式观

　　胡适历史进化的文学观念首先体现在他对文学形式的看法上。1916 年 8 月 19 日，胡适在写给朱经农的一封信中说"新文学之要点，约有八事"，八事之中，前面的五件事为"形式的方面"，即"不用典"，"不用套语"，"不讲对仗"，"不避俗语俗字（不嫌以白话作诗词）"，"须讲求文法"（胡适，2001/1916a：464 ~ 465）。不到一个月，胡适写了《文学改良刍议》，在这篇文章里，八件事的次序虽然大变了，但是关于文学形式改良的观点没有变，关于文学进化首先在于形式之变化的观点依然没有变："以今世历史进化的眼光观之，则白话文学之为中国文学之正宗，又为将来文学必用之利器，可断言也。"（胡适，1917：26 ~ 36）

　　早在 1916 年 2 月，胡适就曾说自己的思想有了一个实质上的新觉悟，"我曾彻底地想过：一部中国文学史只是一部文字形式（工具）新陈代谢的历史，只是'活文学'随时起来替代了'死文学'的历史。文学的生命全靠能用一个时代的活的工具，来表现一个时代的情感与思想。工具僵化了，必须另换新的，活的，这就是'文学革命'。……我们可以说历史上的'文学革命'全是文学工具的革命。……这是我的新觉悟"（胡适，1934：15 ~ 31）。这说明，胡适历史进化的文学观首先体现在历史进化的文学形式观上。

　　此外，胡适的这一观念在他的《建设的文学革命论》《〈尝试集〉自序》《谈谈"胡适之体"的诗》等文章中都有明确的表述。胡适历史进化的文学形式观主要从三个方面体现出来：一是历史进化的文学语言观，二是历史进化的文学方法观，三是历史进化的文学体裁观。从历史进化的文学语言观上说，胡适主张用白话取代文言，"文学革命"就是白话替代文言的革命。历史进化的观念使他认定了"无论如何，死文字决不能产生活文学。若要造一种活的文学，必须有活的工具。……有了新工具，我们方才谈得到新思想和新精神等等其他方面"（胡适，1934：15～31）。所以，胡适决心要用白话来征服诗的壁垒，这不但是试验白话诗是否可能，也是要证明白话可以做中国文学的一切门类的唯一工具。

胡适历史进化的文学语言观念之形成有多种原因，其既与晚清以来的语言改良活动有关，也与他在蒙学教育阶段所接触到的一些白话古典小说有关，还与他所接受到的进化论以及他对西方语言学理论和语言学史的了解有关。受进化论的影响，在晚清时期，与文学改良活动相伴而生的语言改良活动就已萌芽并得到发展。很多诗文大家如黄遵宪、梁启超等人都积极从事文学改良活动。在他们的诗文改良活动中，也涉及语言的改良。这就为胡适历史进化的文学语言观的形成提供了宝贵的资源。但又必须看到，晚清以来的语言改良和文学改良是不彻底的，它还没有动摇文言文的正统地位。其根源正在于当时的提倡者由于时代的局限，尚未具备现代性视野，尚未意识到文言文已难以适应现代社会发展的需要。

胡适童年时代在家乡九年的私塾教育里阅读了一大堆白话小说、弹词、传奇。后来，胡适在文学史上力主"白话文是中国文学的正宗"，与其阅读这些书籍有着直接的关系。胡适在中国公学编撰《竞业旬报》，能写一手流畅的白话文，与他早先喜爱阅读白话文学作品有很大的关系。

而与此同时，胡适在"朴学"上钻研极深，染上了"考据癖"。从考证学入手，胡适又逐渐掌握了校勘学和训诂学。训诂学方面的训练，则使胡适具备了中国传统语言学的深厚功底，了解了语言的发展规律，"须知文法和语言文字本身一样都是随时间和空间变迁的"（胡适，1983：121）。胡适在美留学期间，曾经教授过美国人学习中国文言文，而教学效果不尽如人意。在胡适看来，之所以出现这种情况，是因为文言文是一种僵化的不适应交际和教学需要的"半死的语言"。而当时胡适自己的英语学习并没有碰到这样的问题。英语虽然也有古今之分，但当时胡适学习的英语和在现实交际中使用的英语已经是言文一致的了。这种经历，使胡适开始感觉到文言已难以适应现代生活的需要。

胡适在留美期间学习过西方语言学课程，并对欧洲文艺复兴时期的欧洲语言学史有深入的了解。在《胡适口述自传》中，胡适提到他深受康奈尔大学著名历史学教授布尔（G. Lincoln Burr）治学方法的影响，并选了一门他的课程"历史的辅助科学"（Auxiliary Sciences of History），内容包括语言学、校勘学、考古学、高级批判学（higher criticism）、圣经及古籍校勘学等。这使胡适对欧洲文艺复兴时期各民族语言、民族文学的发展史有了接触和了解，这对其语言观念的形成起到了决定性的作用。由于中国当时的语言使用状况与欧洲文艺复兴时期的语言使用状况有些类似，胡适形成了中国文言是"死"的语言或"半死"的语言，而白话是"活"的语言的观念。

在胡适看来，当时所谓的"新小说"，由于不懂文学方法，所以做成了许多又长又臭的文字，只配于报纸的第二张充篇幅，却不配在新文学上占一个位置。胡适还认为，小说在中国近年，比较地说来，要算是文学中最发达的一门了。小说尚且如此，别种文学，如诗歌、戏曲，更不用说懂得文学的方法了。与此相对照的是，西洋的文学方法，"实在完备得多，高明得多"，因此，为了创造中国的新文学，"不可不取例"（胡适，1918a：6~23）。

就诗歌改良而言，胡适主张，如果要做真正的白话诗，如果要充分采用白话字，那么就得按照白话文法和自然音节，做长短不一的白话诗。这种主张可以叫作"诗体的大解放"。"诗体的大解放"就是打破从前一切束缚自由的枷锁镣铐：有什么话，说什么话；话怎么说，就怎么说。胡适的这种新认识，就是一种历史进化的文学方法观之表现。

就戏剧改良而言，胡适认为，戏剧文学是一种最集中、最讲经济的文体，西洋的戏剧做到了最讲经济，大多能遵守"三一律"，而中国传统戏剧最不讲经济方法。针对这种情况，胡适提出在创作戏剧时必须注意的四项经济的方法，即"时间的经济"、"人力的经济"、"设备的经济"和"事实的经济"（胡适，1918b：4~17）。

最后来看胡适历史进化的文学体裁观。胡适认为："文学革命的运动，不论古今中外，大概都是从'文的形式'一方面下手，大概都是先要求语言文字文体等方向的大解放"（胡适，1919c：1~4）。胡适历史进化的文学体裁观主要体现在他对诗歌、散文、小说和戏剧四种文体演化史的阐述上。

在胡适看来，中国历史上的六次诗歌革命，都伴随着诗歌体裁的革命。诗歌体裁虽是文学形式层面的东西，但它是为表现文学内容和文学精神服务的。因此，今天的白话诗歌也必须有体裁的大解放。胡适的这种看法，正是一种历史进化的文体观之表现。

再看胡适对散文体裁演化史的阐述。这一阐述集中体现在《五十年来之中国文学》中。在胡适看来，与诗歌、小说和戏剧相比，在中国文学史上，散文（古文）演化的速度是最慢的，晚清以前几乎没有什么进化。到了晚清时代，受时势的逼迫，古文才不能不翻个新花样。但是由于他们不肯从根本上下一番改革的工夫，所以晚清时代的古文革新运动也失败了。

（二）历史进化的文学内容观

胡适历史进化的文学观还体现在对文学内容的要求上，即要求文学在其内容方面，"因时进化"，抒今人之情感与思想，"造今人之文学"。胡适认为，"我们看文学，要看它的内容，有一种作品，它的形式上改换了，内容还是没有改，这种文学，还是算不得新文学，所以看文学，不能够仅仅从它的形式上外表上看"（胡适之、孟侯，1925：18）。胡适历史进化的文学内容观鲜明地体现在他于 1916 年 10 月所写的《寄陈独秀》的书信中：

> 综观文学堕落之因，盖可以"文胜质"一语包之。文胜质者，有形式而无精神，貌似而神亏之谓也。欲救此文胜质之弊，当注重言中之意，文中之质，躯壳内之精神。古人曰："言之无文，行之不远。"应之曰：若言之无物，又何用文为乎？（胡适、王庸工、王醒侬，1916：82～88）

在胡适看来，近代文学腐败的原因不仅在于其语言、方法及文体上规摹古人，不能"因时进化"，因而没有产生好的文学形式；更在于其"文胜质""有形式而无精神""貌似而神亏"，即徒有形式而无内容。这样的文学，要之何用？基于此，胡适主张，"文学革命"不仅是文学形式的革命，更是文学内容的革命，"当注重言中之意，文中之质，躯壳内之精神"（胡适、王庸工、王醒侬，1916：82～88）。因此，他提出了文学革命的"八事"主张，其中"三事"即为内容上的革命："不作无病之呻吟""不摹仿古人，语语须有个我在""须言之有物"（胡适、王庸工、王醒侬，1916：82～88）。

在 1917 年 1 月发表的《文学改良刍议》中，胡适再次提到这"八事"主张，而且将关于文学内容改良的"三事"主张提到前面，并做了进一步的阐发。在胡适看来，近世文学之所以衰微，主要原因就在于多数文人言之无物，内容空疏，沾沾于声调字句之间，"既无高远的思想，又无真挚的情感"（胡适，1917：

26～36)。因此，欲救近世文学之弊，须从改良文学的内容入手，即要求文学须言之有物，作者要写出自己真挚的情感与高远的思想，不可摹仿古人，不可无病呻吟。

在胡适看来，从语言、方法和体裁的改良入手，写作"活文学"，是文学形式的改良；而言之有物，不摹仿古人，不作无病之呻吟，写作"真文学"，是文学内容的改良。胡适主张写"真文学"，目的是改良社会政治。因此，他对文学作品的思想性有很高的要求。在1917年钱玄同给胡适的一封信中，钱玄同认为《金瓶梅》一书，断不可与一切专谈淫狠之书同日而语。此书为一种骄奢淫逸不知礼义廉耻之腐败社会写照，若抛弃一切俗世见解，专用文学的眼光去观察，则《金瓶梅》之位置，固亦在第一流也。针对这一看法，胡适在回信中说："先生与独秀先生所论《金瓶梅》诸语，我殊不敢赞成。我以为今日中国人所谓男女情爱，尚全是兽性的肉欲。今日一面正宜力排《金瓶梅》一类之书，一面积极译著高尚的言情之作，五十年后，或稍有转移风气之希望。此种书即以文学的眼光观之，亦殊无价值。何则？文学之一要素，在于'美感'。请问先生读《金瓶梅》，作何美感？"(胡适、钱玄同，1918：87～92)针对钱玄同的苏曼殊思想高洁，所写小说，足为新文学之始的说法，胡适说："先生屡称苏曼殊所著小说。吾在上海时，特取而细读之，实不能知其好处。《绛纱记》所记，全是兽性的肉欲。"(胡适、钱玄同，1918：87～92)

需要指出的是，胡适对《金瓶梅》和苏曼殊小说的思想价值的评价未必客观、准确，但也可以看出他所主张的写实主义须以高尚的审美理想为指导，要有利于社会人生，这是与他改良社会、改良语言、革新政治的理想相一致的。

胡适历史进化的文学内容观还体现为他要求人们应从文学作品所产生的历史时代来理解文学作品的内容、评价文学作品的价值。在1917年所写的《答钱玄同书》一文中，胡适将《三国演义》《水浒传》《九尾龟》《品花宝鉴》《诗经》《琵琶行》等中国古代文学作品置于它们所处的历史时代进行了客观理性的评价。例如，对于《三国演义》，胡适认为其作者"不过是承习凿齿、朱熹的议论，替他推波助澜，并非独抒己见"（胡适、钱玄同，1918：87～92），而且作者所处之时代，"固以庸懦无能为贤，以阴险诈伪为能"（胡适、钱玄同，1918：87～92），所以将刘备写成了"庸懦无用"的人，将诸葛亮写成了"阴险诈伪"的人。对于《诗经》，胡适认为在春秋时代，"本不以男女私相恋爱为恶德"，所以"孔子选诗，其三百篇中，大半皆情诗也"，但"后之腐儒，不明时代之不同，风尚之互异，遂想出种种谬说来解《诗经》"（胡适、钱玄同，1918：87～92）。不难看出，胡适的这些观念就是历史进化的文学观念的反映。

第二节　自由主义的文学立场

一　自由主义立场之表现

自由主义是近代西方追求现代化的产物。近代以后，由于文艺复兴、宗教改革和启蒙主义运动的有力推动，自由主义逐渐成为全社会的思想主流。自由主义在不同的历史阶段有不同的含义和形态。它经历了从古典自由主义到现代自由主义再到 20 世纪后期的新自由主义的发展过程。它是一种极有影响力和生命力的思想流派，正如欧阳哲生所说的："自由主义作为近现代西方思想主潮，既哺育了一大批反叛传统的思想家、政治家、科学家和文艺家，有力地推动了社会政治朝着民主化的方向发展；又帮助社会建立了一套新的规则秩序。它富于活力，能为个体提供更为充分的活动空间，这种新的规则秩序，或可称为法治的秩序，它不同于传统的强制性的威权秩序和后来反其道而行之的极权政

治、法西斯主义统治。"（欧阳哲生，2003：366）

胡适自称是一个自由主义者，他对自由主义的理解集中体现在他写于 1948 年的《自由主义》一文中。他说："自由主义的第一个意义是自由，第二个意义是民主，第三个意义是容忍——容忍反对党，第四个意义是和平的渐进的改革。"从第一个意义上说，胡适认为，自由主义最浅显的意思就是"强调的尊重自由"（胡适，1948a：6）。之所以要"强调的尊重自由"，是因为有些人虽自称是自由主义者，但他们否认自由的价值，并不真正尊重自由。真正的自由主义者必须承认自由的价值，必须尊重自由。

胡适对自由的这种理解符合现代西方自由主义的真谛。卢梭这样说过："放弃自己的自由，就是放弃自己做人的资格，就是放弃人类的权利，甚至就是放弃自己的义务。对于一个放弃了一切的人，是无法加以任何补偿的。这样一种弃权是不合人性的；而且取消了自己意志的一切自由，而且取消了自己行为的一切德性。"（卢梭，1958：13）这表明卢梭十分看重自由，十分尊重自由。美国学者詹姆斯·M. 伯恩斯、杰克·W. 佩尔塔森、托马斯·E. 克罗宁等人在《美国式民主》一书中指出了尊重个人自由的重要价值：

> 自由权利并不只是达到自治的手段，自由权利本身就是目的。不是自由权利为了维护政府而存在，而是政府为了保护自由权利而存在。很久以前，人们把这些自由权利称为天赋权利，现今我们谈的是人权——但信念仍是一样：人民重于政府，个人尊严和个人价值至上。（伯恩斯、佩尔塔森、克罗宁，1993：143）

胡适指出，中国自古以来就有寻求自由的愿望，但那只是寻求自己内心的自由境界，而我们现在讲的"自由"，则是寻求不受外力拘束压迫的权利，是在某一方面的生活不受外力限制束缚的权利；作为人的一种权利，自由表现在生活的各个方面。胡适还特别强调指出，作为人的一种权利，这些自由都不是天生的，不是上帝赐给我们的，而是一些民族用长期的奋斗努力争出来的。

在胡适这里，自由主义是以健全的个人主义为基础的。在西方，自由主义作为文艺复兴和宗教改革运动的产物，特别强调个人自由，主张个人有着某种不可让渡的权利，他人不得以任何名义侵犯这种权利。因此，自由主义，意味着伦理观念上的个人主义。个人主义强调每个人在一些基本的权利方面是平等的，他人不得剥夺和侵害这种权利。因此，胡适特别重视个人主义的价值。为避免他人的误解，胡适特别强调指出了他所主张的个人主义是"健全的个人主义"。

所谓"健全的个人主义"，胡适引用杜威的话来解释，它的特点有两种：一是"独立思想，不肯把别人的耳朵当耳朵，不肯把别人的眼睛当眼睛，不肯把别人的脑力当自己的脑力"；二是"个人对于自己思想信仰的结果要负完全责任，不怕权威，不怕监禁杀身，只认得真理，不认得个人的利害"（胡适，1935：1~4）。在1935年所写的《个人自由与社会进步——再谈五四运动》一文中，胡适说他完全赞同张奚若所说的"个人主义"的最大优点是"以个人的良心为判断政治上是非之最终标准"，这种忠诚勇敢的人格在任何政治下都是有无上价值的，都应该大量的培养，并说张奚若所谓的"个人主义"，其实就是"自由主义"。

胡适所提倡的自由主义，也就是他所推崇的"易卜生主义"，它有两个中心见解：第一是充分发展个人的才能，第二是要造成自由独立的人格。在胡适看来，以健全的个人主义为基础的自由主义，是建设一个自由平等国家的前提，是社会进步的最大动力，"一个新社会、新国家，总是一些爱自由爱真理的人造成的，决不是一班奴才造成"（胡适，1935：1~4），"争你们个人的自由，便是为国家争自由！争你们自己的人格，便是为国家争人格！自由平等的国家不是一群奴才建造得起来的！"（胡适，1930a：134~151）

1911年，胡适在《寄吴又陵先生书》中，针对好友女儿的情况而生出议论，认为家长应该让儿女自由自动。他说，"我们既主张使儿女自由自动，我们便不能妄想一生过老太爷的太平日子。自由不是容易得来的。自由有时可以发生流弊，但我们决不因为自由有流弊便不主张自由。'因噎废食'一句套语，此时真用得着了。自由的流弊，有时或发现于我们自己的家里，但我们不可因此便失望，不可因此便对于自由起怀疑的心。我们还要因此更希望人类能够从这种流弊里学得自由的真意义，从此得着更纯粹的自由"（胡适，1911：16~18）。

在胡适这里，自由不是随心所欲地放纵自己，它需要以有责任的思考为前提，以法律为准绳。在美国留学期间，胡适即对自由与法律的关系有明确的认识：

> 今之所谓自由者，一人之自由，以他人之自由为界；但不侵越此界，则个人得随所欲为。然有时并此项自由亦不可得。如饮酒，未为侵犯他人之自由也，而今人皆知饮酒足以戕身；戕贼之身，对社会为失才，对子孙为弱种，故有倡禁酒之说者，不得以自由为口实也。今所谓平等之说者非人生而平等也。人虽有智愚能不能，而其为人则一也，故处法律之下则平等。（胡适，2001/1914c：469~501）

自由须以"不妨害他人自由为界"，须在法律限定的范围内进行。胡适对自由的这种理解与西方近代启蒙思想家密尔等人的看法可为一脉相承。例如密尔说过：

　　　　唯一名副其实的自由，就是只要我们不试图剥夺他人的
　　这种自由，不妨碍他们获得这种自由的努力，就可以按照我
　　们自己的方式追求我们自身利益的自由。（密尔，2010：14）

　　　　任何类型的行为，如果没有可正当辩护的缘由而祸害于
　　他人，那就都可以借令人不快的情绪，在必要时还可以借人
　　们的积极干预来进行控制，在一些比较重要的事情上更是绝
　　对需要如此。个人自由必须限制在一个界线内；他绝不能使
　　自己成为他人的妨碍。（密尔，2010：59）

　　胡适所理解的自由主义的第二个意义是"民主"。胡适之所
以要将民主看成自由主义的一个意义，其原因在于胡适认识到，
只有民主的政治才能保障人民的基本自由，"一个国家的统治权
必须放在多数人民手里"。这是西方自由主义运动的经验，是西
方自由主义者为人类争取自由的绝大贡献。与此相反的是，中国
历史上的自由主义运动始终没有抓住政治自由的特殊重要性，始
终没有走上建设民主政治的路子，始终没有办法可以解决君主专
制的问题，始终没有建立一个制度来限制君主的专制大权。所
以，胡适主张，自由主义的政治意义是"强调的拥护民主"。

　　胡适对"民主"价值的强调，可谓切了现代自由主义的真
谛。德国哲学博士德特马·多林在《重申自由主义》一书的"引
言"中，这样解释用法律来限制权力的重要意义：

　　　　"权力易使人腐化，绝对的权力绝对使人腐化"——19
　　世纪最伟大的英国历史学家阿克顿爵士的这句话一针见血地
　　道中了问题的要害。……无论洛克还是康德，他们的共同之
　　处是，他们想要尊奉有关如何行使和限制权力的理性、不可
　　推翻的和普遍适用的原则，以使人类不至于压迫同类。（多

林，1997：1）

因为特别看重民主对于保障自由的重要性，所以胡适始终呼吁当局尽快实行民主政治。他办起了《努力周报》，以此为阵地，抨击北洋军阀政府，鼓吹建立"好政府"，并且说"好政府"可以"充分地容纳个人的自由，爱护个性的发展"。

对于孙中山搞个人崇拜，胡适亦提出了批评。在《知难，行亦不易——孙中山先生的"行易知难说"述评》中，胡适说，孙中山的"知难行易"理论有专制主义意味，"'行易知难'学说的真意义，只在使人信仰先觉，服从领袖，奉行不悖……《孙文学说》的真意义只是要人信仰《孙文学说》，奉行不悖……国民党……把他的遗教奉做一党的共同信条"（胡适，1929b：84~98）。

胡适所理解的自由主义的第三个意义是"容忍"。胡适之所以将容忍看成自由主义的一个意义，是由于在胡适看来，容忍乃自由之根，没有容忍，就没有自由可说了。至少在现代，自由能否得到保障，得看有无相互容忍的精神。东风压倒西风也好，西风压倒东风也罢，都是不容忍，都摧残自由。胡适发现，在人类历史上，政治斗争往往不是东风压倒西风，就是西风压倒东风，被压倒的一方总是没有好果子吃的。

胡适当驻美大使期间，有一天到费城去拜访白尔教授。白尔教授一生对人类争取自由的历史最为关注，当时他已经八十岁了。他告诉胡适，随着年龄的增长，他越发觉得容忍比自由还要重要。这句话对胡适的触动很大。胡适把这句话称为"不可磨灭的格言"，并且说"我自己也有'年纪越大，越觉得容忍比自由更重要'的感想。有时我竟觉得容忍是一切自由的根本：没有容忍，就没有自由"。

胡适对"容忍"的意义的重视，也与现代西方启蒙精神相通。奥特弗里德·赫费在谈及启蒙的意义时说过："在启蒙运动建立的诸多丰功伟绩中，需要强调三点。在'理论'方面，经验得到承认，包括自然经验和社会经验；在实践特别是政治方面，自由得以加强，这反映在对宽容、宗教自由和刑法改革的要求；二者背后都有被委以重任的理论理性和道德理性作支撑。"（黄燎宇、赫费编，2010：8）

胡适十七岁的时候（1908）曾在《竞业旬报》上发表几条"无鬼丛话"，其中一条是痛骂小说《西游记》和《封神榜》的，认为它们是"惑世诬民"。他要实行《礼记·王制》中的"假于鬼神时日卜筮以疑众，杀"的一条经典，杀掉那些借鬼神以疑众的人。当时的胡适是一个无鬼论者、无神论者，所以发出那种破除迷信的"狂论"。后来，胡适认识到，"这是一个小孩子很不容忍的'卫道'态度"。

梁实秋在《怀念胡适先生》一文中说过："胡先生喜欢谈政治，但是无意于仕进。他最多不过提倡人权，为困苦的平民抱不平。他讲人权的时候，许多人还讥笑他，说他是十八世纪的思想，说他讲的是崇拜天赋人权的陈腐思想。人权的想法是和各种形式的独裁政治格格不入的。在这一点上，胡先生的思想没有落伍，依然站在时代的前端。"（萧南，1995：26）这也说明，胡适是一个自由主义者。

20世纪90年代下半叶后期至21世纪初期，在被称为中国的"'自由主义'与'新左派'之争"中，有的学者否认胡适是一个自由主义者，甚至还否认近现代中国有自由主义传统。如雷池月认为，"要确认近、现代中国知识分子存在一种自由主义的传统，寻找具有实证意义的群体表现难乎其难"（雷池月，1999：4~8），这是因为，"自由主义"到了中国"迅速地向两极分化"，向右转的有胡适、丁文江、梁实秋、林语堂、傅斯年等，而向左转的则有罗隆基、闻一多等。

与雷池月的看法不同，李庆西认为近现代中国也有自由主义者，但不是胡适"那班人"："其实，在中国现代知识分子里边，真正的自由主义者不是别人，正是鲁迅。……如果对照胡适那班人的言论行为，不难看出，鲁迅至少比他们更接近自由主义的本质。"（李庆西，2000：66~67）

李庆西在这里所转述的关于谢泳对"自由主义"的"理解"是不全面的。谢泳的原话是："我认为自由主义是一个好东西，是因为我从许多历史事实中发现这套东西第一合乎常识，第二合乎人情，没有什么什么的。比如它认为要容纳异己，我以为这就比不容纳好；它认为要市场经济，我认为就比计划经济好；它认为民主比独裁好，我也觉得这是一个好想法；还有人独立就比依附好，等等。自由主义其实就是一种生活方式，它让自己生活，也让别人生活，它是说理的，也是商量的，它是温和的，它想让人多一点自由，多一点随便说话的地方。"（谢泳，1999：9）可见，在谢泳的思想中，"自由主义"不仅包含了李庆西所说的"仅仅是政治、文化上和学术上的宽容"，而且还包括了"市场经济""民主""独立"以及一种"让自己生活，也让别人生活""让人多一点自由，多一点说话的地方"的"生活方式"。

此外，还有韩毓海也认为现代中国有自由主义传统，但胡适不是一个自由主义知识分子。他说："看看当年的闻一多和费孝通等这些历史上的自由主义者吧，1946年1月13日100多位中国的自由义者知识分子发表的《致马歇尔特使书》还在，我们不妨也去找来看看。因为今天，有自称是'自由主义者'的学者居然在《读书》杂志发表文章，批评闻一多和他代表的那一段中国自由主义的光荣历史是错误的'激进'！我想这样的人，才是中国自由主义传统的歪曲者。"（韩毓海，1999）韩毓海不仅认为现代中国存在自由主义传统，而且认为只有像闻一多、鲁迅这样的人才是自由主义者，他说："一个真正的自由主义者必然是鲁迅这样的坚持必须具有'批评自由主义的自由'的人。"（韩毓海，

1998：91）这就等于否认了胡适是一个自由主义者。

二　自由主义立场之成因

胡适自由主义立场的形成首先与他所接受的西方自由主义的熏陶有关。1905 年，胡适在澄衷学堂，不仅读了严复翻译的《天演论》，还读了他翻译的《群己权界论》。这本书译自英国人密尔（严复将其译成穆勒）所著的 *On Liberty*，书名应译为《论自由》。

自由主义作为现代理念和西方的主流意识形态，产生于 17 世纪的英国。一般说来，西方资产阶级思想家，把人的个性自由发展，视为自由的核心内容。在近代资产阶级革命中，思想家用以反对封建专制的锐利思想武器之一，就是个性解放。例如英国的约翰·洛克，作为第一个全面阐述宪政民主思想以及提倡人的"自然权利"的哲学家，他在《人权与自由》一书中高扬了个体人格与个性的价值：

> 人的价值是人自身的个体人格。唯个体人格才具有人的价值。具体说，人的价值即从奴役中获释，从上帝与人的传统关系中获释，从对宗教生活的传统中获释。上帝是个体人格脱出于自然的、社会的、恺撒王国的客体世界的统治而走向自由的护卫者。（洛克，2011：12）
>
> 个体人格关联于个性。强大的个体人格是传达出来了的个性。个性是人的精神源头的胜利。这一胜利取自具体的个别的且关联于人由灵魂、肉体和精神所构成的形式。个性突破自我的奴役，有了这种突破，方铸成突破世界奴役的可能。（洛克，2011：36）

自由主义自从在英国产生以后，经过 18 世纪的美国独立战争和法国的大革命，先后用政治纲领和法律的形式确立了它的地位。到了 19 世纪以后，自由主义终于发展为全球性的思想潮流。在引进西方自由主义方面，严复是第一人，他翻译了密尔所著的《论自由》，并将其改名为《群己权界论》。在密尔这里，个体的自由具有很高的价值，它本身就是人类的目的。在《论自由》一书中，他说：

> 人成为高贵而美丽的沉思之客体，绝不是靠把他们当中一切个性的东西都磨砺得千篇一律，而是靠在他人的权利和利益容许的范围内把个性培养起来，发扬光大……随着个性的发展，每个人变得对自己更有价值，因而也能对他人更有价值。他自己的存在有了更加充实的生命，而当单元中有了更多生命时，由单元组成的群体也就生命繁茂。（密尔，2010：66～67）

密尔高扬个人自由之价值的思想引起了严复的共鸣。严复认为，中西文化之差距在于西方人注重个人自由，而中国则缺乏个人自由。严复译介密尔的这部书，目的就是推动中国重视个人的自由权利。但需要指出的是，严复在翻译密尔的著作时，加进了许多自己的看法，这与他救亡图存的理想有关。因此《群己权界论》对自由的解释与密尔的《论自由》是有区别的。根据黄克武的研究，严复由于"受儒家思想与社会达尔文主义影响，从'群己平衡'的角度来理解弥尔。换言之对严复来说：个人自由与个性发展有助于成己与明德，而成己与明德之后可以达到成物、新民与救亡图存。严复从这样的逻辑关系来诠释弥尔的自由思想，此一诠释扭曲了弥尔论证个人自由之所以然"（黄克武，2000：164～165）。

除了严复以外，被誉为"言论界的骄子"的梁启超的系列文章《新民说》也对胡适产生了很大的影响。梁启超在发表于 1902

年 5 月 8 日、22 日的《新民丛报》上的《论自由》一文中说：

> "不自由毋宁死！"斯语也，实十八九两世纪中，欧美诸
> 国民所以立国之本原也。自由之一，适用于今日之中国乎？
> 曰，天下之公理，人生之要具，无往而不适用也。（梁启超，
> 1902a）

梁启超是清末自由精神的最大宣传家。在胡适看来，《新民说》的最大贡献在于"指出我们所最缺乏而必须采补的是公德，是国家思想，是进取冒险，是权利思想，是自由，是进步，是自尊，是合群，是生利的能力，是毅力，是义务思想，是尚武，是私德，是政治能力"（胡适，1930b：11～24）。由此可见，胡适的自由主义立场的形成，与梁启超对他的巨大影响是分不开的。

在美国留学的七年中，胡适努力地了解美国的政治制度并积极地参与美国的政治生活，他在 1916 年 11 月 9 日的日记中说："余每居一地，辄视其地之政治社会事业如吾乡吾邑之政治社会事业。以故每逢其地有政治活动，社会改良之事，辄喜与闻之。不独与闻之也，又将投身其中，研究其利害是非，自附于吾所以为近是之一派，与之同其得失喜惧。"（胡适，2001/1916b：507）

胡适积极了解美国的政治制度并主动参与美国的政治生活，这与康奈尔大学政治系的山姆·奥兹教授对他的引导有关。1912 年，胡适选修了他开设的专题课程"美国政府和政党"。按照奥兹教授的要求，胡适订了三份报纸，并在 1912 年的总统大选中，选择了支持进步党党魁老罗斯福。1916 年，胡适又选择了威尔逊作为他支持的对象。1912 年全年，胡适跑来跑去，都佩戴着一枚象征着支持罗斯福的大角野牛像徽章。1916 年，胡适又佩戴了支持威尔逊的徽章，对这位国际政治家极为信仰。

在美国留学期间，胡适对政治的兴趣还表现在他经常旁听当

地地方议会的会议以及亲自主持学生俱乐部和学生会议上。胡适的日记中有"绮色佳城公民议会旁听记"，共有两次，每一次的内容都有详细的记录。为了对议会程序有切身的感受，胡适还主持过学生俱乐部和学生会议。

上述这些活动使胡适切身感受到了美国政治生活中的民主精神、公民的言论自由以及对政治的积极参与。这一切都使胡适对政治渐渐有了一定的兴趣。他后来重视对中国的政治和政府的关注与介入，应该就与此有关。

胡适在康奈尔大学和哥伦比亚大学求学时期非常重视与来自世界各国的留学生的交往。这些国际友谊使他受益匪浅，"使我们了解人种的团结和人类文明基本的要素"，"这是我在美国留学期间最重要的收获之一"（胡适，2007：65）。

康奈尔大学的世界学生会原是"世界学生联合会"的一个支部，而该联合会又是规模更大的国际学生组织"兄弟同心会"的支会。这一国际性组织包括了南美洲的学联，还有意大利、德国和法国的学生。该会宗旨是反对狭隘的民族主义，主张超越民族界限、消除民族偏见和彼此间的敌对与仇恨，促进国际和平。由于积极地参与世界学生会的活动，所以胡适深受世界主义与和平主义思想的影响，形成了他的和平主义、不抵抗主义和改良主义思想。在美国留学期间，他积极投身于世界和平运动。直到晚年，胡适在做《口述自传》时，仍然记得康奈尔大学世界学生会的"会训"："万国之上犹有人类在！"

英语民族本来就有开明合作的政治传统。传统与创造相结合，才铸造出美国后来极端的"个人主义"（胡适美其名曰"健康的个人主义"）和"民主的生活方式"。同时，为应付随时发生的政治上、社会上的一切问题，天高上帝远，这些殖民客也只有自求多福，从事一点一滴的改革，随时自力更生，就地解决问题，这原是他们的"经验"，后来也就变成了杜大师的"主义"。（唐

德刚，1990：57～58）

再者，在极端个人主义支配下，个体间生存竞争之激烈是可以想象的。所以白种美国公民之间一旦发生利害冲突，彼此之间是寸步不让的。互不相让之下，则亲兄弟明算账，虽近如父子夫妇，也得法庭相见。所以白种美国公民好讼成性。他们一百个成人之间，有一个必然是律师！在这个讼棍如毛的社会里，要没有绝对尊严的"法治"，那还了得？（唐德刚，1990：57～58）

唐德刚指出，上述这些都是杜威哲学的精义所在，这些精义都不是从天上掉下来的，也不是杜威面壁默坐向空虚构而来的，那是"美国历史发展经验的概念化（conceptualization）"（唐德刚，1990：57～58）。

杜威是一个新自由主义者，他反对19世纪自由放任的个人主义和自由主义，认为它在开始时曾给予每个人以新的机会和自由，现在却变成压制大多数人的东西，它不仅破坏了真正的机会平等，也破坏了大多数人的自由。他主张新个人主义和新自由主义，把社会控制特别是对经济力量的控制，看成促进个人解放和保证个人自由的必要条件，要求用积极的自由取代消极的自由，即用发展个人的潜能并为社会做出贡献的自由，代替在不妨害他人同等权利的条件下为所欲为的自由。杜威的"积极的自由"主张，对胡适的影响很大。1915年9月，胡适转入哥伦比亚大学哲学系研究部，师从杜威，研习哲学。从此，实验主义开始影响他的生活和思想，成了他自由主义立场的哲学基础。

在做《中国抗战也是要保卫文化的一种方式》的演讲时，胡适认为中国传统里有自由主义传统：其一，以"无为而治"的黄老治术为最高的政治形态：其二，"墨家的兼爱精神"；其三，孔子的"人皆可教"原则；其四，"中国具有言论自由及政治上采纳坦诚谏奏的悠久传统"；其五，孟子的民本思想；其六，均产的社会思想。胡适认为，以上是中国所以爱好和平与重视民主的一些理论性、哲学性的基础，"这些观念与理想，是在纪元前三世纪，中国第一个学术成熟时期，发轫于我们的先圣先贤，而且代代相传到今天"（胡适，2016a：132～133）。

在《中国古代政治思想史的一个看法》中，胡适也认为中国文化中有自由主义的传统。他说，以老子为代表的"无政府主义"，是"对于当时政治和社会管制太多、统制太多、政府太多的一个抗议"，近代西方民主政治，要把政府的力量减到最低，"恐怕因为直接间接的受了中国这种政治思想的影响"；孔子、孟子一班人提倡"自由主义的教育哲学"，后来的庄子、杨朱，"都是承袭这种学说"，"把人看得特别重，认为个人有个人的尊严"，"自由民主的教育哲学产生了'健全的个人主义'"；汉初七十年的无为而治，"使我们中国两千多年来的政治思想，政治制度，政治行为都受了这'无为而治'的恩典"（胡适，2005：167～183）。

在《口述自传》中，胡适说到，在他十几岁的时候，就已经深受老子和墨子的反战主义与不抵抗主义的影响，墨子影响胡适主要在于他的"非攻"思想，即反对那些"人类理智上最矛盾、最无理性、最违反逻辑的好战的人性"；老子影响胡适主要在于他的"不争"（不抵抗）思想，即主张人们为了和平，对于那些"坚强者"应该像"柔弱的水"一样"不争"，最终达到以弱胜强、以柔克刚的目的。

第三节　人文关怀的文学精神

一　以人为本，重视人生的价值和意义

胡适的思想中具有浓烈的人文关怀精神，他一生都在践行这种精神。他还通过著书立说，大力呼吁人们高度重视人生的意义和价值，重视个性的解放和意志的自由。

（一）人文关怀精神之表现

人文关怀精神作为一种文化现象，是人类文化中的先进部分和核心部分，其集中体现为重视人、尊重人、关心人、爱护人。中国传统文化向来重视人文精神，儒家学者一直在呼吁统治者实行"仁政"，重视对人的德性培养，要求人们诚意修身，齐家治国，造福天下。道家要求人们顺应自然万物，不逆天而行，以便达到一种物我两忘、天人合一的境界。这也是一种人文精神。墨家主张"兼爱""非攻"，反对暴政、反对战争，同样是一种人文精神。这种精神贯穿了中国两千多年的历史。近代以来，受西方科学主义和坚船利炮的影响，人们反思传统文化的缺陷，重心向科学方面转移。20 世纪初经五四新文化运动和 20 世纪 20 年代的"科玄论战"，一方面，科学派的主张得到了广泛的传播，中国传统的人文精神在相当程度上受到了冷落；另一方面，现代西方的人文主义被输入中国，在一些知识分子身上产生了深刻的影响。

现代西方人文主义的一个突出特征就是重视人的价值和人生的意义，这是西方社会走进现代文明的一个标志。此前，人们受神学和神权的统治，思想上不能自由，意志上不能独立，人的价值和人生的意义无从谈起。"人文主义"一词，译自英语 humanism，又译为"人道主义"或"人本主义"，是 human（人的）加上 ism（主义）构成，直译是"人的主义"。但是"人的主义"在汉语中不符合构词习惯，因此才有了"人文主义"或"人道主义"或"人本主义"这些名称。在文艺复兴之前，统治欧洲的是基督教文化，到了 14 ~ 16 世纪，当时的大学在神学学科之外增加了"人文学科"，指的是以希腊文、拉丁文为基础的学科。人文主义的名称就来自人文学科。人文学科表面上看是一门学科，但它的出现打破了神学的垄断。当时的人文主义者认为人是万物的尺度，他们用希腊古典文化对抗基督教的禁欲主义和神权文化，重视人的生理欲望，肯定人的价值和人生的意义，鼓吹人的个性解放。1517 年，马丁·路德发动的宗教改革使人文主义有了进一步的发展，人的主体性意识进一步加强。同时，宗教改革还使人文主义者吸收了基督教的平等博爱思想，从而丰富了人文主义的内容。

在 17 ~ 18 世纪的启蒙运动时期，启蒙思想家以社会契约论为基础猛烈地批判封建制度的君权神授论，提出了"天赋人权"的理论。他们还宣扬个人主义，提倡人的个性解放和意志自由，同时还推崇博爱精神。此外，启蒙思想家特别重视理性的作用。在他们看来，人有能力、有自由意志运用理性认识自己，认识世界。总之，自文艺复兴以来，重视人的价值、倡导个性解放和意志自由、宣扬平等博爱、崇尚理性的人文主义在启蒙运动时期有了进一步的发展并在 18 世纪基本成型，至 19 世纪开始在西方世界广为传播。

19 世纪后期，近代西方人文主义开始传入中国，对一些知识分子的思想观念和价值取向产生了深刻的影响，使他们表现出鲜明的"西化"倾向。以胡适为代表的知识分子则试图把中国传统的人文精神与现代西方的人文主义结合起来，吸取二者的精华，熔铸新的人文精神。

胡适的人文精神表现在他高度重视人的价值和人生的意义。在《人生问题》一文中，胡适认为，人是有价值、有意义的，因为人生不是单独的，人是社会的动物，无论过去、现在或将来，人都逃不了人与人的关系。胡适举例说，比如一杯茶就包括了很多人的贡献，这些人虽然看不见，但种茶，挑选，用自来水，自来水又包括电力，等等，都需要很多人的贡献，这就可以看出社会的意义。

胡适认为，从很小的事情到很大的像政治、经济、宗教等，我们的一举一动都有不可磨灭的影响，尽管看不见，影响还是有的。不但好的东西不朽，坏的东西也不朽，善不朽，恶亦不朽。一句好话可以影响无数人，一句坏话可以害死无数人。因此，胡适建议，我们应该给自己的人生立一个标准，"消极的我们不要害人，要懂得自己的行为。积极的要使这社会增加一点好处，总要叫人家得我一点好处"（胡适，1948b）。从这里可以看出，在胡适心中，人的价值和人生的意义就在于努力为社会做贡献。所以他主张青少年们要振作一番，做一个痛痛快快、轰轰烈烈的梦，不要去过醉生梦死的生活，不要去做生活中不敢进取的懦夫，不要去做投机取巧的野心家。只有如此，人生的境界才会拔高，才能活得有意义、有价值。

胡适呼吁，我们必须充分发展自己的个性，做一个最健全的个人主义者，只有这样，社会才会取得进步，社会是由个人组成的，多一个健全的人就是为再造新社会多准备了一分子，"这种'为我主义'，其实是最有价值的利人主义"（胡适，1918c：7~25）。

胡适的人文精神还特别体现在他对于女子问题的关注上。数千年来，中国妇女一直处于社会最底层，遭受着重重压迫。新文化运动期间，伴随着"民主"与"科学"思想的传播，妇女解放问题也受到了人们的关注。1916年12月，陈独秀发表了《孔子之道与现代生活》，就妇女解放问题，发表了尖锐的意见，指出"妇女参政运动，亦现代文明妇人生活之一端"，但是多年来"不自由之名节，至凄惨之生涯，年年岁岁，使许多年富有为之妇女，身体精神呈异态者，乃孔子礼教之赐也！"（陈独秀，1916d：6~12）陈独秀明确提出了妇女解放的问题。随后，吴虞、李大钊、胡适、鲁迅等人响应陈独秀的号召，纷纷发表文章，讨论妇女解放问题。

1918年5月15日，日本著名女作家与谢野晶子的《贞操论》经翻译发表在《新青年》第4卷第5号上，文章号召人们舍弃一切腐朽的旧道德、旧思想，奉行新的即以爱情为基础的婚姻观与

贞操观。胡适在看到文章后，首先起来响应，在《新青年》1918
年第5卷第1号上随即发表了《贞操问题》一文，深入地探究了
中国人的贞操问题，充分显示了他对妇女问题的敏感和关注。在
这篇文章中，胡适热烈地称颂《贞操论》的发表，"是东方文明
史上一件极可贺的事"（胡适，1918d：10～19）。不难看出，胡
适是将《贞操论》的发表当成中国文明史上一件里程碑似的事件
来歌颂的。

然而，就在《贞操论》发表，提倡新的婚姻观和爱情观之后
不久，北京、上海两处的报纸却在表彰妇女自杀、殉夫，并搬出
了北洋军阀颁布的《褒扬条例》作为幌子。1918年7月23日、
24日，北京《中华新报》上登有朱尔迈写的《会葬唐烈妇记》，从
拥护封建旧道德的立场出发，对上述惨无人道的事情持赞美态度：
"俞氏女果能死于绝食七日之内，岂不甚幸？……烈妇倘能阴阳相
之以成其节，风化所关，猗欤盛矣！"（朱尔迈，1918）

对于朱尔迈的这些谬论，胡适认为，它们简直是"全无心肝
的贞操论"（胡适，1918d：10～19）。胡适的理由是，在文明国
里，男女用自由意志，由高尚的恋爱，订了婚约，有时男的或女
的不幸死了，剩下的那一个因为生时爱情太深，故情愿不再婚
嫁，这是合情合理的事。若在婚姻不自由之国，男女订婚以后，
女的还不知男的面长面短，有何情爱可言？

在驳斥陋儒的荒谬贞操论的同时，胡适提出了自己的贞操
论。他认为，贞操不是单向的，而是双向的，是人对人的双方面
的事。女子要忠贞于所爱男子，是为贞操。同样男子也要忠贞于
所爱女子，也应有贞操的态度。

胡适的文章在社会上引起了强烈的反响。随后，他又发表了
《论贞操问题——答蓝志先》《论女子为强暴所污——答萧宣森》
等文章，进一步阐发了他的观点，认为"'贞操'是异性恋爱的
真挚专一。没有爱情的夫妇关系，都不是正常的夫妇关系，只可

说是异性的强迫同居"（胡适，1919d：85～94），既然不是正当的夫妇，就没有贞操可说。针对萧宜森的提问，胡适认为，"女子为强暴所污，不必自杀"，平心想来，这就像男子夜行，遇着强盗，他用手枪指着你，叫你把银钱戒指拿下来送给他，你手无寸铁，只好依着他吩咐，这算不得怯懦（胡适，2013/1920：73）。胡适还认为，"这个失身的女子的贞操并没有损失"，这正如我们无意之中砍伤了一只手指，或是被毒蛇咬了一口，或是被汽车碰伤了一根骨头（胡适，2013/1920：73）。因此，胡适主张，社会上的人应该怜惜这名女子，不应该轻视她。

既然女性在社会上正受着压迫和束缚，那么，女性究竟要怎样才能从压迫和束缚中解放出来？胡适从他的"渐进的改良"原则出发，提出了许多具体的措施。首先，针对当时社会提出的"解放必须女子先有解放的资格"，即"先教育，先预备，然后解放"的观点进行质疑，他提出了女子解放当从实行做起的观点，认为"解放就是一种教育，而且是一种狠有功效的活教育"（胡适、汉民、仲恺，1919：1～3）。

胡适有在美国生活的经验，他曾经目睹了美国女性的参政、议政、求学、工作等独立自主的方面。他以美国的妇女为楷模，提出了自己的妇女解放观，认为妇女应该自强自立，要在社会上谋得职位。而女子要在社会上谋得职位，社会就必须给她们平等的机会，使她们成为一个健全的人。他指出，我们这个社会害了一种"半身不遂"的病，即"习惯上对于男子很发展，对于女子却剥夺她的自由"。在他看来，一个健全的社会，"应该让女子本来有的天才，享受应有的权利，和男子共同担任社会的担子；使男子成为一个健全的人，女子也成为一个健全的人！"胡适还认为，女子只有通过教育，才可以成为一个健全的人，"女子教育之最上目的乃在造成一种能自由能独立之女子。国有能自由独立之女子，然后可以增进其国人之道德，高尚其人格"（胡适，2001/

1915a：299）。

胡适的人文精神还体现在他对"世界主义"和"大同主义"的醉心，对老弱残疾者的关心，对社会达尔文主义的批判上。1914年底，胡适在美国《共和》杂志上读到了一篇《论充足的国防》的文章，文中的观点打动了他。为此，他在日记中摘录了一大段，并为之翻译，而且又续写了一大篇读后议论。那篇文章的大旨是反对扩军备战，认为真正的国防不在于军备，而在于与世界文明如何共处。胡适将其借过来发挥，认为增军备，非根本之计也：根本之计，在于增进世界各国之人道主义。对于当时正在进行着的第一次世界大战，胡适以人道主义的立场予以批判："今世界之大患为何？曰：非人道主义是也已，强权主义是已。弱肉强食，禽兽之道，非人道也。以禽兽之道为人道，故成今日之世界。"（胡适，2001/1914d：561～565）

20世纪初期，美国的白人和黑人之间的种族问题远未解决。1914年秋，刚开学不久，两名黑人女子在康奈尔大学赛姬院（女子宿舍）寄宿，但同宿舍的白人女子觉得与她们同住是一种侮辱，便联名上书康奈尔大学校长，要这两个黑人女子搬出。校长只得亲自出面协调，要求两名黑人女子移居楼下，另外开房。校长的这种做法，执行的是美国南方的"种族隔离"政策。这两名黑人女子遭此歧视，虽极为愤怒，也无可奈何。胡适得知这一情况后，"以人道之名为不平之鸣"（胡适，2001/1914e：501～504），写了一封信给校报要求登载。信中要求康奈尔大学践行三年前校长的承诺，"康奈尔大学之门不拘来者，无种色，宗教，国际，阶级，贫富之别也"（胡适，2001/1914e：501～504）。后来，信件没有在报上刊登，但在胡适的努力下，校长答应主持公道，哪怕白人学生全部迁出，"亦所不恤"。结果，黑人学生得以不迁，白人学生也没有一个迁出。事情遂告结束。从这件事情上也可以看出胡适所具备的人文关怀精神。

　　胡适的人文关怀精神还体现在他热心奖掖后进的行为上，这在梁实秋的回忆性文章《怀念胡适先生》中有记录。梁实秋说，胡适乐于助人，主动贷款给一些青年助其留学，言明日后归还，以便继续供应他人。在梁实秋看来，胡适这样做，"没有一点私心"。梁实秋还特别举了一个例子，说师范大学有一位理工方面的助教，学业成绩异常优秀，得到了美国某大学的全额奖学金，就是缺保证金，无法成行。理学院长陈可忠先生、校长刘白如对梁实秋谈起，梁实秋建议由他们三人联名求助于胡适。就凭梁实秋他们的这一封信，胡适"慨然允诺"。（梁实秋，1997：92）

　　梁实秋还提到胡适在婚姻问题上所体现出来的仁爱之心。梁实秋认为，胡适重视母命，这是伟大的孝道，他重视一个女子的毕生幸福，这是伟大的仁心。梁实秋特别指出，"五四"以来，"社会上有很多知名之士，视糟糠如敝屣，而胡先生没有走上这条路"。正是由于胡适富于仁爱之心，所以梁实秋说："我们敬佩他的为人"，"胡先生的人品，比他的才学，更令人钦佩"（梁实秋，1997：93）。

　　梁实秋的这一看法是有事实根据的。由于胡适与妻子江冬秀之间的婚姻是他们的长辈为之包办的结果，他们之间没有丝毫的自由恋爱的基础。因此，在外界看来，胡适夫妻似乎恩爱终身、白头偕老，但胡适在心理上未必真正觉得幸福。美国学者夏志清也说过："我总觉得江冬秀女士不能算是我们一代宗师最理想的太太，二人的知识水准相差太远了。"（夏志清，1990：11）胡适事母至孝，十三岁时，无意拂逆母意，与江冬秀订了婚。婚后，江冬秀的文化水平一直没有什么进步，对于胡适的学问、思想，她是没有能力欣赏的。对于这种毫无精神上默契的婚姻，胡适竟然能坚持到白首不离，始终没有存毁约的念头，因为不忍心毁掉江冬秀的幸福。在《与高梦旦谈自己的婚姻》中，胡适说到，高梦旦敬重他，就是因为他不背旧婚约，而且还说"这是一件大牺牲"。而胡适回答："当初我并不准备什么牺牲，我不过心里不忍伤几个人的心罢了。假如我那时忍心毁约，使这几个人终身痛苦，我的良心上的责备，必然比什么痛苦都难受。"（胡适，2003/1921：436）从胡适的这段话中，可以看出，胡适之所以不毁旧婚约，不是因为爱情，而是因为良心。正如唐德刚所说，胡适的毁约，会"'革'掉两个可怜的女人的'命'"，"第一个牺牲者便是他的寡母，胡氏母子情深，他对母亲的遭遇太同情了；革母亲的命，他做不到！第二个牺牲者便是那个可怜的村姑江冬秀。冬秀何辜，受此毫无反抗之力的平白牺牲，胡适之先生是个软心肠的人，他也无此狠心！"（唐德刚，1990：230）周质平也说："胡适之所以能令新旧两派都'敬重'的一点，正是他在婚姻上那点'不忍'之心。这点'不忍'之心的背后有多少关爱、容忍和体贴！"（周质平，1998：245）

胡适倡导新文化，尖锐地批判过封建伦理道德，尤其是裹了上千年的小脚，胡适认为这是中国历史上最不人道的社会现象，然而他身为洋博士，却终身与一位小脚太太为伴，并对这位太太始终如一，相敬如宾，这种看似矛盾的现象，实际上正是在特定历史条件下的一种人文精神的体现。

胡适热心奖掖后进的行为，在季羡林的回忆性文章《站在胡适之先生墓前》中，也被提到过。季羡林说，在胡适的许多德行中，"最令我钦佩，最使我感动的却是他毕生奖掖后进。'平生不解掩人善，到处逢人说项斯。'他正是这样一个人。这样的例子是举不胜举的。……适之先生对青年人一向鼓励提掣"（季羡林，2010：9～15）。

（二）人文关怀精神之成因

胡适的人文关怀精神与中国传统文化中的人文精神对他的熏陶密切相关。中国传统文化没有人权概念，但有人文精神。唐德刚认为："中国人是最现实的，我们的文明一开头就以'人'为本。与'人'无关的'玄而又玄'的思想始终没有在中国生过大根。纵是在谈玄最盛的六朝，玄学也不过是士大夫阶级茶余酒后的'清玩'而已。中国思想家穷宇宙之秘的只有朱子以后才稍稍搞出点'无极''太极'的东西来，那是受了佛家的影响。"（唐德刚，1990：85）

人文精神在中国有悠久的历史，西周初期已见人文精神的端倪，到春秋后期则逐渐形成。经过孔子改造的儒家，把关注的中心放在人事上面，为儒家文化开辟了一条"敬鬼神而远之"、以人为本的人文主义道路。儒家文化特别重视"仁"的价值，孔子主张"仁者爱人"，反对滥杀，反对暴政，而且把"仁"当作"礼"和"乐"的主要内容和最高目标，也就是说"礼"和"乐"都要为"仁"服务。此外，孔子还主张人们应该要做一个有道德的人，统治者更应如此，要"为政以德"，使整个社会成为"导之以德，齐之以礼"的社会。孟子发挥了孔子的"仁者爱人"的思想，并进一步建立了人性本善的理论和仁政学说。此后，历朝历代的儒家学者莫不高举孔孟的"仁学"旗帜，呼吁以人为本，提倡人文关怀。

道家文化与儒家文化在世界观和人生观上有不同之处，但是都有人文关怀精神。在道家看来，人和天地万物都是来自一个相同的根源，也就是"道"。因此，人应该要采取与天地万物相适应的生活态度，即"人法地，地法天，天法道，道法自然"。也就是说，在道家看来，人应该顺应自己的自然本性，不为物役，以旷达淡泊的心境应对社会人生，在"天地与我并生，万物与我同一"的境界中获得人生的快乐。道家的这种主张，对于化解人在生活中因遇到各种各样的矛盾冲突或困难时而产生的紧张、焦虑、苦闷、忧愁、痛苦等负面情绪，具有积极的作用，对于纠正儒家文化的某些偏颇也具有一定的作用。因此可以说，道家文化也有人文关怀精神。

墨家文化也有人文精神。墨子十分推崇尧、舜、禹、汤、文、武等古代圣君贤王，以忠君爱民为仁义的准则，以君仁臣忠父慈子孝兄友弟悌为人伦的规范，以兴天下之利、除天下之害作为最大的价值取向。他主张"兼爱"，就是无差别的爱一切人，所有的人，不分亲疏远近高低贵贱，大家都相亲相爱。在墨子看来，"天下兼相爱则治，交相恶则乱"（《墨子·兼爱上第十四》，2006：155），因此，圣明的君主想要治理好天下，就必须引导天下人都相亲相爱。为此，墨子反对诸侯之间所有相互攻伐的战争。他在《非攻》篇中详细论证了战争杀人之多，耗费资财之巨，违背情理之大，指出战争是天下的巨害。墨子还主张"节用"，即有节制地使用物质财富。墨子指出，如果过度耗费资财而后又加重税收，就会使百姓劳乏，发动战争侵夺别国的财富，会使百姓不得安宁，百姓若财用不足就会冻饿而死，这样的国家离灭亡也就不远了。因此，墨子主张，"去无用之务，行圣王之道，天下之大利也"。（《墨子·节用上第二十》，2006：248）此外，墨子还反对"人殉""厚葬"，认为"人殉"对死者无益，对生者是极大的残忍；而"厚葬"则使财用匮乏，人民衰弱，国政混乱，这在根本上不符合孝义原则，也不符合尧、舜、禹等古代圣王死后都简埋薄葬的传统。对于墨子的这种人文精神，梁启超给予了高度的评价："墨子恒以爱利兼称，而谓兼爱主义为维持社会秩序、增进社会幸福之不二法门，其意不可谓不盛"，"以现在社会之眼光观察墨子，诚见其缺点；若世界进而入于墨子之理想的社会，则墨子之说，固盛水不漏也"（梁启超，1937：34、37）。

佛教文化虽然主张人们应该放弃现实人生，追求虚无缥缈的来世生活，但是佛教的平等思想也体现了一种人文精神。佛教在古代印度产生的时候，就有提倡平等、反对婆罗门种姓制度的内容。婆罗门教主张种姓等级制度，认为人生来就是不平等的。佛教的创始人释迦牟尼虽然出身贵族阶层，但是他却主张众生平等，反对婆罗门的等级制度。佛教传入中国以后，在与中国传统文化的冲突和融合中，其平等观也在不断地发展，从而不断地彰显其人文精神的价值。需要指出的是，佛教所提倡的平等观，并非追求现实生活中的人人平等，而是"通过三世因果轮回报应及普度众生说将现实中的不平等幻想为平等"。纵然如此，佛教的平等思想对于促进中国文化中的人文精神发展仍具有不可低估的作用，正如梁劲泰所指出的，近代资产阶级民主派的主要思想代表，"几乎无一不受佛学的影响。他们往往将墨子的兼爱、佛教慈悲、孔子的仁爱与西方文化的平等、博爱思想等同起来"，梁启超、谭嗣同、章太炎、杨度等莫不如此（梁劲泰，2008：41～42）。

　　传统的人文精神对胡适的影响首先通过他幼年时父母亲尤其是母亲对他的教育与熏陶表现出来。胡适的父亲胡传出生于1841年，为晚清秀才，饱读儒家经籍，富于开拓精神和坚韧不拔的求实精神，有济世报国之志。1893年，胡传被任命为台东直隶州知州，兼驻军统领。就在他上任不久，中日甲午战争爆发，北洋水师战败，清政府被迫签订《马关条约》，割让台湾。胡传得知这一消息，非常愤怒，他遣妻儿启程回大陆，自己横刀立马，联络台南新军统领、抗法名将刘永福，决心固守抗敌。1895年5月29日，日军在基隆登陆，由于力量对比悬殊，胡传与刘永福的联军虽奋力抗敌，也无法阻止日军的进攻。而且，由于积劳成疾，此时的胡传身体彻底垮了——上吐下泻，两足瘫痪。刘永福只好让他上船回到大陆，四天后，胡传病逝于厦门。

　　胡适的母亲冯顺弟生于1873年，为绩溪中屯裁缝冯金灶之长女。她家境贫寒，然而由于好的家庭教养，她温厚知礼，吃苦耐劳。十七岁那年，知胡传威震乡里，人人敬重，经媒妁之言，嫁给胡传填房。胡传初娶冯氏，结婚不久她便在太平军皖南战乱中丧生。次娶曹氏，其在生三男三女后，于1878年病逝。胡传远游东北归来，又娶了冯顺弟。冯顺弟与胡传结婚的第三天，胡适的大哥嗣稼也结婚了。那时胡适的大姐已出嫁生了儿子。大姐比他母亲大七岁。大哥比她大两岁。二姐是从小抱给人家的。三姐比胡适母亲小三岁，二哥三哥（孪生的）比她小四岁。这样一个家庭里忽然来了一个十七岁的后母，她的地位自然十分尴尬，她的生活也自然免不了苦痛。

结婚后不久，胡传把她接到上海同住，她脱离了大家庭的痛苦，胡传又很爱她，每日在百忙之中教她读书识字，这几年的生活是很快乐的。胡适小时候也很得父亲钟爱，不满三岁时，父亲就用教母亲的红纸方字教他认字。父亲做教师，母亲在旁边做助教。父亲太忙时，母亲就是代理教师。离开台湾时，胡适的母亲已经认得近千字，胡适也认得七百多字。

可惜的是，这种快乐的生活是短暂的，胡传病逝以后，这位小寡妇就面临着漫长的、无止境的痛苦岁月。此时，家中财政本就不宽裕，全靠胡适二哥在上海经营生意。而大哥又从小就不成器，吸食鸦片，赌博无度，到处欠下烟债赌债，常常回家打主意要钱，是个十足的败家子。每年除夕，胡适母亲总要艰难地应对一群上门讨债的人。大嫂是个最无能又最不懂事的人，二嫂是个很能干而气量很窄小的人。她们常常闹意见，只因为胡适母亲的和气榜样，她们还不曾有公然相骂相打的事情。但是她们那张"生气的脸"给胡适留下了很深刻的影响，在他看来，这是"世间最可恶的事""最下流的事"，"这比打骂还难受"。

胡适思想中的人文关怀精神与现代西方的人文主义对他的影响也是分不开的。西方社会有悠久的人文主义传统。早在古希腊时期，西方社会就很重视人的价值和人生的意义。古希腊的谚语说"认识你自己"，又说"人是万物的尺度"，就是要求人们重视人的价值，重视人生的意义。因此，古希腊时期有鲜明的人文主义精神。在中世纪基督教统治时代，在宗教戒律中有许多内容鼓励人们向上向善。这也是一种人文关怀精神的体现。

　　文艺复兴和启蒙运动以后，人的感性和理性得到了全面的解放。因此，人的主体性地位突出了，人的价值和人生的意义较之以往受到更多的关注，人文主义也有了新的内涵。姜新艳在分析穆勒的人文精神时说，穆勒"之著书立说旨在增进最大多数人的最大幸福。他的绝大多数论著都是为改良社会、促进人类进步而作。这就是为何他的注意力一直集中在政治、法律、道德和经济方面。他一生为英国的立法改革、妇女权利等做了不懈的努力。如果说真正的知识分子是进步的先锋和社会的良心，那么穆勒就是一个真正的知识分子的代表。他不仅是自由主义、功利主义哲学的大师，而且也是其忠实、热忱的实践家。他是以天下为己任、为最大多数人的最大幸福而奋斗的楷模"（姜新艳，2013：1~2）。从姜新艳所做的分析中可以看到，自文艺复兴以来的几百年里，近代西方拥有众多的像穆勒这样的知识分子，他们以良知、智慧、理性和人文精神，为增进人类的幸福而奋斗。

　　文艺复兴以后，古老的进化论也被唤醒了，并在自然科学和哲学两个领域都取得了长足的进展。至19世纪前期，达尔文在前人的基础上，使进化论获得了突破性的进展。与哥白尼的"日心说"所引发的宇宙观革命相类似，达尔文所创立的生物进化论引发了现代价值观念的革命。作为现代社会影响最大、最为深远的思想成果之一，其重要性"不仅体现在它可以解释生物的进化，而且在更广泛的意义上，它对于理解整个世界以及人类现象也很重要"（迈尔，2012：4）。也就是说，进化论不仅具有科学价值，也具有人文价值。

　　在美国受到的世界主义与和平主义的影响也是胡适人文关怀精神的来源之一。世界主义与和平主义反对狭义的国家主义，反对一国凌驾于他国之上，反对一种凌驾于他种之上，主张"万国之上犹有人类在"，"反对那些人类理智上最矛盾、最无理性、最违反逻辑的好战的人性"。这些主张，都是立足于尊重人、关心人、爱护人的立场，是人文主义的主张。

二　在文学创作、批评及翻译中呼吁人文关怀

胡适在他的文学创作、批评及翻译中，都高度重视人生的意义和价值，提倡乐观主义精神，呼吁个性解放和意志自由。这正是他人文关怀的文学精神之体现。他在文学创作中呼吁人文关怀。胡适的人文关怀精神首先突出地表现在他对人生的价值和意义的高扬、对乐观精神的肯定、对他人尤其是弱势者的关怀、对健全的个人主义的提倡上。在美留学期间，胡适的好友程乐亭因病而死，胡适于 1911 年 7 月 11 日作《哭乐亭诗》，且于次日又作《程乐亭小传》以为纪念。在诗中，胡适对好友的逝去表示沉痛哀悼：

> 今年覆三豪，令我肝肠断。于中有程子，耿耿不可谖。
> ……一别不可见，生死隔天半。兰蕙竟早萎，孤桐付薪爨。
> 天道复何论，令我咠烈吁！（胡适，2001/1911a：117）

在文中，胡适首先指出程乐亭的人文关怀精神是有家庭传统的，即程乐亭的父亲程松堂是一位敦厚长者，当国家初废科举时，程松堂就出资建立思诚学校，后来又建立端本女学，以教育其乡里之子女。胡适的家乡绩溪风气之开，程松堂是有贡献的。接着，胡适又将笔墨转向对程乐亭的人文关怀精神的叙述：

"君为人少而温厚，排侧有父风，为思诚校中弟子，与其弟三四人晨趋学舍，皆恂恂儒稚，同学咸乐亲之。……盖其爱人之诚，根于天性如此。"在文章的最后，胡适引用了许怡苏称赞程乐亭的话，"呜呼，余与乐亭六载同学，相知为深，孰谓乐亭之贤而止于此！夫以乐亭与其尊甫之侧但好义，天不宜厄之，而竟

死，可伤也！"对许怡荪的话，胡适表示了赞同："许君之言诚
也。"（胡适，2001/1911b：117～119）

上述胡适诗文中所表现出来的对朋友的人文关怀精神的赞
美，以及对朋友逝去的深切思念和沉痛哀悼，可以说正是胡适自
己的人文关怀精神的反映。

1913 年，任叔永之弟季彭居住在杭州，因蒿目时艰，忧愤
不已，于是投井而死。任叔永将季彭生时所寄书信集成为《脊
令风雨集》，并系以诗，拿来给胡适看，向胡适索和诗以题其书
集。1914 年胡适为之写了一首题为《自杀篇》的诗歌。该诗总
共有五章，其中三、四章，胡适自己说，为"全篇命意所在"，
又说：

　　此篇以吾所持乐观主义入诗，以责自杀者。（胡适，2001/
1914f：331～332）

综上所论，胡适于 1914 年写的《自杀篇》一诗，以他所持
的乐观主义入诗，既责备自杀者的不理智行为，又警醒人们应该
树立乐观之哲学，珍惜宝贵的生命，即使遭遇艰难困苦，也应抱
定希望，去实现人生的价值和意义。这正是胡适人文关怀精神的
体现。

在文学批评中，胡适以人为本，倡导"人的文学"，要求新
文学应该以白话为工具，写出新思想、新精神，呼吁创造"活文
学"和"真文学"，消灭"死文学"和"假文学"。这正是一种
人文关怀精神的体现，因为只有"活文学"和"真文学"才能真
正地起到感染读者、开启民智、改良社会、革新政治的作用。

具体说来，胡适的人文关怀精神在其文学批评中主要有两个
方面的表现：其一，从文学的形式方面说，反对摹仿古人，批判
那些不能表情达意的死文学，支持与时俱进，倡导能表情达意的

活文学；其二，从文学的内容方面说，批判说谎作伪、思力浅薄的假文学，支持严谨写实、思力深沉的真文学。

早在 1916 年，胡适倡导活文学、批判死文学之思想就已出现苗头，并在当年 4 月 5 日的日记中首次提及："文学革命，至元代而皆以理语为之。其时吾国真可谓有一种'活文学'出世……惜乎五百年来半死之古文，半死之诗词，复夺此'活文学'之席，而'半死文学'遂苟延残喘，以至于今日。"（胡适，2001/1916c：352~256）在同年 4 月 30 日的日记中，胡适又一次呼吁同行要创作活文学："适每谓吾国'活文学'仅有宋人语录、元人杂剧院本、章回小说及元以来之剧本、小说而已。吾辈有志于文学者，当从此下手。"（胡适，2001/1916d：389~395）

到了 1918 年，胡适撰写了《建设的文学革命论》，对他倡导活文学、批判死文学的思想做了进一步的阐释。在他看来，要消灭"什么桐城派的古文哪……聊斋志异派的小说哪"等这些"假文学""死文学""腐败文学"，就一定要用"真文学"和"活文学"来取代它们。当然，在胡适眼里，"活文学"与"死文学"的一个重要区别就在于语言文字。

胡适早期的诗歌翻译，译材主题的选择也体现出他浓浓的人文主义情怀。1907 年还在德国留学的马君武，署名"欧化"，把他翻译的 19 世纪英国著名诗人胡德（Thomas Hood）的名篇《缝衣曲》（又译《缝衣歌》），刊登在当年由留学生主办、在巴黎出版的《新世纪》创刊号上。马君武的《缝衣曲》译诗用五言古诗体译出，诗长近百行，通俗流畅。该诗以现实主义的手法，真实地描写了 19 世纪英国缝衣女工悲惨辛酸的生活，直截了当地描述了被剥削劳工内心的呐喊，在当时产生了极大的影响，被喻为开了"社会抗议文学"的先河。该诗立场鲜明，情感朴实、真挚，感染力很强，深得世人喜欢。就连远在上海，时年 16 岁的胡适在读到这首汉译诗时，也爱不释手，认为"其词酷似香山乐府，充满人道关怀精神"。他找出《缝衣曲》原文，逐一对照，感觉"欧化之译本间有未能惬心之处"，遂以少年特有的勇气，对马君武译诗"就原著窜易数书"，发表在 1908 年 10 月 25 日的《竞业旬报》第 31 期上，这成为胡适最早翻译的一首诗歌。

　　后来，胡适借助诗歌翻译，大胆尝试，使白话入诗，解放诗体，不仅革新了诗歌语言形式和诗学传统观念，预示了新诗转型的发展方向，而且使诗歌从贵族化转向平民化，具有了人文主义的积极意义。早在 1916 年胡适就指出，"吾以为文学在今日不当为少数文人之私产，而当以能普及最大多数之国人为一大能事"（胡适，2001/1916e：427～428）。事实上，白话肩负的使命正好"是要把旧文化旧思想的缺点和新思想的需要'传达'到更多的人，到底'文言'是极少知识分子所拥有的语言"（叶威廉，1992：216），不能普及，不能行远。而白话代替文言成为诗歌语言的正宗，能"促进文学接近文学的本原"，能使诗歌"充分地、自由地表现人的直观感受、真实情感和深切的生活见解"（王铁仙，2003：170）。胡适的诗歌翻译不仅采用白话语言形式，而且诗歌翻译所展现的主题也是普通人家特有的情感与生活，集中反映了胡适诗歌翻译的人文关怀精神，在后面的章节中我们还会对此进一步详细探讨。

第四节　科学实证的文学态度

一　尊重科学：大胆假设，小心求证

　　胡适的思想具有鲜明的科学实证特征。这种特征表现在他始终崇尚科学，崇尚实证，而且大力提倡科学的人生观，提倡以科学的态度和科学的方法来对待社会人生上。

（一）科学实证态度之表现

科学实证方法最早由法国哲学家孔德提出，进而发展为以马赫为代表的经验批判主义和逻辑经验主义，其共同特征是以实证为目标，以经验现象作为哲学研究的基本对象，以可证实原则作为哲学思维的最高原则。作为近代自然科学中一种普遍性的思维方法，科学实证方法具有比较明显的科学主义特征，它渗透到了包括人文社会科学在内的许多学科领域，其中有代表性的是实验主义、结构主义和各种流派的科学哲学。

胡适一生都崇尚科学的人生观，重视科学的精神和科学的方法。正如欧阳哲生所说，胡适"与人谈话，开会演讲，总不离'民主'与'科学'这两大话题"（欧阳哲生，2003：391）。"民主"与"科学"，是五四启蒙运动的两面旗帜，是包括胡适在内的先贤们用以唤醒民众的手段。胡适很早就开始崇尚科学的人生观。在澄衷学堂读书的第二年，胡适发表了一次演讲，题目叫作《论性》。他驳斥孟子性善的主张，也不赞成荀子的性恶说。他承认王阳明的性"无善无恶"是对的。孟子曾说："人性之善也，犹水之就下也。人无有不善，水无有不下。"胡适认为，孟子不懂科学——那时还叫作"格致"——不知道水有保持平衡的道理，又不知道地心吸力的道理。"水无有不下"，并非水性向下，只是地心吸力引它向下。吸力可以引它向下，高地的蓄水塔也可以使自来水管里的水向上。水无上无下，只保持它的水平，却又可上可下，正像人性本无善无恶，却又可善可恶。胡适说，"我这篇《性论》很受同学的欢迎，我也很得意，以为我真用科学证明孟子、王阳明的性论了！"（胡适，1930b：11～24）

在中国公学读书期间，胡适在《竞业旬报》上发表了多篇提倡科学、反对迷信的文章。在第 1 期中，胡适就发表了一篇白话文章《地理学》，用白话通俗地宣传地圆说和一般地理知识。接着又发表了《说雨》、《饮食上的卫生》和《无鬼丛话》。前两篇仍是科普文章，后一篇以讲故事的形式，"破除迷信，开通民智"，宣传科学知识。

留学美国以后，胡适原"想做科学的农学家，以农报国"，因此选读农科。后来，他觉得"救国千万事，何事不当为？而吾性所适，仅有适宜"，于是转而学文。但是他的"科学救国"思想从未因此而稍减，仍积极地参加留美学生中的一些重要的科学活动，关心他们的成就，同他们保持密切的联系。1914 年他与留美的同学赵元任、周仁、胡达、秉志、章元善、过探先、金邦正、杨铨、任鸿隽等，一日聚谈于一室，共同发起成立一个叫"科学社"的组织，并创办一月报，名之曰《科学》，其宗旨是"提倡科学，鼓吹实业，审定名词，传播知识"。对于此种行为，胡适认为，"其用心至可嘉许"。

1915 年 9 月 17 日他在《送梅觐庄往哈佛大学》的诗中写道："但祝天生几牛敦（Newton），还求千百客尔文（Kelvin），辅以无数爱迪孙（Edison），便教国库富且殷，更无谁某妇无裈（音昆，今之裤也），乃练熊罴百万军，谁其帅之拿破仑。恢我土宇固我藩，百年奇辱一朝翻！"（胡适，2001/1915b：283～285）1917 年 3 月科学社第一次年会合影，胡适极为珍视，将照片粘贴在日记里，并记下："此中不独多吾旧友故交，其中人物，大足代表留美学界之最良秀一分子，故载之于此。"回国后，胡适仍是科学社的一员，继续参加科学社的活动。

胡适早年对科学的崇尚，使他后来形成了科学的人生观，这对于他注重以科学的态度和方法解决社会人生问题产生了重大的影响。这首先表现在他通过著书立说，从理论上大力倡导科学的精神和科学的方法上。例如，1919 年 2 月，胡适写了《不朽——我的宗教》一文。在这篇文章里，胡适以科学的人生观为基础，提出了自己的"社会不朽论"。在胡适看来，社会的生命，无论

看纵剖面，还是看横截面，都像一种有机的组织。胡适说，任何
一个"小我"都不是独立存在的，是和无数其他"小我"有直接
或间接的交互关系的；是和社会的全体及世界的全体即"大我"
都有互为影响的关系的。因此，"小我"是会消灭的，"大我"是
永远不灭的；"小我"是有死的，"大我"是永远不死，永远不
朽的。

胡适接着指出，"小我"虽然会死，但是每一个"小我"的
一切作为，一切功德罪恶，一切语言行事，无论大小，无论是
非，无论善恶，都永远留存在那个"大我"之中。因为"大我"
是永远不朽的，所以一切"小我"的事业、人格，一举一动，一
言一笑，一个念头，一桩罪过，也都永远不朽。这便是社会的不
朽，"大我"的不朽。又如，1919 年 3 月，在《少年中国之精
神》一文中，胡适指出，一般中国人因为正当方法的缺乏，所以
才有灵异鬼怪的迷信、谩骂无理的议论、用"子曰诗云"作根据
的议论及把西洋古人当作无上真理的议论等不正常的现象。除了
这些以外，还有一种"目的热"，也就是迷信一些空虚的大话，
认作高尚的目的，全不问这种观念的意义究竟如何。在胡适看
来，以上所说的各种现象都是缺乏方法的表示。因此，他主张：
"我们既然自认为是'少年中国'，不可不有一种新方法，这种新
方法，应该是科学的方法。"（胡适，2016b：1~2）

第一次世界大战后，劫后余生的欧洲人对科学产生了怀疑和
反感，因为双方都使用了新式武器，原指望科学为人类造福，结
果其却成为屠杀人类、毁灭文明的凶器。这也影响到一些中国人
的思想。1919 年梁启超旅欧，发表了《欧游心影录》，罗列了科
学家依据科学所建立起的人生观之罪状，认为科学家的人生观使
人生没有一毫意味，使人类没有一毫价值，其没有给人类带来幸
福，于是传出了欧洲"科学破产"的喊声。梁启超的这番言论在
国内产生了很大的反响，以致形成一股不小的反科学思潮，终于

在 1923 年发生了著名的"科玄论战"。胡适是科学派的主将，他先后发表了《〈科学与人生观〉序》《我们对于近代西洋文明的态度》《科学的人生观》《请大家来照镜子》等重要文章，批驳反科学的观点，阐述科学技术对建设人类物质文明和精神文明的巨大意义，痛陈中国急需西方近代科学来根治贫弱和愚昧落后的状况。

（二）科学实证态度之成因

胡适科学实证态度的形成首先得益于西方现代科学主义。19 世纪 70 年代以后，西方的科学实证方法开始在中国传播。王韬在《英人培根》一文中介绍了培根的归纳逻辑。《万国公报》从 1878 年起分九次连载了慕威廉系统介绍培根基于经验论的逻辑归纳法的文章《格物新法》。严复先后向国人介绍了赫胥黎的进化论、斯宾塞的社会有机体学说和社会达尔文学说、穆勒（密尔）的认识论及其逻辑思想，是最早系统介绍和倡导实证主义及其方法的先贤。1903 年前后，梁启超发表《西儒学案》，着重介绍了霍布斯、笛卡尔、洛克、康德等西方经验论和唯理论哲学家的思想，加深了国人对西方实证主义思想方法的了解。严复翻译的《穆勒名学》《名学浅说》，王国维翻译的《辩学》成为当时高级学校的参考书。可以说，他们的译介工作开创了我国学术界学习西方归纳逻辑的新时代。

受此时代思潮的影响，胡适很早就对现代西方的科学知识和科学精神表现出极大的兴趣。从 1904 年到 1910 年的六年间，他在上海求学，投入了大量的时间和精力刻苦攻读数学，这可以说明此时的胡适对科学事业的向往。正如周明之所说："他专注于数学还是为了压抑早年对文学和历史的感情，把自己的努力导向科学事业。"（周明之，2005：7）胡适自己也说，他半夜里偷点着蜡烛，伏在枕头上演习代数问题，本来是想走到自然科学的路上去，只不过，由于他对文学和史学兴趣已深，习惯已成，虽竭力想矫正回来，但最终未能成功。

西方现代科学主义对胡适的影响主要发生在胡适留学美国以后。1910 年，对科学事业的向往使得胡适一到美国就进了康奈尔大学农学院，直到 1912 年春，他才转学哲学。在农学院，胡适不仅学到了许多科学知识，受到了科学思维的训练，更切身感受了科学精神，认识到了科学的价值。此外，还要指出的是，胡适的科学实证思想的形成与杜威的实验主义哲学对他的重要影响也是分不开的。在美留学期间，胡适跟随实验主义大师杜威专心学习过实验主义。杜威的实验主义是一种注重科学实验的哲学，它要求人们对待任何事情，都要有科学的态度、科学的精神和科学的方法，这正如潘公展在《实验主义：记胡适之先生在江苏省教育会演说辞》一文中的笔述："实验主义所当取的态度，也就和科学家试验的态度一样。……实验主义是十九世纪科学发达的结果。……实验主义和政治、经济、社会、教育、学理的种种方面都有关系，就因为他的方法与别个方法不同，他的方法，简单说起来，就是不重空泛的议论，不慕好听的名词。注重真正的事实，探求试验的效果。"（潘公展，1919：114～118）

胡适更看重现代西方的科学实证方法，也是由当时挽救民族危亡的理想所决定的。当时的一批先进的知识分子将现代西方社会高度发展的文明归结于科学发达的结果。与此相对照的是，中国之所以落后，乃是因为科学落后，尤其是自然科学落后，"器不如人"，"技不如人"，于是近代中国引进了科学思想和方法，尤其是实证主义方法，使之深入人心。借用殷海光的话来说就是，"五四时代的思想主要是出于反传统，于是形成一股气流，以为凡传统的东西都不足以'匡时救国'，并且有碍于创造新社会，因此应须一律扫除。这种想法导出另一种想法，即以为要'匡时救国'即'创造新社会'必须求之于中国传统里所没有的东西。科学与民主是中国所没有的'西来法'，因此被热烈提倡。至于中国人的价值取向、思想模态是否适合于一步登天似的学习科学……这些深层次的问题，当时一般的知识分子在意兴高潮激荡之下是考虑不到的。于是提倡科学之最直接的结果是把科学看作是唯物论或科学主义（Scientism）"（殷光海，2008：41）。

二　在文学创作与批评中倡导科学实证

胡适思想中的科学实证性在其文学活动中有突出的表现。无论在他的文学创作中，还是在他的文学批评中，他都推崇科学的人生观，大力提倡以科学的态度和方法来对待社会人生。

（一）在文学创作中倡导科学实证

胡适在文学创作中倡导科学实证，突出地体现在他未完成的长篇小说《真如岛》中。胡适说过，他写作这部小说的用意是"破除迷信，开通民智"。不仅小说的人物和情节均围绕这个主题而设，作者的议论更是直接揭示了主题。如第一回"虞善仁疑心致病，孙绍武正论祛迷"中说道，一个大约五十岁的名叫虞善仁的人，因为相信菩萨，相信算命先生的话，着了算命先生的迷，所以生了病。而虞善仁的外甥孙绍武是一个思想开通的人，在听了虞善仁的一番话以后，他就晓得这病是"疑心"上生出来的，于是用言语开导舅舅，使其放宽心思。在听完孙绍武的这一番话后，虞善仁什么疑心都没有了，这病便觉得轻了许多。这一回的结尾部分，作者发表了这样的反对迷信的议论：

> 忧命是迷信的第一关头，疑心是忧命的多方颠倒。入迷故忧命，忧命故多疑，多疑故致疾，俗语说的"疑心生暗鬼"是不错的了。（希疆，1906a：27～32）

又如第二回"议婚事问道盲人，求神签决心土偶"中，小说写道，虞善仁自从听了孙绍武一番议论之后，那病"便不知不觉的好起来了"，但由于"信力不坚"的缘故，在女儿的婚姻问题上，"又入了迷途"。作者在这一回的结尾部分说：

> 瞎子算命，土偶示签，夫妇造端，几同儿戏，以致造成多少专制婚姻，颠倒婚姻，苦恼婚姻，而实收此愚国愚民之恶果。咳！迷信的罪恶，还有更大的么？（希疆，1906b：25～30）

又如在小说的第三回"辟愚顽闲论薄俗，占时日几谏高堂"中，孙绍武对于他的好友郭明志有这样一番议论："……这些历本，本来是书上所说的'敬授民时'的意思，使百姓大家都晓得些天时的变迁，到了什么时候，便可作什么事。譬如到了春天的时候，便可以做耕田播种孵蛋理桑的事情，使大家懂得这天时和人事的关系，不致耽搁工夫，这便是造这历本的本来意思。可笑那些钦天监、礼部，都不懂得这些道理，却把许多宜出行不宜沐浴，宜会亲友，不宜祭祀的话头，记在历本上面，不但于大家没有利益，并且有许多人，因为这个上头，应该出门的倒不出门了，应该沐浴的倒不沐浴了，这岂不是反耽搁了人家的工夫么？讲到一个人，身体齷齪了便要沐浴，有事便要出行，该会亲友时便会亲友，该祭祀便祭祀，那里有什么宜不宜呢？那里关乎什么日子的吉凶呢？"（希疆，1906c：31～36）对于孙绍武的这一番议论，作者表示了十分赞同：

> 选择时日的迷信，在中国社会上，已成一牢不可破的恶习，安得有孙绍武这番快论，普告世人。（希疆，1906c：31～36）

　　像这样的反对迷信思想的议论，在小说的其他章节中处处可见，兹不一一列举。这些议论均表现了作者反对迷信、提倡科学的态度。

　　1919 年胡适发表了短篇小说《差不多先生传》，对于那种思想粗疏，一生不肯认真，不肯算账，不肯计较，缺乏科学态度的人，进行了善意的嘲弄。在这篇小说中，胡适首先说道，"差不多先生"是中国最有名的人，他的名字天天挂在大家的口头，他是全中国人的代表。接着，胡适又介绍了差不多先生突出的性格特征：差不多先生的相貌和你和我都差不多。他有一双眼睛，但看得不很清楚；有两只耳朵，但听得不很分明；有鼻子和嘴，但对于气味和口味都不很讲究。他的脑子也不少，但他的记性却不很精明，他的思想也不很细密。差不多先生常常说的一句话："凡事只要差不多，就好了。何必太精明呢？"（胡适，1924：25～26）

　　差不多先生"凡事只要差不多，就好了"的态度，使他在日常生活中犯了许多错误，而且最后酿成了他人生的悲剧，使他丢掉了性命。小说中写道，有一天，差不多先生忽然得了急病，赶快叫家人去请东街的汪医生。那家人急忙跑去，一时寻不着东街的汪大夫，却把西街的牛医王大夫请来了。差不多先生病在床上，知道寻错了人；但病急了，身上痛苦，心里焦急，等不得了，心里想道："好在王大夫跟汪大夫也差不多，让他试试看罢。"（胡适，1924：25～26）于是这位牛医王大夫走近床前，用医牛的法子给差不多先生治病。不上一点钟，差不多先生就一命呜呼了。

　　更令人惊奇的是，这位差不多先生将"生"与"死"也看成差不多。小说中写道，差不多先生差不多要死的时候，一口气断断续续地说道："活人同死人也差不多，凡事只要差不多就好了，何必太认真呢？"（胡适，1924：25～26）

在小说的最后，作者揭示了这样一个现象：像差不多先生这种记性不很精明、思想不很细密的人具有很大的代表性。对于这种现象，作者予以了批判："中国从此就成了一个懒人国了。"（胡适，1924：25~26）通过以上分析，可以看出，作者对差不多先生思想粗疏、态度苟且的人生观的批判，目的就是倡导一种思想细密、态度认真的人生观，这正是胡适的科学人生观的反映。

（二）在文学批评中倡导科学实证

胡适在文学批评中的科学实证态度，特别突出地体现为他自觉地以科学实证的批评方法和批评话语来开展文学批评，注重逻辑思辨和理性分析，注重以事实和证据说话。这有别于传统文学批评中注重以含蓄朦胧的诗性语言来表达批评者的感性体验和主观印象的方式。对于传统文学批评中的这些非科学化倾向，胡适是持反对态度的。

胡适所倡导的文学革命，首先是一个形式问题。因此，他的文学批评中的科学化倾向首先体现于他对作品形式的科学化分析上。他在《谈新诗》一文中说："文学革命的运动，不论古今中外，大概都是从'文的形式'一方面下手，大概都是先要求语言文字文体等方面的大解放。……这一次中国文学的革命运动，也是先要求语言文字和文体的解放。"（胡适，1919c：1~4）因此，在文学批评中，胡适特别注重对文学作品形式的科学分析。

除了古典小说以外，关于《诗经》的解读，胡适主张"我们要大胆地推翻二千年来积下的附会的见解；完全用社会学的，历史的，文学的眼光重新给每一首诗下个解释"，"这一部《诗经》已被前人闹得乌烟瘴气，莫名其妙了。一部活泼泼的文学因为他们这种牵强附会的解释，便把他的真意完全失掉，这是很可痛惜的！"（胡适，1998/1932：472、475）关于屈原和《楚辞》，胡适对前人的研究也大胆地提出了不同的观点。在他看来，屈原"是一种复合物，是一种'箭垛式'的人物，与黄帝、周公同类，与希腊的荷马同类。……我们须要明白：屈原的传说不推翻，则《楚辞》只是一部忠臣教科书，但不是文学。……我们必须推翻屈原的传说，打破一切村学究的旧注，从《楚辞》本身上去寻出他的文学意味来，然后《楚辞》的文学价值可以有回复的希望"（胡适，1922b：2～3）。

胡适在文学批评中的上述表现，反映的是他不盲从、不迷信的科学态度和科学精神。在文学批评中，胡适不仅敢于质疑、批判前人的定论并大胆假设、提出自己的看法，而且尊重事实、尊重证据，注重以小心求证的方法证明自己的假设。众所周知，胡适把他的这种研究方法概括为著名的"大胆的假设，小心的求证"。

胡适把这种尊重事实、小心求证的科学方法主要应用于对中国古代和近代小说所做的考证和研究之中，取得了极大的成功。自1921年起，胡适陆续写了《〈红楼梦〉考证》（1921年）、《跋〈红楼梦〉考证》（1922年）、《重印乾隆壬子本〈红楼梦〉序》（1927年）、《考证〈红楼梦〉的新材料》（1928年）、《跋乾隆庚辰本脂砚斋重评〈石头记〉》（1933年）等重要文章，小心地求证《红楼梦》的作者、时代、版本等问题，确定了曹雪芹的家世和生平，打破了当时学术界种种牵强附会的《红楼梦》谜学。

同样，胡适还应用这种尊重事实、小心求证的科学方法，发现了《水浒传》"不是青天白日里从半空掉下来的"，而是几百年的"梁山故事"的结晶（胡适，2012：3～29）；《三国演义》"不是一个人做的，乃是五百多年的演义家的共同作品"（胡适，1925/1922：1～12）；《西游记》"有了几百年逐渐演化的历史，这部书起于民间的传说和神话"（胡适，2012：97～124）。所有这些在"大胆的假设，小心的求证"基础上进行的考证与研究，无不凸显胡适科学实证的文学态度。

第三章　胡适白话思想与白话译诗

第一节　胡适前期的白话研究

一般说来，中国文学史分期为：古代（从先秦到 1840 年鸦片战争之前）、近代（从 1840 年鸦片战争到 1919 年五四运动之前）、现代（从 1919 年五四运动到 1949 年中华人民共和国成立之前）、当代（从 1949 年至今）。这种划分虽然主要以历史、政治事件为标准，但也适合用来研究中国文学史及翻译文学史。因此本节拟以此分期探讨胡适前期的白话研究，即胡适视野中的古代白话与近代白话。

一　胡适视野中的古代白话

关于胡适对古代白话的认知与态度，我们可以从他的《白话文学史》与《国语文学史》中一窥究竟。在胡适眼里，古代白话的一个重要特点是，它与他在五四时期主张的现代白话没有什么不同，他认为，白话的根源可以从"文学"里面找到，主张从白话文学史来探索白话的功能。因此，他说，"第一，我要大家知道白话文学不是这三四年来几个人凭空捏造出来的；我要大家知道白话文学是有历史的，是有很长又很光荣的历史的。第二，我要大家知道白话文学在中国文学史上占一个什么地位。"（胡适，

1998a：149～150）这样，在胡适看来，白话不仅有其历史根源，而且有其文学史地位，甚至有时还主导文学的命脉；但是种种因素使其遮蔽在文言的阴影中，其重要性常常受到忽视，因此厘清白话的历史根源，探讨白话本来的历史地位，就成了胡适最重要的工作。

胡适认为，战国时期由于各诸侯国各有各的方言，语体难以一致，无法做到"国语统一"，当时的政府只得把古文作为官话，把古文定为教育工具，把"文言"用作各诸侯国相互交流的共同语。而"科举"考试使用文言，不仅保证了文言的延续，而且提升了文言的价值，但阻碍了白话的发展。元朝因种种因素八年未进行科举考试，白话文学才又兴盛起来了。从中我们可以看出，胡适提倡白话，他把白话视为"方言"一样的口头语，是以说话的语言为主体，而把文言视为科举考试的书面语，是各诸侯国通用的共同语。在胡适看来，白话最显著的特点就是，它是自己说话的语言，而且随说话人居住地的不同而不同。由于各诸侯国没有白话文，即没有自己口头语的书写文字，所以文言文长期居于正统的地位，白话的位置被文言遮蔽。

在胡适的观念里，所谓白话指的就是"有什么话，说什么话；话怎么说，就怎么说"，白话是人们口头上所说的话，是可以写出来的语言，各种方言也可用白话来写成书面语，用说话的口气写出来的方言书面语就是白话文。带着"说话"的口气是白话文非常重要的观察指标。正是因为如此，胡适特别认可"宋人的诗的好处是用说话的口气来做诗"的"做诗如说话"的作诗方法。他在鉴赏苏轼所作的诗时，认为"（苏轼）他的好处不在能用'玉楼''银海'一类的典故，而在能用'牛矢''牛栏'一类极平常的事物做出好诗来。他的律诗之那些好的也只是用说话体来做诗"（胡适，1998a：80）。在评价黄庭坚的《题莲花诗》时，他说"这种朴素简洁的白描技术完全是和白话诗一致的，黄庭坚的诗，更可以表现这个'做诗如说话'的意思"（胡适，1998a：80）。虽然北宋诗人苏轼、黄庭坚等人的诗歌有些地方还没有摆脱旧诗形式的束缚，但他们的诗歌里使用人们口头上所说的常用词汇，应用朴素简洁的白描技术，无疑加强了白话的说话口气。

　　苏轼、黄庭坚等北宋诗人"做诗如说话"的诗观，对南宋前半期的白话诗人如陆游和后半期的江湖诗派诗人如刘克庄等产生了重要的影响，他们作诗更加重视用说话的口气。胡适认为陆游"做诗只是真率，只是自然，只是运用平常经验与平常话语"，他们应用朴实无华的口头白话语言，真正摆脱了用典和用韵等传统诗观。我们再来看看中国"故事诗"的由来，胡适认为"纯粹的故事诗的产生不在于文人阶级而在于爱听故事又爱说故事的民间"（胡适，1998a：189）。喜欢讲话、听故事的老百姓，以白话来传说自己或自己创作的故事，逐渐变长了，自然形成了故事诗的环境。众所周知，中国文学史上第一部长篇故事诗《孔雀东南飞》是由当时民间的口头白话语言组织而成的长篇民歌，著名的《陌上桑》与《孤儿行》是基于谈话模式的叙事诗。用谈话的方式作诗，不仅使诗行散发着浓烈的口头语言气氛，而且还使诗歌充斥着通俗乃至土气的质感。在传统意义上，白话是用来说的，而文言是用来写的，是两套不同的话语系统；但胡适发现了在中国文学史里也有使用说话的白话来作诗的众多例子，这一发现成为胡适强调白话功能的一大成就。

　　古代白话的另一个特点是它产生于民间，是民间老百姓在日常生活中使用的口头语言。事实上，《楚辞》里的《九歌》、汉魏六朝的乐府以及《国风》均产生于民间。胡适在从汉朝民歌里寻找白话文学的渊源时，所说的白话实际上就是平民语言，比如汉代有一首叫《江南可采莲》的民歌：

　　江南可采莲，莲叶何田田！鱼戏莲叶间。鱼戏莲叶东，鱼戏莲叶西，鱼戏莲叶南，鱼戏莲叶北。（胡适，1998a：161）

　　这种民歌意义简单，音节自然，格式随便不僵硬，语言朴实，歌词通俗易懂，展示老百姓活的生活、活的情感，自然产出活的文学。这些民歌大多是不识字的平民创造的，是他们对活的生活的自然流露，比如妈妈唱的摇篮曲、农夫唱的劳动谣、织布妇女唱的歌曲、舞女亦歌亦舞的歌曲，无一不反映了平民百姓的真情实感和喜怒哀乐。"他们只真率地唱了他们的歌，真率地说了他们的故事，这是平民文学的起点"（胡适，1998a：165），当然也是白话文学的发轫。普通老百姓表达感情与士大夫及上流社会不一样，他们用自己生活中的语言表达劳动的艰辛与收获、恋爱的幸福与痛苦，被父母抛弃的可怜与悲惨等，用词往往直白、率真，不隐晦，是自己生活中真实的感觉，而士大夫及上流社会的情感表达则复杂委婉，用词甚至晦涩难懂。这样一来，老百姓唱的歌曲是"活"着的，他们在生活中使用的语言也是"活"着的，这些源自日常生活中真实在用的文字当然也是"活"着的文字。与之对应的则是，只带着自豪、骄傲写无关生活痛痒的事，嘴上说得漂亮，实际上做的是另一套的死文字。"活"文字是白话的源泉，也是白话文学的源泉。

　　白话源自民间普通百姓真实在用的语言，具有自然朴素、清楚明白和流畅的特征，这些特征使文学走向通俗化。《讥俗节义》是汉朝著名哲学家王充的文学佳作，他在写作中"集以俗言"，即采用了俗的语言，是用白话写成的。他的另一部佳作《论衡》也充满了朴实通俗的语言。他说自己采用了朴实通俗的语言，是为了分辨"华伪之文"，即分辨文章的真假。这说明用俗的语言写文章才是真正的文章，才有价值，否则就是假文章，没有价值。俗的语言与民间普通的、普遍的、不复杂的语言相同，容易为普罗大众所理解和接受。它与民众的生活息息相关，具有白话的属性。胡适曾在《文学改良刍议》里倡导，不避俗字俗语，与通俗化的主张一致，主张以俗字、俗话来写的文学才可以诞生"活"文学。然而这种通俗化文风，在汉末魏晋时受到"文人化"趋势的严重冲击。"文人化"文体渐趋盛行，如民歌、五言诗、七言诗、乐府等文学，慢慢为"文人化"的文言所规定化，甚至凝固化。这样，俗的语言，即通俗的白话，又一次失去其应有的文学地位。

"辞赋化""骈俪化"是"文人化"语言的表征，它们在汉末魏晋六朝时非常盛行，甚至非常激进。当时几乎所有抒情诗、议论文乃至描写优美风景的文学作品都被骈偶化，文学上所有的形式都被凝固化、古典化了，形式化趋势十分明显。这样的"文人化"气氛，当然不利于承认白话的地位。

后来被誉为"田园诗派鼻祖"的陶渊明横空出世，其"自然"文风渐入人心。由于他辞官归隐田园，生活在自然的民间，用民间的语言来写诗，因而使用的语言是自然的，表达的方式和表达的思想是自然的，描写的民间田园生活当然也是自然的。他亲自下地种庄稼，用自然、率真的民间语言来描写自己的农耕生活与耕作经验，劝诫人们参与农事，躬耕田园。在他的《劝农》《癸卯岁始春怀古田舍二首》《归园田居五首》《庚戌岁九月中于西田获早稻》等诗歌里面，随处可见"耕""种""耘""来""播种""收获"等关于农事的词汇。这些描写田园生活的词汇与语言，打破了"文人化"语言的氛围，形成了"自然"的文风，就是白话的自然。

陶渊明的自然诗风，对当时文学界产生了重要的影响。随后同时代的"田园"诗人相继出现，形成了一派田园诗风。7~8世纪的文人如孟浩然等也都深受陶渊明"自然"文风的影响，在文学上产生了新鲜、活泼的文学派别。他们的诗歌之所以生动而流传下来，主要原因就在于他们以"自然的白话"来创作文学。

二　胡适视野中的近代白话

胡适于 1922 年发表《五十年来中国之文学》，描述了从 1872 年到 1922 年这五十年间中国文学的发展历程。他认为这五十年是"现世"，但在今天看来，他所描写的那五十年应该是近现代。

近代中国很不平静，自 1840 年鸦片战争开始，先后爆发太平天国运动（1851）、洋务运动（1861）、中法战争（1883）、中日甲午战争（1894）、戊戌变法（1898）、辛亥革命（1911）。频繁的运动与战争导致国内社会急剧变化与转换，各种社会思潮迭起。作为凝聚思想、文化、历史、传统等社会基本因素的文学，其基本结构无疑也因国家动荡产生了极大的变化和转换。一些知识分子认为文言文阻碍了国家的进步与发展，主张使用白话文；一些知识分子提出"诗界大革命""小说界革命"等主张，改造文学类型。

胡适认为"旧文学就卖在不值得一驳"（胡适，1918a：6~23）。它们包括桐城派的文章、湘乡派的古文、《文选》派的文学、江西派的诗歌、梦窗派的词、《聊斋志异》派的小说等。在他看来，这些文学作品纯粹模仿前人，沿袭传统思想，"没有一种真有价值，真有生气，真可算作文学的新文学起来代他们的位置"（胡适，1918a：6~23）。尤其是这些作品的文体，沿袭"古文"体，继承四六骈俪的传统，没有任何新意。这样的沿袭与继承没有发展、没有进步，当然难以产出文学的价值。太平天国运动时期出现过一些诸如郑珍、王云、金和等文学家的好文学，他们的作品比桐城派的文章开放了一点，但还不能完全开"通"。

鸦片战争迫使中国打开国门，西人通过战争进入中国，中国学生留学西方，中西文化的接触与交流引起了中国旧文学的变革，中国文学随之进入新的发展阶段。其中，翻译功莫大焉，

"翻译文"扮演着重要的角色，对传播西方新思想、改造旧文学起着重要的作用。像李提摩太这样的一批西方传教士，到中国后，在王韬等开明进步的中国文人帮助下，大量翻译西书。他们虽以翻译《新旧约全书》等宗教书为主，但也翻译科学和应用科学方面的书，即"格致之书"，如《金石识别》和《地学浅释》等，还翻译了《泰西新史揽要》《万国公法》等有关历史、政治、法制的书籍。这些译书受到时人关注，但因国家动荡不断，他们的译材选择局限于此，对哲学、文学、文化等题材的关注严重不足。只有两位中国译者严复与林纾跳出了这种局限性。

严复是通过翻译《天演论》《群己权界论》《群学肄言》等向国人介绍西方近世思想的第一人。他翻译赫胥黎的《天演论》这部进化论代表作，向国人介绍"物竞天择，适者生存"的自然演进规律和"优胜劣汰"的自然逻辑，启发了坐井观天的中国人，启蒙了陷入亡国失落的知识分子。林纾通过翻译《茶花女》《黑奴吁天录》《拊掌录》等作品，打破了以才子佳人、英雄传记等内容来巩固中国文学的樊篱，代之以新鲜的故事、生动的描写为中国文人的创作开辟了新路。

频繁的战争与国家治理的无能导致了一种新文体"议论文"的产生。议论文也叫"说理文"，是一种剖析事理，论述事理，发表意见，提出主张，从而影响他人的文体，具有观点明确、论据充分、语言精练、论证合理、有严密的逻辑性等特点。通过议论文，先进的中国知识分子开始针砭时弊，分析中国落后的原因，提出解决办法，从而引导社会变化，引领社会发展。在中国近代史上，以议论文来影响社会和国人，做得最好的要数康有为、梁启超、谭嗣同等。

谭嗣同的《仁学》就是这样一篇反对封建思想的议论文。在这篇激进的檄文里，他反对封建伦常，宣扬通过破除名教、亲疏等传统的束缚，通过破除封建等级制度来强调革新、平等、民主，主张用资产阶级的博爱、平等、自由和民主来破除传统封建专制主义，用科学来破除愚昧。文章逻辑性强，内容也颠覆了封建主义旧思想、旧制度。虽然它的语言形式仍然保留了骈体文的风格，也还保留了"文言"的气息，但其体例之奔放，语调之大胆，是所有八股文里所罕见的，可谓形式方面的大变化、大解放。因此我们可以说，虽然《仁学》的文体还算不上完全的白话，但是其已经开启了从文言向白话过渡的征程了。

梁启超议论文中的白话精神就更明显了。他在《论进步》里说，中国不如其他国家进步有三个原因：第一，主观上中国人"大一统而竞争绝也"，不知"竞争为进化之母"；第二，客观上"环蛮族而交通难"导致与其他社会缺乏相互沟通，不能由交流而进步；第三，"言文分而人智局也"，"能通今文者，已可得普通之智识，其古文之学，待诸专门名家者之讨求而已"（梁启超，1902b）。因此，梁启超认为，日本人之所以进步，是因为他们具有破坏之心，法国之所以社会进步，是因为拥有破坏力量。如果国家变成一种障碍，不能让人进步，人们就会学习新知识，产生新思想，然后破坏旧结构，建设新社会。

胡适在谈到近代白话精神时还特别提到近代文学家章炳麟的"述学文"和"正论文"。章炳麟是清末民初的革命家、中国近代著名朴学大师。他涉猎广泛，对文学、历史、哲学、政治等都有很深的造诣。胡适对章炳麟在古文学方面的造诣评价很高，认为他的论文不仅大多具有启蒙意义，而且在内容与形式上都能"成一家言"，评论说"他承认文是起于应用的，是一种代言的工具；一切无句读的表谱簿录，和一切有句读的文辞，并无根本的区别。至于'有韵为文，无韵为笔'，和'学说以启人思，文辞以人感'的区别，更不能成立了"（胡适，1923）。这样一说，章炳麟无疑被提高了文学的地位，更表明说理的文章都有文学的价值。在他众多的著作中，研究语言文字的《国故论衡》开辟了中国现代文学的新河流。

第二节　胡适白话思想的形成及发展

一　上海时期

众所周知，社会环境会对人产生巨大而深远的影响。一般说来，人们的生活方式随社会环境和气氛的变化而变化，人们的心理状态、价值观、思想也会随之而发生变化。尤其是处于急剧变化的年代，环境对人的影响更是无以复加。1904 年胡适从徽州的乡下来到上海求学，直至 1910 年，一共在上海生活了六年，这六年恰逢上海社会环境和氛围急剧变化的时代。当时的上海，由于很多移民来到这里求学、工作和生活，新旧文化共存、东西文明冲突，它变得热闹繁华，开始以远东"新都市"而闻名于世。上海这样的大都市环境和氛围，对来自偏僻乡下、生活在中国传统氛围中的青年胡适来说，其影响当然是巨大的。

然而学界对胡适在上海时期的历史研究不多。耿云志将胡适的一生分为准备期、开创期、稳定期、动荡期和晚年五个阶段。由此可见，过去的研究大多数没有涉及胡适的上海时期。

欧阳哲生、易竹贤是极少数的两位关注到胡适上海时期的学者。前者在《胡适的文化世界》一文中把胡适的一生划分成三个阶段：早年（1891～1917）、前期（1918～1937）、后期（1938～1946）。后者则在《胡适传》里把胡适的一生分得更详细：少年时代（1891～1904），上海求"新学"（1905～1910），西乞医国术（1911～1917），新文化运动洪流中（1918～1921），在歧路上（1922～1925），欧美之行（1926～1927），《新月》、人权及其他（1928～1930），"独立"的争斗（1931～1937），过河卒子（1938～1949），飘零的晚年（1950～1962）。此外，美国学者格里德（J. B. Grieder）在《胡适之评传》中认为，胡适在上海求学时期就接触到进化论思想，这对他的一生都产生了影响。李敖则干脆把胡适的上海时期叫"青春期"（李敖，2006：338）。

大多数学者忽略了对胡适上海时期这一段历史的研究，可能是认为这一时期胡适年纪尚小，其人生阅历不过是他白话思想的垫脚石而已，并未具有多大的实际意义。而上述提到的像欧阳哲生、易竹贤、格里德和李敖等少数学者，虽然注意到了胡适上海时期的成长经历，与其他研究胡适的学者比起来，扩大了胡适研究的范围，却都忽视了上海时期这段经历对胡适后来形成白话思想的奠基作用。当然，上海时期的胡适并没有提出他后来所主张的白话理论，但是在上海的六年经历，实实在在让胡适积累了知识，开阔了眼界，打好了白话及文学的理论基础。事实上，胡适在《四十自述》中把自己四十年的生活分为三个阶段：留学以前、留学的七年（1910～1917）、归国以后（1917～1931）。显然，上海时期在胡适心里是有分量的一段时间。他在评论这一时期的经历时曾说："今年回头看看这些文字，真有如同隔世之感。但我很诧异的是有一些思想后来成为我的重要的出发点的，在那十七八岁的时期已有了很明白的倾向了。"（胡适，1931b：70～87）

1904 年，十四岁的胡适跟着要医治肺病的三哥从徽州乡下来到上海。当时的上海已初具远东大都市规模，文化集会众多，各类新思想、新文化在此交汇，其中蕴含着中国从未有过的教育、政治、经济等新观念。特别是当时的上海教育先进而发达，接受新式教育蔚然成风。到上海之后，胡适先后入梅溪学堂、澄衷学堂学习，1906 年考取中国公学，接受新式教育。1910 年又考取"庚款学生"，留学美国。在梅溪学堂学习期间，胡适除了学习传统的经史、国文外，还学习了舆论、时务、格致、数学等新课程，后来又增设了英文、法文等课程。1905 年胡适进入澄衷学堂，所学课程更加完备，除国文、英文、算术等课程外，也要学物理、博物、图画课程。考入中国公学后，除了课堂给予的更宽广的思想洗礼外，胡适受到最大的影响还来自邹容的《革命军》、严复的《天演论》《群己权界论》和梁启超的思想与报刊等。诚如他自己所言，"这时代是梁先生的文章最有势力的时代，他虽不曾明白提倡种族革命，却在一班年轻人的脑海里种下了不少革命种子"（胡适，1930b：11～24）。由此可见，胡适在上海学习到了与中国传统文化完全不同的西方先进科学知识，这让他拓展了知识，开阔了眼界，对其丰富多彩的思想世界无疑产生了巨大的影响。

胡适在上海时期所接受的新式教育，使这位乡村佬儿迅速成长为"小知识分子"，他把自己在学习、生活中感觉到的社会悖理、负面传统写成很多文章，在《竞业旬报》公开发表。于是我们看到了一个"有自我知识思想的胡适"、"真正意义上的有学问的胡适"和"具有强烈批判精神的胡适"等。首先是在《婚姻篇》（第25期）里，少年胡适严厉地批判了中国传统伦理家庭，提出了他的中国传统伦理与主张。他认为"我国几千年来人种一日贱一日，道德一日堕落一日，体格一日弱似一日，都只为做父母的太不留意于子女的婚姻了，太不专制了"。他说中国人的婚姻"是极随便的"，"太放任了"。因而他主张"第一要父母主婚，第二是子女有权干预"。由此可见，胡适对婚姻的主张是在"忠孝"的前提下保持个人立场的意见，这种主张合时势合情理。在《论家庭教育》（第26期）中胡适提到"中国几万万同胞被人家瞧不起，给人家当奴才当牛马，其祸根在于没有家庭教育"（铁儿①，1908a：1～4）。他痛惜中国人被忽视的根源在于没有受到良好的家庭教育，认为对这一问题，可以通过广开女学堂使男女所受教育平等来加以解决。由此，胡适提出了女子教育和女子

---

① 胡适笔名。

解放问题。其次是胡适对当时中国政府和国民缺点的批判，表明了他强烈的"爱国"之心。在《社会杂评（二）·中国的政府》（第 28 期）里，胡适毫不留情地揭露了当时中国政府对内残暴，对外谄媚的嘴脸；痛批了当时中国政府在美国退赔庚款事件中的丑行；义愤填膺地表达了对当时政府的失望，认为这是一个糊涂且罪恶的政府。另外，他还在《本报周年之大纪念》（第 37 期）里大声呐喊道："我们中国在本报这一周年之内，发生了这么多的大事，时势是很危险了。美国派舰队来了，英国也派舰队来了……合起伙来，瞧着中国。……危险极了！回头看看我们中国，海军呢！没有。陆军呢！有而没有。……总而言之，我们的心，都只为眼见那时势的危险，国民的愚暗，心中又怕，又急，又可恨，又可怜，万不得已，才来办这个报。"（铁儿，1908b：1～5）显然，这些文字表现了少年胡适对国家民族的遗憾、惋惜之心情，显示了少年胡适之血性和锐气，字字句句饱含了他热血沸腾的爱国之心。

　　1908 年胡适发表《顾咸卿》，他在文中大胆讨论了当时人时常存在的几个问题：贪生怕死，没有爱心、没有恻隐心，见义不为。然而在文章最下面他又说："这本白话报本来说白话的，所以兄弟便学那说平话的样子，立这一门。譬如列位看官茶前酒后，拉两位说书先生说两只故事两只笑话听听罢了。"这句话暴露了胡适自信心不足。在文章开头他勇敢指出了当时人身上存在的问题，但结尾却又说只是"说故事笑话罢了"（铁儿，1908g：45～48）。显然，胡适前后立场不坚定，说明他对自己的看法没有自信，怕自己说的只是"白白地而已"。这说明少年胡适虽有改革社会之心，却不知改革的方法和工具，因而他的态度并不坚定。

　　另一个值得我们注意的点是，胡适这位"小知识分子"提倡用"白话"来进行国民的思想改造，虽然当时的胡适还没有完全意识到白话的重要性。当时的他只不过像一条随社会风潮漂流的小船，从小知识分子视角勇敢揭露社会的丑恶，提出改革社会的想法，但他解决方法的工具箱里只有"理所当然"式的、有限制性的方案，并没有具体的改革工具。

从 1876 年最早的白话报《申报》，到 1897 年裘严梁创办的《俗话报》，开办白话报的热潮开始兴起。20 世纪初，创办"白话报"之风更是日盛一日。据统计，从 1903 年到 1904 年新开办的白话报有 20 余种，共和政府建立之前白话报有 140 种以上。此外，大量白话课本出现，1500 多种白话小说出版。由此观之，当时中国社会的氛围与需求，即为了改变政治与社会，是多么需要科学和民主的启蒙。要达成这样的目标，就需要白话文。然而，当时社会精英阶层中的许多人，尤其是知识分子，关注最多的是如何启发民智这样的政治目的，对改造语言与文学并没有多少深刻的认识，因此与现代意义上的白话运动还有不小的距离。

身处这种社会氛围中的胡适自然不会例外。当时还在中国公学求学的胡适创办了《竞业旬报》，不仅成为当时中国公学革命党外围组织"竞业学会"的会刊，而且成为中国公学的校刊。胡适办刊的宗旨是："振兴教育，提倡民气，改良社会，主张自治。"不难看出，这样的办刊宗旨，就是要探索如何解决深刻的社会问题。然而，对当时的普通中国人而言，衣食住行是他们面对的首要问题，社会问题对广大老百姓来说不是最重要的问题，更何况他们不懂当时的文体，因而社会问题自然得不到重视了。为此，《竞业旬报》从创刊之日起就一直使用白话文，胡梓方在《发刊辞》中就明确要求："不为光怪陆离之文与夫一切可惊可愕不中情实之语"，而要"纯用官话，说理务显明，记事务翔实"（胡梓方，1906：2~4）。因此《竞业旬报》"著述概用浅近俚语""期于通行下等社会""期于普及穷乡僻壤""期于传布蒙小学校"，成为当时最富平民气息的期刊之一。

《竞业旬报》不仅用白话办刊以体现平民文化，而且办刊内容也都是平民百姓熟悉的话题和想要了解的信息。除了刊登论说、教育、学术、时闻、译稿外，还登载许多形式多样、活泼风趣的文艺性内容，如歌谣、小说、词苑、文苑、传奇、杂俎、谈苑、谈丛、谐谈、滑稽文、小言等 10 余种。这种活泼多样的形式，深受广大老百姓喜爱。胡适自己担任主编时也保持了这种风格。他主编的《竞业旬报》第 24 期至第 38 期，就设置了栏目"社说""时闻""词苑""时评""小说""谈丛""金玉良言""闻所未闻"等，以反映社会动态、评论政治时闻。不仅如此，他还向民众介绍文学作品、社会科学、自然科学等新知识。胡适通过创办并主编平民性质的《竞业旬报》杂志，不仅自己不断接受新思想、新观念，而且也深感民众的愚昧以及难以改变他们的现实，发现社会的矛盾和现实的限制，从而慢慢地建立了自己的知识结构，形成自己固有的思想体系。

二　留学时期

如果说胡适在上海求学时期虽有强烈的改革社会意志，却苦于没有具体改革方法的话，那么通过留学美国（1910～1917），胡适意识到了文学革命的必要性并找到了"白话"这个具体的方法。

1910 年 8 月，作为中国政府派遣的第二批庚子赔款留学生，胡适赴康奈尔大学求学，后在 1915 年进入哥伦比亚大学研究院，师从著名实验主义哲学家杜威。

胡适在美国留学时，一张小小的传单引起了他对白话的关注。清华留学生监督处在给留学生们寄生活费时，常常会把宣传社会革命的传单与汇款支票放在一起寄出，其中一张传单上写的"废除汉字，取用字母"引起了胡适的高度重视，激发了他研究汉字与字母兴趣。当时在美留学的中国学生会有一个"文学科学研究部"，胡适和赵元任都是其中的委员，于是他们决定把"中国文字的问题"这个引起热烈讨论的话题选为研究部的讨论主题，并且做了分工，即赵元任做"吾国文字能否采用字母制及其进行方法"的报告，胡适则做"如何使吾国文言易于教授"的专论。以此小小之事为契机，后来赵元任挑起了中国国语罗马字制定的重任，胡适则开始主张白话文学论。

当然，清华给留学生寄生活费时附送宣传社会革命的传单并不是偶发行为，这是因为国内当时正在开展的关于语言和文字的改革运动传到了美国。众所周知，甲午战争失败让国人猛醒，即中国不建成现代国家，就有亡国灭种的危险。这种危险使先进的中国知识分子意识到中国必须进行社会改革，建设现代国家。要达此目的，首先要改造国民，而要改造国民，得先改造教育国民的语言，建设语言和书写一致的文体，从而统一语言规范，制定国语。这就是当时国内正在开展的"国语统一"及"言文一致"的语言文字改革运动。胡适 1915 年在美国看到的"废除汉字，取用字母"小传单就是在这样的背景下提出来的。因此胡适在美国收到这样的传单并非偶然，而是推动中国发展为现代国家的必然结果。

小小的传单开启了胡适的白话思想形成之路，这个过程经历了这样几个阶段，即，发现白话—泛泛地提倡白话—受到朋友们的反驳—经过激烈的思考，认真研究白话及白话诗歌—借助翻译创造胡适独特的白话诗学。

胡适的白话思想形成过程可以归纳成如下三点：第一，从最初的文学革命进入具体的白话文学论；第二，从白话文字问题意识到白话文学问题；第三，主张把白话文学里的诗和小说分开讨论，最后把白话文运动的重点放在白话小说上。他提倡用汉字的特点来教汉字，用语法来教汉语及标点符号。他认为汉字本身存在不完全性，因为汉字里存在半死的文字，即汉字应分为死的文字（文言）与活的文字（白话）。对此，在遇到汉字教育问题时，应该放弃死的文字，教授活的文字。在胡适看来，文字的死与活，判断的标准就是看它们在日常生活中是否常用。日常生活中常用的文字就是活文字即白话，反之就是死文字即文言。胡适这样界定"白话"这个概念，具有划时代的重要意义。张中行在《文言和白话》里说："文言和白话，实是古已有之，名称却是近几年来才流行的。"（张中行，2007：1）虽然汉语里"文言"和"白话"古代就已存在，但鲜有学者界定清楚它们之间的差异。胡适根据日常生活是否常用，从汉字里分出文言和白话两种语言，为"白话"和"文言"制定了从未有过的新标准，为"白话"注入了新的生命力。

三　1917 年以后

胡适在留美期间意识到了文学革命的必要性，主张以白话来做文学。回国之后，他仍然保持这一白话思想。为了建设"现代中国"，实现自己理想的现代社会，他以少时的经验和留美经历，为过"革命"的大江大河准备了很坚实的石头桥梁。他不仅在白话文学理论方面打磨了桥梁的基础石头，而且还用他自己创造白话来提炼从未研磨过的石头。

留美生涯不仅使胡适提高了对文学的兴趣，而且使其文学水平达到了新的高度。留学期间，他既熟悉了西方古典文学、现代小说和现代诗歌，也打破了中国传统文学作品与新闻杂志上发表的文学作品之间的界限。与国内的知识分子相比，他的视野更广阔，分析问题更击中要害。他认为中国文学存在的问题非常严重，患上了封建旧文学的大病。就诗歌而言，即使是写过爱国诗篇的"南社诸人"的诗风，也免不了"规摹古人"，"夸而无实，滥而不精，浮夸浮琐"。就小说而言，作家们写的要么都是"风流案""姨太太秘史""盗案之巧"等"黑幕派"小说，要么都是"才子佳人"的"滥调四六派"小说，或是荒诞无稽、"胡思乱想"的"笔记派"小说。在胡适看来，这样的文学没有思想，更没有理想，有的只是虚拟架子，是"文学之腐败之极矣"的真实写照。他认为应该进行一场文学革命，摧毁"言之无物"的形式主义旧文学，创建"言之有物"的新文学。为此，他专门给陈独秀写了一封信，痛陈自己创立新文学的主张。这封书信就是后来成为"改良"文学标志的著名文章——《文学改良刍议》。

远在美国留学的胡适，之所以能激起国内进步知识分子们的积极拥护，从而暴得五四新文学运动的先锋大名，可能是因为这些知识分子看到了胡适提倡"白话理论"的根本内涵。首先，胡适的白话理论不仅破除了传统的旧文学思想，而且创新了传情达意的文学观念。胡适批判了"文以载道"这种传统文学理论的核心思想，反对以道德绑架的方式来判断文章对文学和社会的贡献。在受西方文学思想影响的胡适看来，中国传统文学的限制性太强，往往是为文学而文学或者是为了传达某种新的理想而文学，容不得个人的思想、情感等因素的存在。为此，胡适在《文学改良刍议》里呼吁改良文学首先"须言之有物"。他以"情感者，文学之灵魂"，"思想亦以有文学的价值而益贵也"等观念，来去除中国传统文学里只追求"载道"的弊端，从而为文学观念赋予了新的意义。

文学改良要使文学"言之有物"，就必须使用可以直接传达个人思想和情感、带有平民主义倾向、具有自然特点的语言，这样的语言就是白话，这样的文学就是白话文学。这是胡适在《文学改良刍议》里给白话和白话文学赋予的新的意义，他是把文学的旗子挂到革命的旗杆上去了。事实上，胡适的《文学改良刍议》和《历史的文学观念论》及其里面的白话理论，不但在当时的中国文学界，也在当时的中国思想界和政治界，刮起了一阵旋风，引起了社会极大的革命热情。但是客观地说，当时能够接受胡适白话理论的只是一部分先进的知识分子，大多数士大夫阶层人士对白话理论是持批判和嘲讽态度的。后来胡适提倡的白话文学论与改造国语运动相结合，才最终为全社会广泛接受，白话从此开始替代国语的位置，中国文学从"改良"走向"革命"，进入建设的阶段，即胡适 1918 年在《新青年》发表的《建设的文学革命论》。

胡适著名的《文学改良刍议》、《历史的文学观念论》和《建设的文学革命论》标志着胡适白话思想的成熟与发展，其白话思想一直以来都体现在他拟议新诗与白话译诗的主体性上。

第三节　胡适白话思想与拟议新诗

胡适留学美国的初衷本是学农，走科学救国的道路。"诗国革命何自始，要须作诗如作文"，真是时代造化人，让他始料未及的是，自己一不小心成为当时最耀眼的"新诗""新文学"的"始作俑者"，成为"亿了千千万"，也"骂了万万千"的"新文化"运动领袖。

根据胡适自己所言，他留美时之所以拿诗歌开刀，主要出自活的白话应该取代半死的文言的考虑。而"白话诗"的写作、翻译与争鸣，最初只是在他和他的留学生朋友之间进行，他"那几篇划时代的著作——如《文学改良刍议》——原先不是为《新青年》杂志撰写的。那些文章是他为他自己所主编的《留美学生季刊》（中文版）而执笔的"（唐德刚，1998：311、320）。胡适的目的在于通过白话可以入诗，证明白话同样可以适用于更高级的领域，进而弥缝文言、白话所表征的民族文化的涣散与精神分裂，为现代中国文明开放性的创造和生长，提供一个真正的"下手处"。

一　从"白话"出发

胡适在《文学改良刍议》中列出建设新文学"八事"："一曰，须言之有物。二曰，不摹仿古人。三曰，须讲求文法。四曰，不作无病之呻吟。五曰，务去滥调套语。六曰，不用典。七曰，不讲对仗。八曰，不避俗字俗语。"（胡适，1917：26～36）胡适以"情感""思想"指称"言之有物"，以"进化之理"晓喻"不摹仿古人"，以不讲文法为"不通"，以"无病之呻吟"为"亡国之音"，以"不失真"求去"滥调套语"，以"使事用典"为"文人下下工夫"，以"对仗"之类为"文学末技"，以"不避俗字俗语"为"言文一致"的重要途径。这就是胡适为新文学设立的基本条件，也是他为"新诗"设定的基本条件。胡适所谓的新文学，针对的是"徒有形式而无精神，徒有文而无质，徒有铿锵之韵，貌似之辞而已"的旧体诗词和"无病呻吟""摹仿古人""言之无物"的"吾国文学大病"。他通过借鉴翻译而创作"白话诗"来拟议、实验和设计新诗，以"文当废骈，诗当废律"补充"不讲对仗"，以"语语须有个我在"补充"不摹仿古人"，确定了他理想中"白话诗"的形式与内涵。

胡适自己实验"新诗"的过程和理论依据在《〈尝试集〉自序》和《逼上梁山》里，都有完整的描述和呈现。他在留美时，最先考虑的是汉字能否成为"传授教育之利器"，可否"改良文言的教授方法"，然后才从文字问题转到文学问题，意识到古文与白话的区别，最后确定必须要进行"文学革命"。他"认定了中国诗史上的趋势，由唐诗变为宋诗，无甚玄妙，只是作诗更近于作文！更近于说话"，"宋朝的大诗人的绝大贡献，只在打破了六朝以来的声律的束缚，努力造成一种近乎说话的诗体"。于是，有"诗国革命何自始，要须作诗如作文"之说。后来，更以"诗体的大解放"为号召："我们做白话诗的大宗旨，在于提倡'诗体的解放’。有什么材料，做什么诗；有什么话，说什么话；把从前一切束缚诗神的自由的枷锁镣铐，拢统推翻；这便是‘诗体的解放’。”（胡适，1919e：44～55）“若要做真正的白话诗，若要充分采用白话的字，白话的文法和白话的自然音节，非做长短不一的白话诗不可”，“这样方才可有真正白话诗，方才有可以表现白话的文学可能性”。（胡适，1919e：44～55）

　　胡适“作诗如作文”的观点一提出，就在他的留学生朋友圈中引起了极大的争议。梅光迪、任叔永等认为作诗作文完全不同，根本就是两回事，以“文之文字”入诗不仅不严肃，简直就是“斯文”尽失。胡适替自己辩解说，自己的观点“固不徒以‘文之文字’入诗而已。然不避‘文之文字’，自是吾论诗之一法”。“今人之诗徒有铿锵之韵，貌似之辞耳。其中实无物可言。其病根在于重形式而去精神，在于以文胜质。诗界革命当从三事入手：第一须言之有物，第二须讲文法，第三，当用‘文之文字’时，不可避之。三者皆以质救文之弊也。”（胡适，1919e：44～55）他解释说：“‘文字形式’往往是可以妨碍束缚文学的本质的。‘旧皮囊装不得新酒’，是西方的老话。我们也有‘工欲善其事，必先利其器’的古话。文字形式是文学的工具，工具不适用，如何能达意表情？”由此，胡适便有了“一部中国文学史只是一部文字形式（工具）新陈代谢的历史，只是‘活文学’随时起来替代了‘死文学’的历史。文学的生命全靠能用一个时代的活的工具来表现一个时代的情感与思想”的“根本的新觉悟”（胡适，1934：15～31）。“文字是文学的基础，故文学革命的第一步就是文字问题的解决。我们认定‘死文字定不能产生活文学’，故我们主张若要造一种活的文学，必须用白话来做文学的工具。我们也知道新文学必须要有新思想做里子。但是我们认定文学革命须有先后的程序：先要做到文字体裁的大解放，方才可以用来做新思想新精神的运输品”（胡适，1919e：44～55）。“我以为创造新文学的进行次序，约有三步：（一）工具，（二）方法，（三）创造。前两步是预备，第三步才是实行创造新文学。"作为第一步的"工具"，自然就是白话。（胡适，1918a：6～23）

胡适说："我也知道光有白话算不得新文学，我也知道新文学必须有新思想和新精神"，但仅仅强调"大道""绩学"的文学革命，仍然"只是一个空荡荡的目的，没有具体的计划，也没有下手的途径"。"有了新工具，我们方才谈得到新思想和新精神。""白话之能不能作诗，此一问题全待吾辈解决。解决之法，不在乞怜古人，谓古之所无，今必不可有；而在吾辈实地实验。一次'完全失败'，何妨再来？若一次失败，便'期期以为不可'，此岂'科学的精神'所许乎？"（胡适，1934：15～31）"我的决心实验白话诗，一半是朋友们一年多讨论的结果，一半也是要证实了（verified），然后可算是真理。证实的步骤，只是先把一个假设的理论的种种可能的结果都推想出来，然后想法子来实验这些结果是否适用，或是否能解决原来的问题。""我的白话诗的实地实验，不过是我的实验主义的一种应用。所以我的白话诗还没有写得几首，我的诗集已有了名字了，就叫做《尝试集》。"（胡适，1934：15～31）

胡适在《谈新诗——八年来一件大事》里把"工具"换成了"形式"。他认为，古今中外的文学革命运动，基本上都是先从"文的形式"着手，"大概都是先要求语言文字文体等方面的大解放。欧洲三百年前各国国语的文学起来代替拉丁文学时，是语言文字的大解放；十八十九世纪法国嚣俄、英国华次活（Wordsworth）等人所提倡的文学改革，是诗的语言文字的解放；近几十年来西洋诗界的革命，是语言文字文体的解放。这一次中国文学的革命运动，也是先要求语言文字和文体的解放。新文学的语言是白话的，新文学的文体是自由的，是不拘格律的。初看起来，这都是'文的形式'一方面的问题，算不得重要。却不知道形式和内容有密切的关系。形式上的束缚，使精神不能自由发展，使良好内容不能充分表现。若想有一种新内容和新精神，不能不先打破那些束缚精神的枷锁镣铐。因此，中国近年的新诗运动可算得是一种'诗体的大解放'。因为有了这一层诗体的解放，所以丰富的材料，精密的观察，高深的理想，复杂的感情，方能跑到诗里去。五七言八句的律诗决不能容丰富的材料，二十八字的绝句决不能写精密的观察，长短一定的七言五言决不能委婉达出高深的理想与复杂的感情。"（胡适，1919c：1～4）

自然，上述想法无疑是工具主义思维，然而在近代中国文化语境里，工具主义未尝不是走出"半哲学、半宗教"传统思维和思想的必由之路，走出可以做无限自我循环的学统、文统、诗统的"捷径"和"方便门"。胡适把自己与梅光迪、任叔永等留学生朋友的争论，最终归结为"白话是否可以作诗"的问题，他满怀自信地认为"白话文学的作战，十仗之中，已胜了七八仗。现在只剩下一座诗的堡垒"，"待到白话征服这个诗国时，白话文学的胜利就可以说是十足的了"（胡适，1934：15～31）。

文学的嬗变和革新，在胡适的描述中如此戏剧化，如此富有主观色彩和主动性，以至多年后胡适还感慨"新诗"的发生是那么"偶然"。所谓"偶然"，说明了胡适对于新诗与新诗理念的"发明"，并不是无法抑制的"诗性"的召唤和驱遣，而是不经意的偶尔厕身，是他正在旺盛地成长的"科学"思维、启蒙话语的自然扩张与延伸。这决定了他关于"新诗"的理论诠释，在整体上充满"机会主义""工具主义"的色彩，他本人在"新诗"创作上，有某种"客串"的性质。

二　新诗的"进化论"依据

胡适在1922年3月3日的《五十年来中国之文学》中谈到章太炎"对于古今韵文的变化，颇有历史的眼光"，章氏在《国故论衡·诗辩》中说"吟咏情性，古今所同，而声律调度异焉"，"数极瑞星迁，虽才士弗能以为美"，由此出发，"应该是一种很激烈的文学革命了"。但章太炎却不是这样，他说"物极则变，今宜取近体一切断之"，"取千年朽蠹之余，反之正则"，引出的反而是令胡适大为扫兴的极端的复古论。

虽然有所借重于近代以来黄遵宪、梁启超等倡导"诗界革命"与"新诗体"的逻辑和主张，以期确认"白话诗"的合法性，但真正构成胡适对于"白话诗"的理论自信的，是他对于诗歌"进化"过程的历史体察，并且他不再以章太炎那样的方式"反其道而行之"，他说："以韵文而论：《三百篇》变而为骚，一大革命也。又变为五言，七言，古诗，二大革命也。赋之变为无韵之骈文，三大革命也。古诗之变为律诗，四大革命也。诗之变为词，五大革命也。词之变为曲，为剧本，六大革命也。何独于吾所持文学革命论而疑之？"（胡适，1919e：44~55）他曾经在给陈独秀的信中说，元代的中国文学"最近言文合一，白话几成文学的语言矣"，"但丁、路得之伟业几发生于神州。不意此趋势骤为明代所阻"，"于此千年难遇言文合一之机会，遂中道夭折矣"（胡适，1917：26~36）。"总之，文学革命，至元代而登峰造极。其时，词也，曲也，剧本也，小说也，皆第一流之文学，而皆以俚语为之。其时吾国真可谓有一种'活文学'出现。"这符合十多年前王国维对于元代杂剧"新语言"的发现，也与王国维"一代有一代之文学"的观点相吻合。不同的是，胡适接下来认为，"革命潮流即天演进化之迹。自其异者言之，谓之'革命'。自其循序渐进之迹言之，即谓之'进化'可也"（胡适，1934：15~31）。而"白话并非文言之退化，乃是文言之进化"（胡适，1934：15~31）。

照此思路，检验柳亚子"文学革命所革在理想不在形式。形式宜旧，理想宜新"的说法，可以轻易见出其迂阔。胡适认为，如果形式宜旧，那么南社诗人为什么不作"清庙生民之诗，而乃作'近体'之诗与更'近体'之词"（胡适，2001/1917：597~616）？"若用历史进化的眼光来看中国诗的变迁。方可看出自《三百篇》到现在，诗的进化没有一回不是跟着诗体的进化来的。"（胡适，1919c：1~4）然而，"词曲无论如何解放，终究有一个根本的大拘束：词曲的发生是和音乐合并的，后来虽有不可歌的词，不必歌的曲，但是始终不能脱离'调子'而独立，始终不能完全打破词调曲谱的限制。直到近来的新诗发生，不但打破五言七言的诗体，并且推翻词调曲谱的种种束缚；不拘格律，不拘平仄，不拘长短，有什么题目，做什么诗；诗该怎样做，就怎样做。这种解放，初看去似乎很激烈，其实只是《三百篇》以来的自然趋势。自然趋势逐渐实现，不用有意的鼓吹去促进他，那便是自然进化。自然趋势有时被人类的习惯性守旧性所阻碍，到了该实现的时候不能实现，必须用有意的鼓吹去促进他的实现，那便是革命了"（胡适，1919c）。

　　胡适不仅把"新诗"的到来，归结为历史的自然趋势，"进化"的趋势，而且解释了有意"鼓吹"的"革命"之所以发生的理由。尽管胡适从一开始就显示了与"诗界革命"倡导者不尽一致的目标和路径，但胡适的"白话诗"，最初就是从旧诗词曲近于白话的写作中，获得灵感、形式和理念的。他不讳言"新体诗"是从"旧式诗词曲脱胎出来的"，同时，也对"新诗"在"进化"中的种种痕迹做了检讨。他甚至认为，白话诗的存在早已经是历史事实，汉魏六朝的"乐府"就是所处时代的白话文学，唐代的诗"也很多白话"，"中唐的元稹白居易更是白话诗人了。晚唐的诗人差不多全是白话或近于白话的了"，五代、北宋一直到南宋辛弃疾一派，作的都是"白话词"，宋诗中有更多白话的创作，诗歌的趋势就是"近语言之自然"："自从《三百篇》到于今，中国的文学凡是有一些儿价值有一些儿生命的，都是白话的，或是近于白话的。"（胡适，1918a：6～23）"由诗变而为词，乃是中国韵文史上一大革命。五言七言之诗，不合语言之自然，故变而为词。词旧名长短句，其长处正在长短互用，稍近语言之自然耳。""词之重要，在于其为中国韵文添无数近于言语自然之诗体。""凡可传之词调，皆经名家制定，其音节之谐妙，字句之长短，皆有特长之处。吾辈就已成之美调，略施裁剪，便可得绝妙之音节，又何乐而不为乎？（今人作诗往往不讲音节。沈尹默先生言作白话诗尤不可不讲音节，其言极是。）""词之变为曲，犹诗之变为词，皆所以求近语言之自然也。最自然者，终莫如长短无定之韵文。元人之小词，即是此类。今日作'诗'（广义言之），似宜注重此种长短无定之体。然亦不必排斥固有之诗词曲诸体。要各随所好，各相题而择体，可矣。"（胡适、钱玄同，1918：87～92）

　　在《〈蕙的风〉序》中，胡适说汪静之的诗"在解放一方面比我们做过旧诗的人更彻底的多。当我们在五六年前提倡做新诗时，我们的'新诗'实在还不曾做到'解放'两个字，远不能比元人的小曲长套，近不能比金冬心的自度曲。我们虽然认清了方向，努力朝着'解放'做去，然而当日加入白话诗的尝试的人，大都是对于旧诗词用过一番工夫的人，一时不容易打破旧诗词的镣铐枷锁。故民国六、七、八年的'新诗'，大部分只是一些古乐府式的白话诗，一些《击壤集》式的白话诗，一些词式和曲式的白话诗，——都不能算是真正新诗"；"自由（无韵）诗的提倡，白情、平伯的功劳都不小。但旧诗词的鬼影仍旧时时出现在许多'半路出家'的新诗人的诗歌里"（胡适，1922c：2～3）。在1922年所作《评新诗集》里，胡适说，写作《草儿》的康白情"只是要做诗，并不是有意创体。我们在当日是有意谋诗体的解放，有志解放自己和别人；白情只是要'自由吐出心里的东西'；他无意于创造而创造了，无心于解放然而他解放的成绩最大"。胡适认为,"白情受旧诗的影响不多,故中毒也不深";"他的才性是不能受这种旧诗体的束缚的"(胡适,1922d:3~4)。谈到"写景诗",胡适认为很容易落入"记账式的列举",所以写这种诗要有两个条件:"第一须有敏捷而真确的观察力,第二须有聪明的选择力。没有观察力,便要闹笑话;没有选择力,只是堆砌而不美。"他非常认同《草儿》中的"纪游诗",称之为"中国文学史的最大贡献""大试验""大成功",其中《庐山纪游》"是中国诗史上一件很伟大的作物"(胡适,1922d:3~4)。

"历史的文学进化观念"是支撑胡适新诗理论主张的基本信念,他高度认同"《三百篇》以来的自然趋势",并视"白话诗"为这一自然趋势的逻辑结果,希望拥有"但丁之创意大利文学,却叟辈之创英文学,路德之创德文学"的积极性和热情"。但是,在类似诗歌的领域,过于强调"进化"的逻辑,虽然可以方便并且促成在疑似之间的兴废,赢得话语优势,同时也可能产生某种偏执的认知和破坏性的取舍。

胡适的"新诗"理论,在以后的历史流程中逐渐被彰显和放大为"白话"与否、"进化"与否、"革命"与否的二元对立思维与选择,这正是此一思路难以避免的必然延伸。

三　关于"音节""民歌""方言"

胡适曾经说,"新诗"的基本标准是"但求其不失真,但求其能状物写意之目的",而且对朱经农提出的"白话诗应该立几条规则"表示极不赞成:"即以中国文言诗而论,除了'近体'诗之外,何尝有什么规则?即以'近体'诗而论,王维,孟浩然,李白,杜甫的律诗,又何尝处处依着规则去做?我们做白话诗的大宗旨,在于提倡'诗体的释放'。有什么材料,做什么诗;有什么话,说什么话;把从前一切束缚诗神的自由的枷锁镣铐,拢统推翻:这便是'诗体的释放'。因为如此故我们极不赞成诗的规则。"（朱经白、胡适、任鸿隽，1918：82～93）同时他也不认同任叔永关于白话诗"诗意""诗调"难以兼得的顾虑，"因为我们现在有什么诗料，用什么诗体；有什么话，说什么话；并不一面顾诗意，一面顾诗调"（朱经白、胡适、任鸿隽，1918：82～93）。

但是，在对于"新诗"的白话性质没有质疑的前提下，真正进入"新诗"写作的技术层面，胡适并非全无讲究。作为"白话新诗"在观念和形态上的重要支持，胡适对"新诗"的"音节"提供了自己的解析："现在攻击新诗的人，多说新诗没有音节，不幸有一些做新诗的人也以为新诗可以不注意音节。这都是错的。攻击新诗的人，他们不懂得'音节'是什么，以为句脚有韵，句里有'平平仄仄''仄仄平平'调子，就是有音节了。""诗的音节全靠两个重要分子：一是语气的自然节奏，二是每句内部所用字的自然和谐，至于句末的韵脚，句中的平仄，都是不重要的事。语气自然，用字和谐，就是句末无韵也不要紧。"（胡适，1919c：1～4）"旧诗音节的精彩，能够容纳在新诗里，固然也是好事"，但这"并不是新诗音节的全部。新诗大多数的趋势，依我们看来，是朝着一个公共方向走的。那个方向便是'自然的音节'"。"自然的音节是不容易解说明白的"，"新诗的声调有两个要件：一是平仄要自然，二是用韵要自然"，用韵"新诗有三种自由：第一，用现代的韵，不拘古韵，更不拘平仄韵。第二，平仄可以互相通押，这是词曲通用的例，不单是新诗如此。第三，有韵固然好，没有韵也不妨。新诗的声调既在骨子里，——在自然的轻重高下，在语气的自然区分——故有无韵脚都不成问题。"（胡适，1919c：1～4）

在1920年8月15日所作《〈尝试集〉再版自序》中，胡适提及自己"从那些很接近旧诗的诗变到很自由的新诗"的尝试过程，把《关不住了!》称为自己"新诗"成立的纪元，把《应该》看成自己的"创体",然后的创作如《威权》等,"极自由,极自然,可算得我自己的'新诗'进化的最高一步"。诗坛上"无韵'自由诗'已狠能成立","我极赞成朱执信先生说的'诗的音节上不能独立的'。这话的意思是说:诗的音节是不能离开诗的意思而独立的"。"朱君的话可以换过来说:'诗的音节必须顺着诗意的自然曲折,自然轻重,自然高下。'再换一句话说:'凡能充分表现诗意的自然曲折,自然轻重,自然高下的,便是诗的最好音节'古人叫做'天籁'的,译成白话,便是'自然的音节'。"(胡适,1998c:84~90)

胡适相信,"做新诗的方法根本上就是做一切诗的方法;新诗除了'诗体的解放'一项之外,别无他种特别的做法"。而拥有"具体性"是诗歌的不二法门:"诗须要用具体的做法,不可用抽象的说法。凡是好诗,都是具体的;越偏向具体的,越有诗意诗味。凡是好诗,才能使我们脑子里发生一种——或许多种——明显逼人的影像。这便是诗的具体性。"(胡适,1919c:1~4)在《〈蕙的风〉序》中,胡适认为诗中的"稚气"究竟远胜于"暮气","太露"远胜于"晦涩","稚气"中充满着"新鲜风味",是自命"老气"的人万想不到的。谈到诗的"浅深",胡适说"有三个阶段:浅入而浅出者为下,深入而深出者胜之,深入而浅出者为上"(胡适,1922c:2~3)。差不多十年后在《评〈梦家诗集〉——复陈梦家的信》中,胡适说陈梦家的诗"有一种毛病可指摘,即是有时意义不很明白";"我深信诗的意思与文字要能'深入浅出',入不嫌深,而出不嫌浅。凡不能浅出的,必是不曾深入的"(胡适,1930c:206~209)。在《谈谈"胡适之体"的诗》中,他依然强调他在1924年为胡思永作的"遗诗序"中提到过的,"第一,说话要明白清楚";"第二,用材料要有剪裁";"第三,意境要平实"。而他的具体解释是:"看不懂而必须注解的诗,都不是好诗,只是笨谜而已","'平实'

只是说平平常常的老实话，'含蓄'只是说话留一点余味，'淡远'只是不说过火的话，不说'浓地化不开'的话，只疏疏淡淡的画几笔"（胡适，1936：13～18）。

关于"俞平伯的《冬夜》"，胡适说："平伯主张'努力创造民众化的诗'，假如我们拿这个标准来读他的诗，那就不能不说他大失败了。"胡适举英国诗人华茨活斯与彭思（Burns）为例说，华茨活斯主张作民众化的诗，但终究只作出了"学者诗人"的诗，而不是民众的诗。彭思并不提倡民众文学，他的诗却风行民间。"民众化的文学不是'理智化'的诗人勉强做得出的。"（胡适，1922e：3～4）他还认为"平伯最长于描写，但他偏喜欢说理；他本可以作诗，但他偏要想兼作哲学家；本是极平常的道理，他偏要进一层去说，于是越说越糊涂了"。"诗的一个大原则是要能深入而浅出；感想（impression）不嫌深，而表现（expression）不嫌浅。平伯的毛病在于深入而深出"，喜欢用"哲学调子的话""抽象的话"来"咏叹"具体景物，"犯了诗国的第一大禁了"。所以胡适冀望中国诗人知足安分，做一个诗人已足够幸福，不要妄想兼做哲学家（胡适，1922e：3～4）。

对于"具体性"与"深入而浅出"的强调，与胡适"新诗"理论中的启蒙诉求是一致的，这种启蒙诉求同时联系着他作为现代知识者的身份意识和对于知识的原初反思，以及诗歌起源的"人民性"和诗歌自新的要求，而诗歌必须实践某种"人民性"的返回，几乎成为"五四"新诗倡导者的共识。胡适在给俞平伯的《谈绝句的一封信》中说："绝句本用于南方民歌，到了文人手里，就往往陈腐化了"，"文人从民歌里得了绝句体裁，加上新的见解，加上比较深刻的观察，加上比较丰富的内容，所以诗人的绝句，往往有新的界境"（胡适，1947）。而在早年强调白话诗的合法性时，胡适更指两千年诗史中的"白话诗"就是"平民的文学"，"贵族的文学尽管得势，平民的文学也在那里不声不响的继续发展"。

这种由"白话"联系到"平民"的逻辑，日后差不多成为不言自明的逻辑，成为更明确的意识形态标准。

胡适对意大利人卫太尔搜集的《北京歌唱》（*Pekinese Rhymes*）以及类似的民歌民谣也曾表现出充分的兴趣，佩服他能在三十年前就认识到那些歌谣中有"真诗"，卫太尔原序中说"根据在这些歌谣之上，根据在人民的真感情之上，一种新的'民族的诗'也许能产生出来呢？"胡适认为，"现在白话诗起来了，然而做诗的人似乎还不曾晓得俗歌里有许多可以供我们取法的风格与方法"；"学那不容易读又不容易懂的生硬文句，却不屑研究那自然流利的民歌风格，这个似乎是今日诗国的一桩缺陷罢"（胡适，1922f：2~3）。他甚至希望通过对民歌的采集，成就真正的"平民文学"，乃至为"中国文学开一新纪元"；通过"方言文学"成就"国语的文学"，而"国语的文学从方言的文学里出来，仍须要向方言的文学里寻他的新材料，新血液，新生命。"（胡适，1925a：1~3）

自然，即使对于"新诗"的"新"有着高度的自觉和期待，胡适仍然难以掩饰其精神深处的传统气质、教养以及对于现代审美的隔膜。他曾在日记中说郭沫若的诗"有才气，但思想不大清楚，工力也不好"（胡适，2001/1921：425），从这种说法看得出胡适的思想情感范围（难以响应郭沫若的"浪漫主义"气质和情感）与作诗的"工力"观（不免有品评旧诗的痕迹）。他又引周作人所译日本小说："近来'小诗'之体，确有大好处。报上登的，虽有太滥的，但确有好的。启明译的这些诗，真可爱。"1922 年 7 月 15 日胡适在日记中说道"宋以后，做诗的无论怎样多，究竟只有一个'通'字为第一场实验，一个'真'字为最后的实验。凡是大家，都是经过这两场实验来看。大凡从杜甫、白居易、陆游一派入门的，都容易通过'通'字的实验；正如从八

家古文入手的，都容易通过文中的'通'字第一关。历史上所以
不能不承认这两大支诗文的正统者，其实只是一个'通'字的诀
窍。'真'字稍难；第一要有内容，第二要自然表现这内容，故
非有学问与性情不能通过这第二关"（胡适，2001/1922：729）。
事实上，这也可以看成他对于"新诗"的见解，而此种见解与梅
光迪、任叔永曾经表达的诗歌趣味与情怀，其实很接近，证明汉
语诗歌与诗学有着难以轻易中断的基本性格。

在 1922 年 3 月 10 日所作的《〈尝试集〉四版自序》中，胡
适有一个很著名的说法："我现在回头看我五年来的诗，很像一
个缠过脚后来放大了的妇人回头看他一年一年的放脚鞋样，虽然
一年放大一年，年年的鞋样上总还带着缠脚时代的血腥气。我现
在看这些少年诗人的新诗，也很像那缠过脚的妇人，眼里看着一
班天足的女孩子们跳上跳下，心里好不妒羡！"（胡适，1998d：
91~93）"妒羡"意味着理智上的接纳，并不能使胡适自己的写
作解除"裹脚"的嫌疑，这不仅出于形式上的习惯性，也终究在
于他对诗意的体验和情感认同。在《谈谈"胡适之体"的诗》
（作于 1936 年）中，谈到别人认为他的《飞行小赞》中由"蚕"
化"蛾"，已经从诗词蜕化出来，他说他用的其实仍然是"好事
近"的词调，这个调子很简短，必须要最简练的句子，不能有一
点杂凑堆砌，是作诗的最好训练。他甚至觉得，"这比勉强凑成一
首十四行的'桑籁体'要自由的多了"（胡适，1936：13~18）。

胡适对于文言、旧诗义无反顾的质疑、诘难与否定，对于
"新诗"的命名与初步拟议，启发了人们对于新的汉语诗歌形态
的选择与认同，筚路蓝缕，功莫大焉，尽管他日后对于自己当初
的举动并不高看，以至把自己之创为"新诗"，称为"偶然加上
偶然的事体"；后继者指出，"明白清楚的语言，却不一定是明白
清楚的诗，而且最好的往往是最不明白清楚的诗"，胡适没有
"对于大宇宙'深挚'的神秘感和默契，没有老庄的幽玄和释家

的悲悯与他们的忘我"，也没有西方诗人"对形而上的虔诚感"，他尝试的"新诗"，"往往脱不了浅显绝句，歌行，小令，苏、辛所喜用的中调，以至打油诗等的气氛"；"他写诗多是在发宣言，有所为而作，有意见要发表"（周策纵，1990：272、276）。极端者甚至认为他是"新诗"运动"最大的罪人"。

　　确实，胡适表现出有点过于"线性思维"和"科学头脑"的否定与肯定，他的"二元对立"式的分解和取舍，不仅把复杂的历史文化作了为我所用的简单处置，而且几乎对应着日后愈演愈烈以至玉石俱焚的"文化革命"，更为号称"以天下为己任"的别有用心的"风流人物""豪杰之士"们，提供了劫持历史、处置现实、排除异己的理论"武器"，也简化或淡化了某些其实不能简化和淡化的属于精神和"价值"领域的命题。当"新诗"不止是作为一种时代的意识而同时需要作为诗歌存在，需要确认其非"进化"所能定义的内涵与使命时，这些命题将变得尖锐。

第四节　胡适白话思想与白话译诗的主体性

　　胡适是 20 世纪初中国社会文化转型时期的中心人物，同时也是中国传统文学向现代化嬗变时期的文学巨匠。他不仅是白话新诗创作的第一人，而且"首先从理论上倡导并亲自'尝试'用白话翻译西洋诗歌"（高玉，2001：86）。他的译诗《关不住了！》"开始了新诗创作的新纪元"（胡适，1998c：84～90）。从 1908 年到 1920 年的十余年间，胡适的诗歌翻译从主题思想到语言诗体都发生了显著的变化。这些变化宏观地看与主体文化的转型和内部需求相一致，但从微观来看，胡适的诗歌翻译活动又与当时流行的文学理念和翻译诗学背道而驰。这种偏离和叛逆体现了胡适在诗歌翻译中的主体性和创造性。本节试图考察以胡适为代表的译者在特定历史时期翻译理念的变化，表现个人在历史发展中扮演的角色，并以此阐述当代翻译理论在强调理性的高度概括性的时候忽视翻译个体的简单化倾向。

一　主题与诗体的嬗变

胡适的诗歌翻译大致可以分为 3 个阶段。第一阶段从 1908 年至 1910 年，其译诗的政治倾向和功利主义思想十分明显。主要译诗《六百男儿行》（1908 年 10 月）、《军人梦》（1909 年 10 月）、《缝衣歌》（1908 年 10 月）、《惊涛篇》（1908 年 11 月）和《晨风篇》（1909 年 1 月）均蕴含了胡适反清救国的政治诉求和社会变革的强烈意识。第二阶段为留美学习期间，其文学直接的功利性似乎逐渐减弱，译诗主要集中于 1914 年至 1915 年，包括《乐观主义》（1914 年 1 月）、《哀希腊歌》（1914 年 2 月）、《康可歌》（1914 年 7 月）、《大梵天》（1914 年 9 月）和《墓门行》（1915 年 4 月）。除了拜伦的《哀希腊歌》带有明显的"济用"和战斗热情之外，其余译诗均可以说是更多地集中于对人生的哲学思辨，包容性逐渐增强。第三阶段为胡适回国以后。译诗包括《老洛伯》（1918 年 4 月）、《希望》（1919 年 2 月）、《关不住了！》（1919 年 3 月）和《奏乐的小孩》（1919 年 11 月）等。胡适这一阶段的诗歌翻译虽然仍十分关注社会的进步和变革，但具有更丰富的人文关怀。

除了主题变化，胡适译诗的语言和诗体同样发生了明显变化。其译诗在形式上经历了因袭文言五七言古体、探索骚体、尝试白话新诗的 3 个阶段。从负笈美国到 1914 年以前，胡适将诗歌翻译仅仅看成政治斗争和社会变革的武器，并没有自觉地将诗歌翻译与新文学的创造联系起来。从笔者所占有的资料来看，其早期的译诗虽语言"较之苏曼殊等人的译诗要通俗一些"，但均采用五七言古体；（郭延礼，1998：339）有的译诗还带有明显的借鉴与模仿的痕迹；文学创新的意识还比较薄弱，诗歌翻译仍受制于主流的文学规范和诗学。

　　1915 年新文学革命前夕，胡适开始了有意识的尝试：译诗虽仍沿用古体，但已尝试骚体；"句式参差，错落有致，不受诗行与字数的限制"（刘乃银，1989：33）。与此同时，他还颇为重视译诗文气的自然、节奏、气势与情感。到了第三阶段，其译诗完全摆脱了古体诗的束缚，既"不是五七言旧诗的音节，也不是词的音节，也不是曲的音节"，而是"顺着诗意的自然曲折，自然轻重，自然高下"。胡适在"玩过了多少种的音节试验"以后，译诗"才渐渐有点近于自然的趋势"（胡适，1998c：84～90）。

　　胡适的诗歌翻译在思想主题、语言形式和诗体上发生的显著变化，很难简单地理解为译者的随心所欲或心血来潮，应是译者有意识的追求。其中清楚地反映出译者主体性的增强，表现出胡适对原来翻译规范的偏离、突破和"创造性叛逆"（谢天振，1999：162）。

二　翻译研究与译者主体性

　　自 20 世纪 50 年代以降，西方翻译研究在逐渐取得自身的学科地位之后得到了长足的发展，为描述翻译活动提供了锐利武器。在解释文化动态发展中翻译文学的地位时，佐哈尔（Even-Zohar）生动地描述了翻译文学与其他多元系统的关系。他认为，主体文学的发展状况决定了翻译文学在多元系统中或边缘或中心的地位，而翻译文学在多元系统中或边缘或中心的地位又会决定译者对翻译主题和翻译策略的选择：是归化或异化，是直译或意译（Even-Zohar，2000：192～197）。图里（Gideon Toury）进一步发展了多元系统的理论；他从描述翻译学的角度提出了翻译规范（norms），并论述了初始规范（initial norms）、初步规范（pre-liminary norms）和操作规范（operational norms）在翻译全过程中对译者抉择的影响（Toury，1995：53～69）。列费维尔（Andre Lefevere）则从观念（ideology）、诗学（poetics）和赞助人制度（patronage）的角度分析翻译文本的选择、翻译策略和手法的运用，以及主体文化在读者对译文文本的接受过程中的制约作用（Hermans，1999a：125～127）。

当代翻译研究追求的目标是研究方法的客观描述性和理论的高度概括性，强调从大量的翻译语料中发现特定时期或特定共同体中翻译的常态和规律。首先，他们反对规约性的翻译研究（prescriptivism），认为传统翻译研究总是探讨翻译应该如何，或者能够如何，探讨理想的标准而没有认真分析大多数译者究竟在干些什么，翻译的过程到底如何。其次，他们强调翻译的系统规律（systematicism），反对过分注重个人的翻译经验和翻译轶事趣闻（anecdotalism）。他们不主张研究某个具体的作品或个别译者的翻译活动，认为这样的研究很难从局部上升到全面（from local to global），从个性上升到共性；很难通过对比、验证假设而上升为翻译理论，因而提出建立翻译语料库（translational corpus）来探索翻译的规律与共性（廖七一，2001：389）。客观地说，当代翻译理论努力克服主观想象、个人或局部的翻译经验的影响，探索翻译的普遍规律，无疑在翻译理念和翻译方法上都具有开创性的积极意义。正因为如此，多元系统和翻译规范的理论思想一时也成为解释和描述中国翻译实践的一种主导理论根据。孔慧怡（1999）、王宏志（1999、2000）、王友贵（2001）等都曾应用佐哈尔和图里的基本思想来分析或解释中国近代的文学翻译，并取得了令人注目的研究成果。

然而，多元系统和翻译规范在强调普遍性、规律性和文化对个体译者的制约的同时，牺牲了对译者主体性和创造性的关注。在传统译论中，译者是原文的奴仆；而在当代译论中，特别是在多元系统论者看来，译者又沦为历史文化这只无形的手所操纵的傀儡，成为被动的传译工具。如果推向极端，这似乎有着明显的简单化倾向。正如马尔姆克亚（Kirsten Malmkjaer）所认为的，宏观的、描述性的和语料库的研究纵然有巨大的优越性，但我们不能一叶障目，"无视其中存在的一些局限性"。在翻译中，特别是在"文学翻译中，比较性的、质的分析往往比量的分析更加重要"（Malmkjaer，1998：121）。

从宏观上看，胡适诗歌翻译的转型无疑有文化和文学发展的动因；但仅以此似乎很难解释和描述胡适在文化转型期所做的独特选择和创造性的诗歌翻译。胡适曾强调历史发展成因的多元性，批评用所谓的"最后之因"来解释历史现象：

> 治历史的人，应该向传记材料里去寻求那多元的、个别的因素，而不应该走懒惰的路，妄想用一个"最后之因"来解释一切历史事实。无论你抬出来的"最后之因"是"神"，是"性"，是"心灵"，或是"生产方式"，都可以解释一切历史。但是，正因为个个"最后之因"都可以解释一切历史，所以都不能解释任何历史了！……所以凡可以解释一切历史的"最后之因"，都是历史学者认为最无用的玩意儿，因为他们其实都不能解释什么具体的历史事实。（周质平，2002：72）

笼统地用历史文化决定论来描述翻译现象无异于抹杀译者主体性，忽视译者的自觉选择和创造性。赫曼斯（Theo Hermans）曾经同样精辟地论述过译者个人选择对翻译研究的重要意义：

> 我的研究将集中于在有限的实际可行的选择范围内译者所做的选择，以及集中于在这一范围内译者做出某一特定选择的可能的原因……一方面，译者所做的选择自然而然地凸显了被排除在外的其他可能性，即可行但没有选择的其他道

路。另一方面，这也阐明了译者对现有的种种期待、限制和压力所做出的反应与他的翻译动机、目的行为或作用之间的相互作用。（Hermans，1999b：51）

也就是说，我们不能简单地用"历史功能主义"的观点来考察译者的实践活动，译者在翻译过程中实际上拥有一定的"实际可行的不同选择"，而这种选择是译者翻译动机和翻译目的与社会规范和限制之间协调的结果。和所有的文学创新一样，胡适诗歌翻译在主题和诗体语言上的嬗变正好是胡适有意识选择的结果。胡适的诗歌翻译也必然反映出胡适个人独特的翻译（文学）理念和诗歌翻译（诗学）理念。有学者指出，胡适"尝试"新诗和诗歌翻译是他本人"文化哲学思维方式的一种文学实践形式"，是"文化哲学观念在文学革命方面的派生物"（吕进，2000：46），胡适的诗歌翻译是其自身主体性与创造性的体现。

三 文学观的演进与诗歌翻译的转型

胡适诗歌翻译中的主体性和创造性来源于他独特的文学观念和诗学思考。逐渐成熟的文学功能观决定了他译诗主题的选择与变化，而诗学理念的演进又决定了他对译诗诗体的尝试和探索。

强国保种的革命意识和急功近利的"济用"观是胡适早年诗歌翻译的唯一指归。1906 年至 1909 年胡适就读于上海中国公学，当时的胡适年轻气盛，充满革命热情。梁启超的文字在其"脑海里种下了不少革命种子"；邹容的《革命军》使他"极受感动"，"深夜轮流传抄"。"革命思想日益炽盛。"（吴相湘，2002：174 ~ 175）该校的白话刊物《竞业旬报》是名副其实的革命的喉舌，主张"一振兴教育，二提倡民气，三改良社会，四主张自治"（毛子水，2002：123）。《竞业旬报》在出版 21 期以后由胡适主编，遂成为他"启迪民智"、破除迷信、引入西方先进思想、鼓吹革命的阵地。在这一阶段，他的翻译，特别是诗歌翻译，明显带有政治化的倾向，或表现军人的爱国热情和战斗精神，或表现贫苦人民的悲惨境遇，或对封建婚姻制度进行无情的鞭笞。正如胡适自己所言，"吾十六七岁时自言不作无关世道之文字"（胡适，2001/1915c：237～240）。胡适对《六百男儿行》、《军人梦》、《缝衣歌》、《惊涛篇》和《哀希腊歌》等英美诗歌的选择，都表现了反清救国的政治诉求和社会变革的强烈意识。如有学者所言，当时的诗歌翻译是为了"深深震撼和抚慰"知识分子和革命者"淌血的心灵"（周振环，1996：156）。但就主体性和创造性而言，他在这一阶段的诗歌翻译基本上局限于中国古典文论中"文以载道"的文学功能观，主题思想也与风靡译坛的"立意在反抗，指归在动作"的革命精神合拍（王克非，1997：143），翻译策略则因袭和模仿当时译坛主流的归化手法，诗体仍限于流行的五七言古诗体，概言之，胡适的诗歌翻译完全遵循主流的典范。诗体的因袭与归化绝不仅仅是翻译手法和技艺上的随意选择，其中表现出译者对本体文化传统诗学的定位：胡适虽痛感中国政治经济的衰落，但改造和复壮传统文学，特别是更新中国古典诗歌传统的意识和愿望仍很薄弱。

渐进的历史发展观和对人生的哲学思辨是胡适第二阶段译诗关注的焦点。到了美国以后，胡适的文学理念日趋成熟，译诗的主题也逐渐宽泛。他开始反省年轻气盛时偏颇的文学观念："自言不作无关世道之文字"不过是"知其一不知其二之过也"（胡适，2001/1915c：237～240）。在谈到救国之道的时候，他逐渐放弃急功近利、试图通过暴力革命一蹴而就的理念，认为，"根本之计奈何？兴吾教育，开吾地藏，进吾文明，治吾内政"。他的观点被人讥笑为"迂远之谈，不切实用"；胡适则反驳说："此七年之病，求三年之艾也。……吾诚以三年之艾为独一无二起死圣药也，则今日其求之之时矣，不可缓矣……此吾所以不惮烦而

日夕为人道主义之研究也。"（吴相湘，2002：185）胡适所谓的
"三年之艾"即民众的教育："适以为今日造因之道，首在树人；
树人之道，端在教育。"他的"迂远之谈"在当时可谓惊世宏论，
招致不少指责实属当然。但胡适并不为之所动，实在是"近来洞
见国事与天下事均非捷径所能为功……倘以三年之艾为迂远而不
为，则始亦必亡而已矣"（吴相湘，2002：189）。胡适的文学翻
译观逐渐从主流向边缘的转变同样反映在他对专业的选择上。初
到美国的时候，胡适仍抱着科学（实业）救国的信念，选修农
学，认为"文章真小技，救国不中用"。但一年半以后便觉"逆
天而拂性，所得终希微"，遂转入文理学院"习政治经济，兼治
文学哲学，最后专治哲学"（胡适，1984：24~25）。这或许可以
作为胡适留学美国以后，除了尝试用骚体重译《哀希腊歌》、寻
求新的表现形式以外，再没有翻译革命或战斗诗篇的原因；他的
译诗或哀婉，或凝重，或深沉，或缜密；充满对人性的关怀、对
玄学智慧的思辨和对生死意义的感叹。

　　建设中国新文学的强烈愿望是胡适寻求译诗语言和诗体解放
的内在动力，同样也是他文学翻译观边缘化的根本原因。胡适生
活于中国文化的转型和白话新诗的滥觞时期，他的诗歌翻译自觉
地参与了本体"文化身份的塑造"和新文学的建设。主体文化转
型期的内部需求、译者的翻译动机和预期的翻译目标不仅决定了
翻译文本的选择，而且决定了胡适翻译的"手法与方式"（Reiss
and Vermeer，1984：101）。正如韦努蒂（Lawrence Venuti）在
《翻译与文化身份的塑造》一文中所说的："对外国文本和翻译策
略的精心选择可以改变或强化本国文化的文学规范、观念范式、
研究方法、分析技巧……［但］译本的影响或保守或超越常规，
基本上取决于译者运用的翻译策略。"（Venuti，1995a：10）胡适
诗歌翻译的动机和策略，正好反映出胡适建设白话新文学的强烈
愿望，这是胡适在进行理论思考和实践探索之后做出的理性抉择。

在美国留学期间，应该说胡适已经预见到新文学即将诞生。在当时的美国现代诗潮，特别是意象主义诗歌的影响下形成的文学历史进化观，使他能在诗歌翻译中有意识地"偏离或试图颠覆"（Alvarez and Vidal，1996：7）中国传统翻译的规范，通过"创造性的翻译、借用和改写"来更新译语文字和诗体（Boase-Beier and Holman，1998：15）。

1915 年 4 月到 1918 年 2 月是胡适译诗的空白时期，这正好是他新文学观念逐步成熟、译诗诗体解放和白话新诗创作的酝酿期。首先，胡适独到的语言哲学观使他能冲破当时仍十分顽固的文学传统和强大的诗学规范，率先用白话文翻译英美诗歌。胡适对白话文的思考显然已超越了纯粹"器"的层面而上升到"道"的高度，他认为语言不仅是表意的工具，而且体现出一个民族的思想方式和思维方式。有学者称，胡适的"白话理念和他的译诗有密切关系。而从译诗到尝试做白话诗，更是一种从理念到实践的转换过程。"（殷国明，1999：158）其间的相互关系尽管有待进一步的研究，但胡适诗体的解放极大地得益于他对文学语言与形式的思考和有意识的理论探索，应该是不争的事实。在《五十年来中国之文学》一文中，胡适称："文学者，随时代而变迁者也。一时代有一时代之文学……因时进化，不能自止……以今世历史进化论的眼光观之，则白话文学之为中国文学之正宗，又为将来文学必用之利器，可断言也。"（胡适，1923）胡适认为，新的思想必须要求新的语言形式。"古文究竟是已死的文字，无论你怎样做得好，究竟只够供少数人的赏玩，不能远行，不能普及。"（胡适，1923）而"白话实在有文学的可能，实在是新文学的唯一利器"（胡适，1919e：44～55）。胡适还清楚地描述了自己尝试白话的动机："我私心以为文言决不足为吾国将来文学之利器……今尚需人实地实验白话是否可为韵文之利器耳。……私心颇欲以数年之力，实地练习之。倘数年之后，竟能用文言白话作文

作诗,无不随心所欲,岂非一大快事?"(胡适,1919e:44~55)

在译诗的诗体形式上胡适同样背离了流行的诗学规范。他认为只有诗体解放,"丰富的材料,精密的观察,高深的理想,复杂的感情,方才能跑到诗里去"(胡适,1919c:1~4)。因而他在诗歌翻译中突破了当时的五七言古体诗的樊篱,探索诗体的解放。在尝试诗歌翻译形式的同时,他也尝试"做五言诗,做七言诗,做严格的词,做极不整齐的长短句;做有韵诗,做无韵诗,做种种音节上的实验"(胡适,1919e:44~55)。经过3年的理论准备和尝试,胡适译诗的语言朴实含蓄,明白畅达;句式参差错落,随诗意和自然节奏而定;韵式富于变化;完成了从早期的五七言古诗体到中期的骚体,最后形成完全的白话新诗体的转变。

胡适的白话创作和白话诗歌翻译可以说是自觉地背离了当时的主流诗学,照胡适自己的话来讲,是"有意识的主张,有计画的革命",而不仅仅是"无意的演进"(胡适,1923)。他的白话主张和诗体大解放不仅遭到像林纾这样的宿儒的抨击,而且受到胡先骕、朱湘、梅光迪等同辈甚至朋友的奚落。胡适对西方现代诗歌的借鉴被斥责为"剽窃此种不值钱之新潮流以哄国人也"(胡适,1919e:44~55)。他的白话诗歌被斥责为不知"诗""文"的区别,"此其白话诗所以仅为白话而非诗欤"(胡先骕,1922:119~142)。甚至他主张的"平实""含蓄""淡远"的白话诗风也被贬斥为"平庸""内容粗浅,艺术幼稚"(朱湘,1926:4)。保守派文人的猛烈攻击从另一个角度彰显了胡适诗歌翻译的"颠覆性和创新性"(Bassnett,1996:13),表现了在中国文化转型时期,胡适在借鉴西方文学观念、翻新传统文论、构建现代诗学过程中的自主意识和首创精神。正是从这个意义上看,有学者认为,胡适的《关不住了!》"很难简单地被定性为翻译",由于这首译诗"巨大的创造性","对传统诗歌和传统诗歌模式的巨大突破"，它对诗歌翻译和诗歌创作"都具有巨大的开创意义"（高玉，2001：89）。

　　深入研究胡适诗歌翻译转型中译者的主体性可以看出，当代西方翻译理论在揭示翻译文学与主体文化中的文学系统关系的同时，可能忽视了译者个人在翻译活动中的历史作用，忽视了翻译作为一种文化现象的成因的多元性。有鉴于此，个案研究，特别是对个体译者翻译活动的描述和分析则可能突显译者的主体性和创造性。从这个角度来看，翻译文化批评强调译者的显形（visibility），强调意义的丰富性与差异性，确有其不可忽视的积极意义。

第四章　胡适诗歌翻译的语言嬗变
与早期新诗的诗体转型

第一节　中国文学古代、现代转型比较

一　中国文学古代转型语言论

殷周之前的中国社会状况包括文学状况，由于无充分的资料和证据，再加上有限的资料多语焉不详，所以我们很难勾勒出一幅清晰的图画。但是，从原始文化理论上说，中国在殷周之前肯定有一个漫长的文学过程，我们通常把这段时间的文学称为"上古文学"，其特征姑且可以称为"原始性"，站在"现代性"的角度，中国古代文学的特征是"古代性"，中国上古文学的特征则可以称为"前古代性"。从时间上，中国古代文学的"古代性"是在殷周至春秋战国时确立的。从原因上，中国古代文学的"古代性"是由中国古代文化在总体上的"古代性"所决定的，所谓总体上的"古代性"，最终可以归结为将古代汉语作为语言体系和话语方式。古代汉语作为语言体系和话语方式不仅从根本上决定了中国古代宗教、哲学、伦理、道德、历史学的"古代性"，也从根本上决定了中国古代文学的"古代性"。

美国"新批评"文论家韦勒克、沃伦把文学从总体上分为

"内部规律"和"外部规律"。但这种划分主要是从文学研究角度进行的，特别反映了现代科学研究分工协作的一种状态，是理论上的。在实际功能上，文学其实是一个总体。就文学发生发展的根源来说，从内容与形式的二分法的角度来看，文学的外部条件其实比文学的"内部规律"更为重要。内在形式的变化具有链式延续性，而外在内容因为外部条件的变化具有偶然性、随机性，因而往往缺乏内在的连贯性，有时甚至出现巨大的断裂。所以，对于文学的转型，文学的内容是决定性的因素。在形式上，中国上古文学、中国古代文学、中国现代文学之间具有承继关系，没有绝然的转型。所谓转型，从根本上是文学内容的转换，而不是文学形式的变革。文学内容即思想，它与语言体系和话语方式有着极大的关系并最终由之决定。在这一意义上，文学转型亦即语言体系和话语方式转型。

从语言上说，中国文学的古代转型实际上是"前古代汉语"向古代汉语的转型，古代汉语作为思想体系的形成，也即古代文学作为类型的形成。这里，"前古代汉语"是笔者生造的一个概念，指汉字产生之前的汉语口语以及汉字产生之后的初始语言，其特点是原始性，表现为：词汇贫乏，语句单调，意思简单，多为物质性词汇，与日常物质生活有着非常紧密的关系。从比较原始的甲骨刻辞以及保留了某些原始语言踪迹的《诗经》、《尚书》和部分上古神话传说来看，殷周之前与殷周之后的语言体系和话语方式有很大的不同。1899 年在安阳发现的甲骨刻辞是目前见到的我国最早的语言材料。分析这些甲骨刻辞，我们看到，在词汇上，甲骨刻辞主要是一些与日常社会生活关系紧密的物质性名词，其中，渔猎和农业生产方面的词汇最多，其他包括自然界事物和现象名词、动植物名词、生产和生活资料名词、时令名词、方位名词、亲属名词等。基本上是实在性词汇，而抽象性词汇则非常少。我们固然可以据此说殷周之前的文化不发达，思想不发达，但从另一个角度，我们也可以说这是语言的不发达，特别是语言在思想层面上的不发达，因为语言发达了，思想和文化实际上就具有了发达的基础。不是本来可以言说而没有言说，而是根本不能言说，因为缺乏言说的话语。"缺乏"语言和话语正是思想"落后"的真正含义。

由于种种因素，特别是文化的交会与激荡、生存的竞争、发展的本能与需求，汉语在殷周之初开始发生剧烈的变化，概念、术语、范畴和话语方式由简单到繁复、由单纯到丰富，最后于春秋战国时形成体系并定型，这就是古代汉语。古代汉语在战国之后于词汇上继续丰富和发展，但这种丰富和发展并没有从根本上颠覆古代汉语的"型"，古代汉语直至"五四"时才在外来语言通过翻译形成的冲击下发生转型。语言的定型从根本上是由原创性的经典著作确定的，具体地说，古代汉语是由《诗经》《书经》《礼经》《易经》《春秋》这些"中华元典"性质的书确立的。《说文解字》等语言文字学著作也有很大的作用，但语言学家的主要贡献是总结、整理、规范和传播。

古代汉语作为"类型"确定了，中国古代文化作为"类型"就确定了，那么中国古代文学作为"类型"也就确定了。事实上，在古代汉语话语体系中，文学和文化并没有绝然的分别，在"经""史""子""集"的文化分类中，文学并没有明显地和其他文化类型区别开来，特别是在中国古代文化的创制之初，这种情况更为明显。殷周至春秋战国时期是中国古代文学的创制时期，在这一时期，除了"楚辞"是比较纯粹的文学以外，其他如史传文学、诸子散文以及中国古代文学的"圣典"《诗经》都不是单纯的文学作品。这时的文学不论从精神上还是形式上都包含在文化"元典"中，"元典"的精神也是文学的精神，"元典"的类型也是文学的类型。

事实上，古代汉语语境中的"文学"和现代汉语语境中的

"文学"有很大的不同。我们今天所见到的同时也是所理解的"中国古代文学史"实际上是按现代文学观念梳理、整合而成的中国古代文学史，古代汉语语境中没有这样一种中国古代文学史，古代汉语话语方式也不可能产生这样一种中国古代文学史。李泽厚说"中国没有西方那种哲学"（李泽厚，1996：20），文学其实也是这样，中国古代没有西方那样的现代文学概念。在中国古代文学的创制时期，文学是一个非常宽泛的概念，是和整个文化紧密地结合在一起的。《论语·先进》说："文学子游、子夏。"皇侃引范宁之解释说："文学，谓善先王典文。"今人吴林伯也说："文，六艺；文学，六艺之学，后世所谓经学。"当然，这主要是孔门的文学观念，并不能代表整个中国古代文学创制时期的文学概念。但综观先秦诸子，总体来说，那时的文学泛指人文经典。

所谓中国古代文学的"古代性"，是一个内涵和特点都非常丰富的概念，它当然包括中国古代文学在外在形式上突出的特征，但最主要的是其内在的思想和思维性，是其所表现出来的思想内容。中国古代文化在殷周至春秋战国时期大交汇、大融合、大繁荣，中国古代文学正是在这种大交汇、大融合中，在文化的互相补充、互相吸收、互相竞争、互相激荡、交互生成中创制出来的。"古代性"不是某种经典精神或某种地域精神，而是各种经典精神和各种地域精神融汇起来生成的总体精神。对于中国古代文学的基本特征，人们有种种概括，比如思维的特征、民族性、地域性、文化性等，这些概括都非常有道理，但这种概括是很难穷尽的。从内涵上说，中国古代文学的"古代性"是非常丰富而复杂的，视角不同、理论基础不同、情感态度不同，概括都会不同。绝对不能否认这些概括，但笔者以为从语言和话语方式的角度进行概括是一种新的，而且是最具根本性的视角、理论及方法。中国古代文学的"古代性"本质上是在一种比较的视野中确立的，即在和中国文学的"前古代性"和"现代性"的比较中确立的。所谓中国古代文学的民族性、地域性、文化性、思维性等都可以从语言体系和话语方式上得到深刻的阐明。

今天看来，中国古代文学的"古代性"具有统一性，从语言的角度来看，中国古代文学在语言和话语方式上也具有统一性。但在中国古代文化和文学的创制时期，各种原创文化和文学在语言和话语方式上却有很大的差别。这种差别从先秦典籍中还可以看得比较清楚。"元典"的差别更深刻地表现在话语方式上，惠施说："至大无外，谓之大一；至小无内，谓之小一。无厚，不可积也，其大千里。天与地卑，山与泽平。日方中方睨，物方生方死。大同而与小同异，此之谓之'小同异'；万物毕同毕异，此之谓'大同异'。"（胡适，1918e：87~93）对这些"历物之意"，过去有多种多样的解释，但都不能令人信服。笔者以为，按照我们通常的方式，用现在的语言体系和话语方式从字面上对这些判断和论题进行理解和解释，是不得要领的，也不可能把握真谛。语言不是起点，不应该只是追寻意义，而应该进行更深刻的追问，即追问语言本身。它从根本上不是意义问题，而是语言问题。惠施的话语方式是一种独特的话语方式，他的概念在内涵上不同于时人的概念，也不同于后人的概念，所以他不被当时的人理解，也不被后人理解。庄子评价惠施"其道外骛，其言也不中"，"言也不中"深刻地说明了惠施的话语方式与其他话语方式的不同，也说明了其"道"不被理解的原因，对于惠施本人来说，在他自己的话语方式内，他的"道"也许是非常简明不过的。要解开惠施"历物之意"之谜只能通过分析哲学的方式进行话语解构，而不能通过细读的方式进行意义分辨，那只会曲解或穿凿。由于惠施的话语方式在当时不被认可进而无法社会化，现在又缺乏充分的材料和语境，仅凭庄子这些简单的观点罗列，要对它进行解说是非常困难的，也许它永远都是一个谜。

二　中国文学现代转型语言论

如果说中国古代文学的特征是"古代性"，那么，中国现代文学的特征就是"现代性"。与"古代性"一样，"现代性"也是一个丰富复杂、歧义丛生的概念，有种种归纳和概括，至今没有一个比较统一的说法。现代性是一个历史概念，一方面，它是历史事实，是客观存在；另一方面，在认识论上，它是在与"传统"的比较中确立的，它的定义是变化的，随着观念、视角的变化，它在内涵上没有穷尽的认识。没有一种所谓客观的、固定不变的"现代性"定义，现代性其实也是一种视角和态度，它不是规定的，而是在与"古代性"相比较中确立的。吉登斯认为，"非延续性或者说断裂性是现代性的基本特征"（黄平，1996：3）。汪晖说："现代不仅意味着比过去更好，而且，它就是通过与过去（传统）的对立或分离来确立自身的。"（汪晖，1997：6）历史的现代性不是"现代性"理念的产物，不是先有现代性理念然后才有现代性现实，恰恰相反，是先有现代性现实然后才有对"现代性"作为观念的理性认识，"现代性"的概念是总结、归纳出来的，历史事实是它的事实基础，观念和视角是它的理论基础。从这个意义上说，现代性既是历史范畴，又是理论范畴。

所以，不能用"中西"二元对立的标准来判断中国的现代性，不能说西方性就是现代性，中国性就是非现代性，那样就把社会性的现代性概念变成伦理性的现代性概念了，那样也违背了社会进步的必然规律，忽视了中国传统社会变革的内在欲求，把中国的现代性完全说成一种外部规律。这样一种伦理性论述，对民族自尊心也是一种极大的伤害。中国的现代性，其历史事实是在反叛传统性中建立起来的，其理论认识是在与"古代性"的比较中确定的。所以，对中国古代传统的断裂性、反叛性是确定中国现代性的一个基本原则。

中国的现代性在外在形态上千姿百态，其内涵丰富复杂，而且还在继续衍生，很难进行概括。但在深层上，现代汉语的现代性是构成中国现代文化和文学的深刻的基础。中国文化和文学的现代性是在外在的政治、经济、军事的冲击下逐渐生成的，这种现代性的生成过程其实也是语言的生成过程。新的观念、新的思维方式、新的思想方式的生成，其实是新术语、新概念、新范畴、新话语方式的生成，观念和思想思维方式不过是语言的表象，或者说最终是由语言承载的。物质文明是现代性表象，引进西方的现代化设备诸如近代的洋务运动，也是现代性非常重要的表现，但接受了物质文明并不表明在思想上具有了现代意识，现代性更是观念性的。现代性作为概念就是在这种现代意识与现代化现实的双重作用下从总体上生成的。而现代性观念的深处则是现代性的语言和话语方式，正是现代性的语言和话语方式从意识深处决定了人们观念的现代性，现代语言作为体系的确立也就是现代性作为普遍观念的确立，人们以现代话语作为言说方式标志着在意识深处接受了现代性，现代意识在深处是被现代语言控制的。所以，从深层的语言哲学角度看，中国的现代性不同于西方的现代性，现代性作为观念、作为意识、作为话语体系，在从西方向中国输入、"翻译"的过程中也会发生变型，中国的现代性正是在"西化"和"归化"的双重作用下形成的，一方面，它是从西方输入进来的；另一方面，它又深受中国近代特定语境的制约。汪晖说："不把个人、社会、国家等概念理解为一个跨语言的研究领域。……这些概念总是在特定的社会和文化语境中显示出历史的含义，因此，我们不可能脱离这种语境来理解这些概念。"（汪晖，1997：6）对现代性，其实也应该做如是理解。

中国现代文学的特征，最笼统概括就是"现代性"，从语言上说是现代汉语的文学，胡适用"国语的文学"来概括五四新文学，这非常准确。"我们所提倡的文学革命，只是要替中国创造一种国语的文学。"（胡适，1918a：6～23）对于"国语"，胡适说，"所谓国语，不是以教育部也不是以国音筹备会所规定的作标准"（胡适，1952），而是以新文学的语言为标准，即"文学的国语"。对于如何创造新文学，胡适认为有三步。一是用白话，包括用方言和古代文学典籍如《水浒传》中的白话，这是胡适最为看重的，也是他最为自得的。二是翻译西方的文学作为范本。三是创造。对于第二步、第三步，我们在后面的章节中会加以较为详细的讨论。文学的"国语"如何创造？西方的文学范本与"国语"具有什么内在的关系？这其实涉及语言的本质以及语言与思想的关系问题。胡适自己也意识到新文学绝不仅仅是语言形式问题，他曾说："若单靠白话便可造新文学，难道把郑孝胥、陈三立的诗翻成了白话，就可算得新文学了吗？难道那些用白话做的《新华春梦记》《九尾龟》也可算作新文学吗？"（胡适，1918a：6～23）一方面，用白话写作的文学作品不一定都是新文学，把文言翻译成现代白话的作品不是新文学。近代文学史上很多文学作品特别是很多小说都是用白话创作的，但它们显然不能归入新文学的范畴。这深刻地说明，新文学不只是将白话作为形式的问题，还有更内在的东西。另一方面，文言作品，不论它是什么时候写的，不管它多么具有新思想和观点，都不能算作新文学，这又说明，新文学的确与白话有着深层的联系。所以，新文学内在的本质还是在白话中。

关键在于，五四时期的白话不同于古代白话。五四时期的白话即"国语"也即现在的现代汉语，本质上是一种新的语言系统。白话形式是"国语"非常重要的特征，但"国语"更为本质的特征是它的新思想和思维特征。"国语"在将语言作为工具的层面上和古代白话没有区别，它来源于古代白话和方言，而在思想思维的层面上它和古代白话有根本性的区别，它更多地来源于西方的语言和话语方式。语言系统是社会结构和社会价值系统的深层的基础，卡西尔说："某种意义上，言语活动决定了我们所有其它的活动。"（卡西尔，1985：170）在思想的层面上，"国语"是"欧化"或"西化"的汉语，它和近代以来广泛的学习西方联系在一起，它是中国社会和文化深受西方影响在深层上的表现。朱自清说："新文学运动和新文化运动以来，中国语在加速变化。这种变化，一般称为欧化，但称为现代化也许更确切些。"（朱自清，1946：63）"欧化"或者"现代化"，正是现代汉语最为重要的特征。

第二节　文学转型中的胡适白话观念

一般认为，中国新文学从 1917 年开始，其标志就是这年 3 月出版的《新青年》第 1 号发表了胡适的《文学改良刍议》，从而揭开了文学革命的序幕，从晚清就开始的中国文学改良运动直到这时才发生根本的变化，出现了质的飞跃，中国文学从此进入了现代阶段。因此，在中国文学理论批评史上，胡适的《文学改良刍议》具有划时代的意义。

胡适的"文学改良"理论实质上是文学革命理论，因为它主要是从语言的角度进行文学革命，主张用白话文代替文言文，因此它大略也可以称为白话文学理论。白话文学理论是一套完整的理论体系，其理论中坚人物除了胡适以外还有陈独秀、傅斯年、刘半农、钱玄同等，其主要论文大多被胡适收在他编选的《中国新文学大系·建设理论集》一书中，一本"建设理论"集，基本上可以看作一本白话文学理论集。但对白话文学理论贡献最大的显然是胡适，第一，他提出白话文学理论；第二，在积极宣传、倡导、捍卫白话文学理论方面，他是最坚定者，可以说是竭尽全力；第三，他是最彻底的白话文"主义"者，他身体力行，把他的理论运用于文学翻译与创作实践以及理论文章的写作，尝试写出了中国第一部新诗集《尝试集》、第一部现代意义上的中国哲学史《中国哲学史》（上卷）等；第四，他对他提出的白话文学理论进行了详细而全面的论证。其理论论述除了上面提到的最重要的《文学改良刍议》以外，还有《文学革命论》《历史的文学观念论》《建设的文学革命论》《文学革命运动》《逼上梁山》《论新诗》《论短篇小说》《白话文学史·引子》《胡适口述自传》《五十年来中国之文学》等。

　　白话文学理论是五四时期中国的主流文学理论，也是五四时期文学革命最基本的理论，它对中国新文学的巨大作用乃至对整个中国新文化的巨大影响，是不言而喻的，是有目共睹的。也许正是因为如此，胡适后来总把白话文学理论说成是他的发明，并且一生引以为自豪。但今天，重新审视新文化运动和胡适的白话文学理论，我们认为，胡适从语言的角度来发动文学革命以至整个新文化运动，是深得要害的，抓住了事物的关键。正是因为抓住了要害，所以五四新文学运动迅速取得了成功，其成功的速度之快，甚至连胡适都感到意外，他曾经说："当我在 1916 年开始策动这项运动时，我想总得有二十五年至三十年的长期斗争（才会有相当结果）；它成熟得如此之快，倒是我意料之外的。"（胡适，1998b：333）但是，对于为什么要从语言的角度来发动文学革命乃至文化革命，胡适的道理还是非常浅显的，没有真正弄清楚问题的根本。胡适说历史上的文学革命全是文学工具的革命，这是正确的，但对于为什么，他却只看到了语言革命的现象，并没有深刻地认识到语言革命的本质。

　　白话文倡导之初，遭到了保守派的强烈反对，其中翻译家林纾是反对白话文最激烈的人物之一，但他又讲不出什么道理，所以只能哀叹："古文之不当废，吾知其理，而不能言其所以然"（林纾，1917：4~5）。当时胡适读了这句话，"忍不住大笑"，后来又套用这句"可笑"的话嘲笑章士钊，说章是"白话文之不当作，吾知其理，而不能言其所以然!"（胡适，1925b：1～3）其实，胡适对于白话文之"当作"，又何尝不是知其然而不知其所以然。胡适所说的"有历史的根据，有时代的要求。有它本身的文学的美，可以使天下人睁开眼睛的共见共赏"（胡适，1925b：1～3）等都不是最根本的理由。当时，西方的语言哲学也还处于起步阶段，中国的语言哲学理论更是极不发达，加之林纾、章士钊、胡适等人又对语言的本质问题缺乏思考和研究，所以讲不清道理，是极在情理之中的。林纾承认他不能言其所以然，不失为老实厚道，而胡适的自信不过是年轻人的气盛和自以为是。后来胡适总结文学革命之所以很容易地就取得了成功，其中第一条理由就是"那时的反对派实在太差了"，胡适说反对派太无能，这句话是正确的，因为用中国古代的语言学理论不可能把这一问题讲清楚。像林纾这样满脑子是中国古代观念的人，缺乏逻辑、思辨、分析的思维能力，怎么能把语言的本质这样的极富哲学意味的问题讲清楚呢？但问题是，胡适本人也没有把问题的实质讲清楚。

胡适建设白话文学理论的最大的根据是：文言是"半死的语言"，白话是活的语言。所谓"半死的语言"，胡适自己的解释是："文言里面有许多现在仍在通行的词汇，同时也有些已经废弃不用的词汇。"（胡适，1998e：310）其实，从后来的《文学改良刍议》一文来看，所谓"死"，还包括不讲文法、乱用套语、大量用典故、讲求文词对仗等内容。白话的"活"主要表现在："白话的文字既可读、可说又听得懂。凡演说、讲学、笔记，文言决不能应用。今日所需，乃是一种可读、可听、可歌、可讲、可记的言语。要读书不须口译，演说不须笔译；要施诸讲台舞台而皆可；诵之村妪妇孺皆可懂。"（胡适，1934：15～31）更为重要的是其文法，胡适说："白话文是有文法的，但是这文法却简单、有理智而合乎逻辑；根本不受一般文法上转弯抹角的限制；

也没有普通文法上的不规则形式。这种语言可以无师自通。学习白话文就根本不需要什么进学校拜老师的。"（胡适，1998f：335）在这些意义上，文学应该废文言，用白话。

其实，废文言，用白话的根本理由并不在这里。语言的确有"死""活"之分，但"死""活"的标准不在于其优越与否，而在于其使用与否。正在被广泛使用的语言，哪怕它极其繁缛，极不合理，有极大的缺陷，它也是活的，可能只需要改革。不被使用的语言，哪怕它非常简洁，非常合理，有很多优点，它也是死的。活的语言想废也废不了，死的语言你不废它也会自行废除，因为语言不是以个人的意志为转移的。索绪尔说：语言"是言语活动的社会部分，个人以外的东西；个人独自不能创造语言，也不能改变语言；它只凭社会的成员间通过的一种契约而存在"（索绪尔，1980：72）。维特根斯坦认为，私人语言是不可能的。语言是一个系统，它既然是由社会成员之间约定俗成并共同遵守，那么，它就具有相对的稳定性（克里普克，2017：78～81）。其实，胡适后来也模模糊糊地认识到这一点，他曾经说："语言文字是世界上最保守的东西，比宗教更为保守。""语言之所以为语言，正如宗教之所以为重要的宗教，它们都必须深入到百万千万的广大群众中去。当一种社会上的事物，深入群众而为群众所接受之时，它就变成非常保守的东西了。改变它是十分困难的。"（胡适，1998e：307）胡适在哲学上是典型的经验主义者，在语言问题上，他也表现出相当的经验主义特征，他非常准确地观察到了语言的现象，并能准确地把它归纳出来，但对于现象背后的本质，他却缺乏西方哲学中如黑格尔、康德那样透彻的理性分析，他没有深刻的语言学理论基础，因此，他的白话文学理论缺乏统一的内在联系，有时甚至自相矛盾，具有明显的中国古代文论的特征。

文言作为一种语言系统，其中的确有已死或半死的字或词，但我们不能因此就说文言是一种已死或半死的语言，因为任何一种语言系统都不是绝对不变的，都只是相对的稳定，都要不断地废除旧词和词的旧有意义或者赋予旧词以新的意义，都要不断地创造或借用新词。白话中也存在许多词被废弃不用的现象，但我们显然不能说白话是半死的语言。

废文言，用白话的根本理由在于：文言是一种语言系统，胡适当时所提倡的白话则是另外一种语言系统，前者是中国传统的话语方式，其思想也是传统的，它和新的社会发展是不相适应的；后者是一种新兴的话语方式，表现的是一种新的思想，它和新的社会是相适应的。语言是和思想紧密地联系在一起的，语言系统即思想系统，废文言就是从根本上废除中国传统的思维方式和思想体系，用一种新的白话，即从根本上采用一种新的思维方式和思想体系。这才是白话文运动促使五四新文化运动迅速发展并取得成功的根本原因。

第三节　胡适译诗与新诗诗体的建构

西方诗歌在中国的译介始于清末，译诗在中国影响之大，莫过于"五四"前后；倘若论及译诗诗体的探索与创新，首功则非胡适莫属。然而，胡适提倡的"诗体大解放"，以及早期白话诗形式上的粗陋与非诗化倾向，常常为人所诟病。穆木天就称胡适是新诗运动"最大的罪人"（穆木天，1985：99）；梁实秋也指出："自白话入诗以来，诗人大半走错了路，只顾白话之为白话，遂忘了诗之所以为诗。"（龙泉明，1999：53～54）其实，在1925年前后，在朱湘创作新格律诗、徐志摩印行第一部诗集《志摩的诗》的同时，甚至更早，胡适已经从白话译诗中获得了新的语感，在诗歌语言、诗体、节奏、韵律等方面进行了积极的尝试。例如早在1920年胡适将张籍的《节妇吟》翻译成现代白话诗的时候，就尝试了随韵，两行一换韵；诗体工整，节奏整齐。胡适的白话译诗不仅是白话新诗创作的有机组成部分，而且为中国白话新诗的诗体发展提供了宝贵的借鉴。

一　循华文而失西义

译诗的勃兴与中国近代文化的转型有着深刻的内在联系。正如郭延礼所言，近代诗歌翻译的译者"大多是爱国人士或思想进步的文人"，他们从事诗歌翻译"带有鲜明的目的性"，即"鼓动民气，呼唤国魂，宣扬爱国主义和民主主义"（郭延礼，1998：98）。王韬翻译的《法国国歌》和德国《祖国歌》便是比较典型的例子。蔡锷就曾感叹过，"吾歌其《祖国歌》，不禁魄为之夺，神为之往。德意志之国魂其在斯乎，其在斯乎！"（郭延礼，1998：98~99）译诗的主题多为爱国尚武，救亡图存，推动了民众意识的现代化转变和民主思想的普及，但诗歌翻译的形式并无创新，"仍受到传统诗体和文言的限制"（郭延礼，1998：102），如梁启超的译诗用词曲，苏曼殊用五言，马安礼用诗经体，王韬则用骚体。这一时期的译诗突出"政治色彩和宣传作用"却忽略"文学因素的考虑"；所用的诗体均"未能超出古典诗歌的体制"（郭延礼，1998：99~100），极大地限制了翻译家的创造性和自由。正如梁启超本人所言："翻译本属至难之业，翻译诗歌，尤属难中之难……以中国调译外国意，填谱选韵，在在窒碍，万不能尽如原意。"（郭延礼，1998：91）吕叔湘也指出用固有诗体翻译的窘境，认为不同的语言有不同的音律，"欧洲语言同出一系，尚且各有独特之诗体，以英语与汉语相去甚远，其诗体自不能苟且相同……以诗体翻译，即令达意，风格已殊，稍一不慎，流弊丛生"。吕叔湘进而指出，流弊"约有三端：一曰趁韵……二曰颠倒词语以求协律……三曰增删及更易原诗意义"（吕叔湘，2002：10）。胡适认为，当时"所谓的翻译，都侧重自由的意译，务必

'典雅'，而不妨变动原文的意义与文字"（胡适，1931b：70～
87）。因而"五四"前后被称为"'循华文而失西义'的翻译时
代"（刘纳，1999：58）颇为公允。鲜明的政治功利性与拘泥于
传统格律的文学形式形成尖锐冲突：译诗在内容上追求革新与进
步，在形式上却坚持传统与保守。传统诗歌的体式已很难适应与
文化转型几乎同步的文学革命的需求。

二　早期译诗——因袭与归化

就诗体演进而言，胡适的译诗可粗略地分为因袭、尝试模仿
与创新三个阶段；而这三个阶段又基本与出国前、美国留学和回
国后三个阶段大致对应。

早期（1908～1909 年）是胡适因袭古典诗歌体式的阶段。所
谓因袭是指胡适并没有形成自己独特的翻译风格，只是沿用当时
流行的诗歌翻译体式。一些译诗甚至是英文课的课外习作，有些
译诗甚至只是稍做修改的重译。例如，《缝衣歌》一诗便是在马
君武译诗的基础上，对其中 20 余行稍做修改的作品。在译序中
胡适写道："唯译本间有未能惬心之处，因就原著窜易数节，精
英文者自能辨其当否耳!"（铁儿，1908c：19～21）胡适"窜易
数节"不过是想更好（准确）地传达原诗的"价值"，并不企求
形式上的创新。也就是说，这种译诗带有尝试的性质和因袭性。
所译诗歌虽语言浅白通俗，但形式上不是五言就是七言；属于完
全的归化或中国化；在形式和内容上都尽可能给予文化改观（ac-
culturate in terms of style and contents），"以适应读者的趣味"
（Bassnett，1997a：7）。用霍姆斯（James Holmes）所谓的诗歌形
式分类来看，此属于类比式诗歌形式（analogical form），即在目
的语诗歌传统中寻找功能基本类似的诗歌形式。胡适早期的译诗
均不分诗节，形式呆板。《军人梦》《缝衣歌》《惊涛篇》等均一
段至终，毫无段式变化。韵式主要用随韵，两行一换韵，如《六

百男儿行》：

> 左右皆巨炮，巨炮当吾前。
> 炮声震天地，炸弹相蝉联。
> 男儿善磬控，驰驱入鬼谷。
> 六百好男儿，偕来临地狱。（适庵，1908：41～46）

或四行一换韵，二、四押韵，如《军人梦》：

> 举室争言君已倦，
> 幸得归休免征战。
> 惊回好梦日熹微，
> 梦魂渺渺成虚愿。（铁儿，1908d：21～23）

但是，不加区别用五七言诗体翻译不同类型的外国诗歌，犹如"将灵魂从躯体中拽出，再诱使它进入另一个躯休。这意味着扼杀"（Waldrop，1984：42～43）。胡适虽俯仰其间，经营至诚，然而将"强弱、起伏、参差、疏密"不同的情绪变化"强行绳之以五、七言体"（辜正坤，2003：16），仍不免削足适履，捉襟见肘。

在美国留学期间，胡适译诗不足 10 首。与早期相比，胡适开始将目光投向五七言古体之外的传统形式，突破了七言诗和不分诗节的局限，即除了少数译诗仍用五七言外，他更多地尝试用骚体，甚至用文言散文翻译诗歌。《胡适留学日记》中有译后记云："以骚体译说理之诗，殊不费气力而辞旨都畅达，他日当再试为之。今日之译稿，可谓为我开辟一译界新殖民地也。"（胡适，2001a：230）从中可见胡适尝试新的诗体的意图。正如胡适所言，五天以后，胡适再次用骚体翻译《哀希腊歌》，在日记中胡适写道："梁译仅全诗十六章之二；君武所译多讹误，有全章尽失原意者；曼殊所译，似大谬之处尚少。而两家于诗中故实似皆不甚晓，故词旨幽晦，读者不能了然。"（胡适，2001a：230）从表面上看，胡适似乎是为忠实原诗而重译，并试图通过注释传达"诗中故实"，应该说这不无道理。倘若结合梁启超、马君武、苏曼殊等的译诗诗体，以及五天以前他曾承诺的"他日当再试为之"来分析，胡适尝试骚体的意图显而易见。在《哀希腊歌》第五节的注释中，他甚至称第二句"非骚体不能传达其呼故国而问之之精神也"（胡适，2001a：234）。

胡适用骚体翻译的《哀希腊歌》有如下五个特点：其一，虽以六字句为主，但也不乏八字甚至八字以上的诗句，增强了节奏的起伏变化，声律更加丰富；其二，胡适第一次模仿原诗分节，将译诗分为 16 节，"使诗人的情绪宣泄程式化或规范化"（辜正坤，2003：15）；其三，每一诗节虽以六行为主，但偶有四行、八行，甚至五行和七行的诗节，使全诗跌宕参差；其四，全诗除了增强节奏感的感叹词"兮"之外，用合韵与转韵，虽也使用抱韵与交韵，但韵式宽松稀疏，类似古风的韵式，不受隔行用韵的约束，且音韵和谐，并不令人感到拗口；其五，全诗虽不乏工整的对仗，如"慷慨兮歌英雄，缠绵兮叙幽欢""侠子之歌，久销歇兮，英雄之血，难再热兮""马拉顿后兮山高，马拉顿前兮海号"等，但胡适并不刻意追求平仄和对仗的工巧。

从《诗三百》到骚体再到五七言、格律诗，本是中国诗歌演进的规律，但胡适从五七言古体到骚体的尝试却是他从古典诗体到现代白话诗体变化中重要的一环。胡适后来提出的废除古典格律约束的主张，要求诗歌按自然节奏起伏的种种设想，实际上在《哀希腊歌》的译文中已初露端倪。半年以后，即 1914 年 9 月，胡适又用文言散文翻译爱默生的《大梵天》，这是胡适译诗诗体转变中的又一次重要尝试。我们认为，胡适选择文言散文或许有两个原因：其一，中国古代缺少哲理诗，探究哲理的文体通常为文言散文，再加上"爱默生思力大近东方（印度）哲学"（胡适，2001a：456），胡适自然会用归化手法，在中国传统文化中寻找相应文体；其二，原诗为四步抑扬格，韵式工整，用 abab 式。对于这样一首韵律整齐的英诗，胡适试图另辟蹊径，探索新的译诗途径，扩展诗体的选择范围。就译诗诗体的演变而言，骚体和散文应该是胡适诗歌翻译从因袭古典形式到探索现代白话诗体的过渡。然而，中国即将出现的新诗革命，将令用古典诗词和文言翻译的有效性与合理性受到普遍质疑。

三　白话译诗——借鉴与创新

就形式而言，到 1915 年为止，胡适的译诗还只是在中国古典诗词中寻找武器，即此时为诉求于传统文学的翻译时期。当第一首白话译诗《老洛伯》问世时，胡适的译诗已脱胎换骨，完全没有了古诗词的痕迹。但是，通过对比研究，我们发现《老洛伯》与《哀希腊歌》有许多类似的地方。其一，虽按英美诗歌分节，但诗节并不整齐划一；9 个诗节中，3、6、9 三节均用 5 行，其余的则为 4 行。其二，诗行参差，长短失控；如以字计，长句几乎是短句的 3 倍，即 17：6；如以"音尺"或"顿"计，长句甚至是短句的 4 倍，为 8：2。其三，韵式散漫，呼应失调；有交韵，有抱韵，有随韵（两句连韵或三句连韵）。换言之，两诗之间最大的差异仅在于《老洛伯》语言的白话化和散文化；其间的异同正好说明了两首诗之间的联系与发展。我们认为，胡适在翻译《老洛伯》时，除了在诗节上模仿原诗之外，尚无其他可沿用的范例，这是胡适白话译诗的最初尝试。尽管该诗在当时影响深远，但影响主要局限于其人文主义思想，而诗体则过于散漫而流于平淡粗糙。《关不住了！》才堪称白话译诗体草创的里程碑。

新诗体的草创包括对旧诗学规范的破除和对新诗学规范的创建两个方面。称《关不住了！》是白话译诗体草创的里程碑，是因为胡适在这首诗的翻译中找到了白话译诗体建构的基本范式：
相对工整的诗节，基本平衡的诗行，整齐匀称的节奏，规律一致
的韵式。试以该诗为例：

关不住了！

我说／"我把心／收起，
像人家／把门／关了，
叫爱情／生生的／饿死，
也许／不再和我／为难了。"

但是／屋顶上／吹来，
一阵阵／五月的／湿风，
更有那／街心／琴调，
一阵阵的／吹到／房中。

一屋里／都是／太阳光，
这时候／爱情有点／醉了，
他说，／"我是／关不住的，
我要把／你的心／打碎了！"（胡适，1919f：280）

　　既然诗体是"音与形……听觉之美和视觉之美的排列组合"
（吕进，2000：388），那么这首译诗首先从视觉上能给人平衡、
匀称的美感。全诗分作 3 节（与胡适用五七言翻译诗歌不分节形
成对照）。朱光潜在论述诗歌分节（章）时曾经说过，在中国古
诗中"虽然《诗经》中有这例，但后来就渐归消灭"（朱光潜，
1985：288）。译诗不仅分节，而且每节 4 行，改变了以前译诗虽
分节但诗行长短无定的随意性，加强了各诗节之间的呼应。平衡
的诗节能为读者在阅读前"提供一种'鸟瞰'式的印象，在阅读

过程中提供一种视觉感知和欣赏的渠道，阅读后则可加深对译文的理解和记忆"（黄杲炘，1999：199）；还有学者称，"分行……有助于诗情跳跃""突出诗眼""加强诗的节奏感""显示诗的音韵"（吕进，2000：392）。此外，每行虽从 7 字到 9 字不等，但相差并不是很大，而且每一诗行均可宽泛地切分成 3 个"顿"（或称"拍""音尺""音组"），规律严整，适应读者对节奏的期待。所谓宽泛是指读者根据自己的阅读习惯，切分有时会稍有出入。例如，第一节的末行也可按"也许/不再/和我/为难了"分为 4 个顿；规律中不失变化。全诗音节组合为：232/322/332/243；232/332/322/422；以及 323/342/224/333。一如胡适所言，诗歌的音节基本遵循了诗意的自然音节（胡适，1998c：84～90）。译诗每节 2、4 行押韵，用宽韵，第二节中"风"与"中"押。有趣的是，到了再版时，胡适将第二节做了修改："但是五月的湿风，/时时从屋顶上吹来；/还有那街心的琴调，/一阵阵的飞来"（胡适，1998/1919：135）。如此改动之后，译诗每一节不仅2、4 行押韵，而且同字同韵。很少有人注意到的是，"关了"，"难了"；"吹来"，"飞来"；"醉了"，"碎了"形成英语诗歌的阴韵。卞之琳称这种尝试"也可以说开了一个纪元，后来，直至今日，只有陆志韦、闻一多等少数人了解这个道理，并也试用过"（王克非，1997：259）。可见胡适在翻译《关不住了!》一诗时已有十分自觉的诗体尝试意识。

　　如果说胡适早期的译诗采用类比式形式，那么白话译诗在草创过程中经历了从模仿诗体（mimetic）到有机诗体（organic）的转变。梁实秋甚至主张，"要明目张胆的模仿外国诗……取材的选择，全篇内容的结构，韵脚的排列，都不妨斟酌采用"（梁实秋，1985：143）。胡适不少的译诗对原诗的诗体形式进行模仿与借鉴，试对比哈代原诗与胡适译诗的分节与韵式处理：

Why, fool, it is what I would rather see   a

Than all the living folk there be; a

But alas, there is no such joy formd   a

Ah—she was one you loved, no doubt, b

Through good and evil, through rain and drought, b

And when she passed, all your sun went out?   b

Nay; she was the woman I did not love, c

Whom all the others were ranked above, c

Whom during her life I thought nothing of. c

你懂什么！那可不真趁了我的心愿！a

我宁愿见伊的鬼，不愿看谁的面。a

可怜呵，我那会有那样的奇缘！a

这样看来，伊一定是你恋爱的人，b

安乐与患难变不了你的心；b

如今伊死了，你便失了你的光明？b

不是的，伊不曾受过我爱情的供养，c

我当时总觉得别人都比伊强，c

可怜伊在日，我从不曾把伊放在心上！c（胡适，1926b：

64~65）

原诗为"押韵三行诗"（"terset"或"triplets"）；每节3行，同韵。这在中国古典诗歌里极为罕见。胡适的译文不仅维持原诗的诗节结构，而且模仿原诗的韵式。译诗虽平实有余而工巧不足，但也自然切合，不失原旨。

除了三行连韵之外，胡适还刻意借鉴交韵（abab）、抱韵（abba）等外国诗歌的韵式。朱光潜称，"在中国旧诗里，两句一换韵的诗很少，近体固绝无，即古体中也少见……隔行换韵的也没有……隔几行遥押，那更是簇新的顽意"（朱光潜，1985：288~289）。而胡适的译诗则多有尝试：

葛德《竖琴手》

谁不曾含着眼泪咽他的饭，a

谁不曾中夜叹息，睡了又重起，b

泪汪汪等候东方的复旦，——　a

伟大的神明呵，他不认识你。b（胡适，1925c：15~16）

清晨的分别

刚转个湾，忽然眼前就是海了，a

太阳光从山头上射出去；b

他呢，前面一片黄金的大路，b

我呢，只剩一个空洞洞的世界了。a（胡适，1926b：64~65）

第一首诗是卡莱尔英译歌德原诗，胡适再进行转译。卡莱尔的英语诗韵式为 aabb，译诗则用交韵；第二首完全仿照原诗的韵式沿用 abba。至于随韵，胡适早在 1908 年的第一首译诗《六百男儿行》中已有尝试。试看交韵、随韵结合的译例：

不见/也有/不见的/好处；a

我倒/可以/见着她，b

不怕/有谁/监着她。b

在我/脑海的/深窈处，a

我可以/抱着她，/亲/她的脸。c

虽然/不见/抵得/长相见。c（胡适，1924：6）

　　原诗韵式为 abbabb。胡适并没有拘泥于原诗的韵式，而是在最后两行换韵，读起来别有一番韵味。音韵的转换极其困难，一如庞德所言，除非是"神遇的意外"（divine accident）（叶威廉，1992：123），音韵（melopoeia）几乎不可转换（Bassnett and Le-fevere，1998：64）。"神遇的意外"既有偶然性，也在于胡适孜孜以求，如此方能达到得心应手的境界。

　　借鉴模仿西方的诗体是为了创造中国自己的白话诗体，白话译诗本身必须是中国诗，新诗体既要吸收外国诗歌的要素，又要满足中国读者对诗歌形式与内容的期待。诗的音乐性具有非常强的"民族性"和"抗译性"（吕进，2000：389），模仿与借鉴要求译者必须有所创新。译者必须越轨，"在常规手法不能奏效，翻译成为不可能的时候，创造便飘然而至"（Newmark，1993：39）。试看胡适翻译的雪莱小诗：

Music，when soft voices die，x

Vibrates in the memory—　x

Odours，when sweet violets sicken，a

Live with in the sense they quicken. A

Rose leaves，when the rose is dead，b

Are heap'd for the beloved's bed；b

And so thy thoughts，when thou art gone，c

Love itself shal lslum ber on. c

歌喉歇了，a
韵在心头；b
紫罗兰病了，a
香气犹留。b

蔷薇谢后，x
叶子还多；c
铺叶成茵，x
留给有情人坐。C

你去之后，x
情思长在，d
魂梦相依，x
慰此孤单的爱。d（胡适，1926b：64 ~ 65）

　　原诗两节，每节 4 行，每行 7 个音节，含 4 个重音，可视作
短缺一个音节的四音步诗行。而译诗却出奇制胜，不甘墨守；每
节虽仍维持 4 行，却将原诗第二节一分为二。每行基本长度为 4
个字，但每节总有一行多一二个字，节奏因此起伏变化。正如有
的诗歌翻译家所言，"破格以逞"有时能产生"出色的艺术效果"
（江枫、许钧，2001：121）；原诗用随韵，两行一换韵，而译诗
2、4 句押韵，类似首行不入韵的绝句。胡适不求貌似，婉转以求
曲达；节奏与结构从容不迫，有呼必应。中西诗体这种"融合"
正是"创造性的重要组成部分"（Bassnett and Lefevere，1998：
61）。译诗的结构正是他情感艺术化的体现，雄辩地表现出胡适
借鉴、融会、创造的译诗意识。
　　中国白话新诗与英美诗歌毕竟属于两个不同的语言体系，音
律也有各自的特点，余光中认为，"音律上最大的不同，是前者

恒唱,后者亦唱亦说,寓说于唱"(余光中,2002:21)。也有人认为,交韵、抱韵等,"既与中国读者的欣赏习惯不符,也不宜在中国新诗创作中加以移植或引进"(杨德豫,1994:101)。然而,许多诗歌翻译家至今仍在孜孜以求,模仿借鉴英美诗歌的音韵,且乐此不疲。借鉴与模仿英美诗歌的韵律是仁是智,难分轩轾。但笔者认为,只要诗人还要创作,借鉴与模仿就不可避免。从这个意义上看,胡适的译诗不应视作原诗的附庸,而是他创作的有机组成部分。正因为如此,白话译诗为白话新诗体的建构探索出一条道路,成为新文学的模范。

对胡适的"诗体大解放"和新诗的形式,不论在当时还是在现在,许多人都存在"形而上学的片面认识"(龙泉明,1999:232);人们过分轻信了胡适等白话新诗倡导者为挣脱传统古典诗词束缚而提出的偏颇主张和激进言论,而没有认真考察胡适对白话新诗体建构的尝试。此外,很少有人将胡适的译诗视为独立的白话诗作品,因而人们忽略了胡适通过译诗为新诗诗体建设所做的尝试与努力。当然,白话新诗作为一个崭新的诗歌形式,其青涩稚拙在所难免。用有数千年历史的古典诗词的规范和标准来审视评价新诗,自然会发现新诗多有不尽如人意的地方。然而,胡适开创的白话新诗和白话译诗,毕竟使中国诗歌走上了不可逆转的发展道路;胡适在译诗中对诗体的尝试与探索,为白话新诗的演进提供了重要的借鉴范式。

第四节　胡适译诗与早期新诗经典构建

胡适的诗歌创作与诗歌翻译互为补充,是他探索白话诗歌潜能和发展的双翼。虽然他的白话诗歌创作几乎与白话诗歌翻译同时问世,但他的白话译诗却首先得到读者的肯定和接受。外国诗歌不仅为中国白话新诗输入了新的意象、新的形式、新的审美情趣,同时也为中国白话新诗在读者中的传播和接受开辟了道路。在胡适的白话新诗倍受责难、举步维艰的时候,他的白话译诗却一枝独秀,赢得了普遍的接受和赞誉。从宏观而言,西方诗歌的译介是中国文化的内部需要使然;从文学内外的关系而言,"五四"前后主流意识形态、白话诗学与赞助人等文化因素的互动是白话译诗流传、接受和经典化得以完成的重要原因。

一 翻译文学与多元系统

与白话小说变革面临的困境相仿,白话新诗的草创也有两条道路可走,一是复古,二是外求。但是,白话新诗遭遇的抵抗远远大于白话小说。按照佐哈尔的观点,只有中国诗歌出现的"转折点、危机或文学真空"才能使译诗从"文学多元系统的边缘移向中心",诗歌翻译成为引进新的(诗歌)语言或写作规范和技巧的手段。在这样的转折时期,主要的作家、诗人常常"翻译了最令人注目和最受人欣赏的作品"(Even-Zohar,2000:193)。

主体文化的内部需求固然是诗歌翻译的前提,然而,主导意识形态和相应诗学的营造和建构则是诗歌翻译顺利产生、及时传播和得到积极认可的可靠保证。勒菲弗尔曾经用意识形态、诗学和赞助人(patronage)的概念来描述历史文化环境中翻译文学的生产与接受。勒菲弗尔提出,翻译作为重写的一种形式,"无论其动机如何,都反映了一定意识形态和诗学,并以此操控文学在特定的社会以特定的方式运作"(Lefevere,1992:Preface)。为了深入研究意识形态和诗学与翻译之间的互动关系,勒菲弗尔将赞助人界定为"促进或阻碍文学作品的阅读、创作和重写的种种文化因素",其中包括"个人、群体、宗教团体、社会阶层、政府、出版商和传播媒介,即报纸杂志和大型的电视公司"(Lefevere,1992:15)。赞助人通常以三种形式影响译作的传播:意识形态、经济和社会地位。赞助人系统可以是统一的(undifferentiated），也可以是分离的（differentiated）。在中央集权的强盛时期，"意识形态、经济和社会地位三要素由同一个统治者来实施"（Lefevere，1992：17）。一个绝对的统治者常常依靠主导的意识形态、发放津贴和保证一定社会地位使作家附属于自己。

到了晚清，清政府的统治已日薄西山，外侮内患使当政者对意识形态、经济和社会地位的控制权大大减弱。1904年以后科举考试终止，维护封建王朝的思想基础和钳制千百万读书人的思想枷锁一朝尽毁；辛亥革命更使普遍王权彻底瓦解。林毓生曾对普遍王权与文化秩序的依存关系有过精辟的描述：

> 一九一一年普遍王权（universal kingship）的崩溃，是传统政治文化秩序终于完全瓦解的决定因素。普遍王权的意义远较传统帝制为深，他是维持政治秩序和文化秩序密切联系的重要关键；正因为普遍王权对此二者有高度的整合作用，政治秩序因完全的崩溃而毁坏，文化秩序也不可避免的瓦解了。（林毓生，1988：166~167）

与此同时，近代资本主义的兴起和西学东渐，使新思潮、新观念层出不穷，经济新贵也开始显现。到了民国初年，新的共和国并未能建立起强有力的国家权威，军阀混乱，竟使学术和文化有了难得的发展和生存空间。仅以诗歌传播最重要的阵地报纸、杂志为例，清末最后10年就出现了140多种白话报和刊物（陈万雄，1997：134）；从1899年到"五四"前的20年间，仅安徽省"报刊有三十多份"（陈万雄，1997：103），其中官方报刊不足1/10。有统计认为，"到1906年，仅上海一地出版的报纸就达到六十家之多，这个时期出版的报刊总数达到二百三十九种"（李欧梵，2000：180）。而在五四运动的1919年，"至少出了四百种白话报"（胡适，1923）。政府在意识形态、经济和社会地位诸方面力不从心所留下的真空，为赞助人的多元化提供了历史机遇，催生了新的主导意识形态、文学理念和文学形式，促进了胡适白话译诗在中国的传播和接受，为白话译诗的经典化创造了条件。

二　一刊一校与主导意识形态

在五四时期的知识分子中比较流行的思想是，"借思想、文化以解决问题的方法（cultural-intellectualistic approach）。五四时代知识分子相信思想与文化的变迁必须优先于社会、政治、经济的变迁；反之则非是。反传统知识分子或明或暗地假设：最根本的变迁还是思想本身的变迁，而所谓最根本的变迁是指这种变迁是其他变迁的泉源"（林毓生，1988：167~168）。就新文学革命而言，从思想文化出发的问题解决方法表现为"意识先导"，即"作为理论观念意识首先进入文学，继而才引起创作上的变化和反响"（殷国明，1999：3）。从赞助人的理论来看，陈独秀主编的《新青年》和中国当时的最高学府北京大学，正是营造主导意识形态、推进新文化运动和白话新诗（包括白话译诗）的重要力量。当胡适还远在美国的时候，陈独秀便慧眼识珠，邀请胡适投稿《新青年》。1916年10月《新青年》第2卷第2号首次刊登胡适文章《寄陈独秀》，提出文学革命的"八事"，拉开了构建新文学意识形态革命的序幕。其后，胡适频频在《新青年》上撰文，发表白话诗歌和白话译诗。据统计，从1916年到1920年的4年间，胡适在《新青年》上发表的文章、小说戏剧和诗歌（包括译诗）有90余篇（首），平均每期超过两篇。有时竟多达6~7篇（首）（陈金淦，1989：525~585）。胡适在新文化理论与实践中的影响可见一斑。有论者称，"胡适与《新青年》结缘，真是如登龙门，胡适的成名虽然是由于他的才智，但陈独秀与《新青年》实在起了关键作用"（李延，1992：65）。值得注意的是，《青年杂志》首卷是"以陈独秀为首的皖籍知识分子为主的同人杂志，且互相间有共事革命的背景"（陈万雄，1997：6）。到第 2 卷，新加入的作者中，"胡适、光升、李张纪南、程宗泗"等也属于皖籍，但作者群大为扩大。其他作者"与主编陈独秀都是熟稔和有一定交谊的朋友。马君武、杨昌济、苏曼殊、光升和吴稚晖都是 20 世纪初头与陈氏在东京、上海共事革命的同志"（陈万雄，1997：11 ~ 12），《新青年》显然带有新文化同人杂志的倾向。作者皆一时名彦，"做事谋义不谋利"，以文化理想为重。1936 年，上海亚东图书馆重印《新青年》前 7 卷，再现和强化了五四新文化意识形态和白话诗学的建构过程，在《重印〈新青年〉杂志通启》开列的"一大串值得夸耀的作者"中，胡适被显赫地排在第一，"可见其时胡氏声望之高"（陈平原，2002：5）。

陈独秀任北大文科学长以后，《新青年》的撰稿队伍迅速扩大到北京大学师生。《新青年》第 3、第 4 卷新加入的撰稿人除鲁迅等极个别人以外，"几尽是北京大学的教员和学生……《新青年》迅即成为了北大革新力量的言论阵地；反过来，《新青年》杂志倡导的新文化运动，得当时全国最高学府一辈教授的加盟，声威更盛。一刊一校为中心的新文化倡导力量因而形成"（陈万雄，1997：17）。新文化倡导中心力量的形成与新兴的青年革新力量的加入，遂使新文化普及全国范围。1917 年胡适回国以后旋即被蔡元培聘为北京大学教授，这对胡适白话新诗和白话译诗的传播有至关紧要的作用。胡适受聘任北大教授，不仅建立起个人牢固的经济与社会地位，而且有机会在新文化运动中发挥直接影响。诚然，新文化运动的主将都享有一定社会知名度，但胡适在北大的地位非一般人能望其项背：1917 年 12 月出任北大哲学研究所主任；1918 年 3 月接任英文教授会主任；9 月任北大英文学研究所主任；创办《北京大学月刊》，后任总编；1919 年 10 月任北大代理教务长；12 月任北大组织委员会委员；1920 年任预算委员会和聘任委员会委员，出版委员会委员长；1922 年 4 月当选为北大教务长及英文学系主任，并从 1918 年 10 月起当选为北大评议会评议员。（欧阳哲生，1997：49）难怪钱理群称胡适"处于北大的中心位置"，是"登高一呼的倡导者"（钱理群，2003：5）。

此外，胡适在北大曾担任中国哲学史大纲、西洋哲学史大纲、英美文学、英文修辞学、英诗、欧洲文学名著、中国名学、最近欧美哲学等跨学科、跨系的课程。连向来挑剔的北大学生对胡适的讲课都评价甚高，称他"有眼光、有胆量、有断制，确是一个有能力的历史学家"（欧阳哲生，1997：49）。北大的师生为宣传新文化运动的主导思潮、推动新文学和白话诗歌的传播，特别是培养年轻力量发挥了至关重要的作用。勒菲弗尔称高等教育的普及使文学经典化以最明显、最有力的形式表现出来，而"高等教育机构与出版机构紧密和有利的联合是经典化最富于表现力的典范"（Lefevere，1992：22）。一刊一校的格局为白话诗歌和译诗的经典化准备了舆论和意识形态的基础。有学者称，"当时既无令人信服的文本可征（这方面"新诗"比"新小说"远为软弱），自身美学派质又极为苍白的'新诗'能够摇摇晃晃地站住脚跟，形成与称雄千年、美仑美奂的'旧诗'对峙的局面，以致最后在文体上取得压倒优势"，全在于从"全盘性反传统主义的巨大潮流中汲取力量并引为依托"（唐晓渡，1997：53）。

三　诗学的建构

除了一刊一校的倡导核心势力，胡适的白话译诗传播与接受还极大地得益于文学系统内部为白话新诗创作和翻译诗学的建构和经典化所做的努力。1922 年《尝试集》四版自序中，胡适曾记录过白话诗界同人为他删诗的经过。初版时，任鸿隽、陈衡哲、鲁迅、俞平伯、康白情就为胡适的《尝试集》删过诗；再版时"又被鲁迅、叔永、莎菲删去了一首"（胡适，1998d：91～93）。胡适这种貌似谦恭的姿态实际上具有白话新诗经典建构的非凡意义：再版的《尝试集》实际上是当时最著名诗人共同塑造的典范，至少是普遍接受的典范。也就是说，经过胡适与同人删改以后的《尝试集》实际上已被经典化。在《尝试集》初版和再版所删的30多首诗歌中，译诗只有一首《墓门行》，原因可能是该诗用骚体翻译，与新诗的主张相去甚远。《老洛伯》、《关不住了!》和《希望》都悉数保留，甚至同样是用骚体翻译的《哀希腊歌》也保留于《去国集》中，可见胡适对此诗的钟爱。由于胡适自认为堪称真正白话新诗的10余首诗中，3首译诗全都包括在内，白话译诗也自然成为经典。此外，"国学大师章太炎的门人"钱玄同为《尝试集》作序，称"适之是中国现代第一个提倡白话文学——新文学——的人……我对适之这样'知'了就'行'的举动，是非常佩服的"（钱玄同，1918：56~62）。钱玄同还称："适之……就是用现代的白话达适之自己的思想和情感，不用古语，不抄袭前人诗里说过的话。我以为的确当得起'新文学'这个名词。"（钱玄同，1918：56~62）钱玄同以北大著名教授、古文大家的身份给《尝试集》作序，肯定了胡适白话诗的创新，使胡适的白话诗学得到普遍的接受。胡适自己也承认，钱教授"是位古文大家，他居然也对我们有如此同情的反应，实在使我们声势一振"（胡适，1998b：321）。朱自清在《新文学大系·诗集》导言中称："这些主张大体上似乎为《新青年》诗人所共信；《新潮》，《少年中国》，《星期评论》，以及文学研究会诸作者，大体上也这般作他们的诗。《谈新诗》差不多成为诗的创造和批评的金科玉律了"（朱自清，1981：2）。

　　胡适译诗经典化过程的另一个重要因素是译界同人对诗歌翻译的探讨。徐志摩、郭沫若等曾多次与胡适公开探讨诗歌翻译。对《希望》译诗，徐志摩在1924年11月7日的《晨报副刊》上曾经说，"胡适之《尝试集》里有葰默的第七十三首的译文，那是他最得意的一首译诗，也是在他诗里最'脍炙人口'的一首"
（徐志摩，1988：34）。徐志摩不仅肯定胡适译诗是白话新诗，而
且是"最脍炙人口"的一首。徐志摩同时还说，"新近郭沫若把
Edward Fitzgerald 的英译完全翻了出来，据适之说关于这一首诗他
在小注里也提起了他［胡适］的译文"（徐志摩，1988：34）。
郭沫若、徐志摩当时已蜚声诗坛，且都是诗歌翻译大家，他们对
胡适译诗的肯定自然具有经典建构的功能。1925 年 8 月 20 日，
徐志摩又在《现代评论》上就卡莱尔英译歌德一诗的汉译发起讨
论。发端是胡适批评徐志摩译诗不合音韵，而且是用地方方言押
韵。徐志摩"有些脸红"，在承认有误之后，开始深入探讨细节
的翻译，甚至发掘歌德创作的背景，并"盼望可以引起能手的兴
趣，商量出一个不负原诗""伟大，怆凉的情绪"的译本（徐志
摩，1988：41）。一个多月之后，徐志摩再次在《晨报副刊》上
讨论此诗的翻译，列举出胡适、朱骦、周开庆、郭沫若，以及他
自己的两种译文，并附德、英原诗，以及朱骦、周开庆和郭沫若
等对种种译文的评价。这样的议论已涉及翻译诗学的许多层面，
包括一些核心问题，如音韵、忠实的标准、神似、直接翻译和间
接翻译、诗歌与诗人的关系，以及译诗的功能，使其成为翻译诗
学建构的论坛。此外，徐志摩还在《小说月报》上发出"征译诗
启"，称"我并不敢僭居'主考'的地位，将来我想请胡适之先
生与陈通伯先生做'阅卷大臣'"（徐志摩，1988：33），进一步
彰显了胡适在诗歌翻译领域的显赫地位。到 1930 年，胡适受聘
担任中华教育基金会下属编译委员会主任委员，全面负责组织机
构和主持编译工作，制订宏大的编译规划，成为译界泰斗和翻译
管理机构的权威。青年纷纷以"适之为大帝，绩溪为上京。遂乃
一味于胡氏文存中求文章义法，于《尝试集》中求诗歌律令"
（章士钊，1981：197）。孔慧怡在《中国翻译传统的几个特征》
一文中就指出，"对绝大多数的读者来说，原文的权威其实维系

于译者或发动翻译的人身上，而不是文本本身"（孔慧怡、杨承淑，2000：24），在分析《新文学大系》对构建五四文学经典的作用时，刘禾甚至称"胡适的名字"就"能大大提高《大系》的知名度"（刘禾，2002：322）。胡适"呼吁文学改良"的1917年竟成为许多学者划分新文学运动阶段的起点（刘禾，2002：326）。胡适在学术界、译诗界的声誉和地位显然潜在地促进了其译诗经典化的过程。正如谢天振所言："翻译家个人及其译作所独具的魅力，显然是译本能够广为流传并被读者接受的一个不容忽视的因素。"（谢天振，2003：238~239）

四 革新派与传统派的论争

经典的建构同样离不开反对势力的参与，钱玄同在《新青年》上戏拟王敬轩来信，以及刘半农的答复便是虚拟对立面以巩固自我话语权的生动例子。《学衡》对《尝试集》的批评实际上也成为建构主导意识形态、争夺话语权和文学规范合法性的论争场所。胡适曾经说，"白话文学的作战，十仗之中，已胜了七八仗。现在只剩下一座诗的堡垒，还须用全力去抢夺"（胡适，1934：15~31），最后堡垒攻防战的顽强和激烈程度可以想见。俞平伯曾概括了三类反对白话新诗的人：一是"受古典文学薰染最深"的"遗老""遗少"和"斗方名士"，二是"中西合璧"的古董家，三是赞成新诗但反对新诗人的天才（俞平伯，1981：350~353）。在这三派中，第二派是"学贯中西"的学者，影响最大。他们同样吁求西方的权威来"维护一种独立的、自足的中国体统"（刘禾，2002：40）。早在1915年到1916年，胡适在美国率先提倡白话新诗，当时就激怒在绮色佳过夏天的梅光迪，指责胡适"剽窃此种不值钱之新潮流以哄国人"，称胡适提倡白话新诗是"诡立名字，号召徒众，以眩世人之耳目，而已则从中得名士头衔以去焉"（胡适，1919e：44~55）。1922年，胡先骕洋洋两万余言的

《评〈尝试集〉》，旁征博引，贬斥胡适的白话新诗为"枯燥无味之教训主义"、"肤浅之征象主义"、"纤巧之浪漫主义"及"肉体之印象主义"（胡先骕，1922：119～142），但对《尝试集》中的译诗却避而不谈，只言"《老洛伯》《关不住了!》《希望》三诗尚为翻译之作"。言外之意是白话译诗不能算作白话诗。

诗人朱湘在《尝试集》一文中称胡适的白话诗歌"内容粗浅，艺术幼稚"（朱湘，1926：4）。谈到译诗，朱湘说，"这两篇里收入了几首译诗，但它们不单没有什么出色的地方，可以与西方文学中有创造性的译诗相提并论，并且《老洛伯》一首当中，还有两处大的谬误"（朱湘，1926：4）。平心而论，朱湘对两处谬误中的第二处指正有其合理之处，但指责《老洛伯》"没有什么出色的地方，可以与西方文学中有创造性的译诗相提并论"不仅失之笼统，而且难以令人信服。从现代翻译理论来看，翻译是一种文化交际行为，翻译的文化功能应该是考察译文成功与否的重要条件。朱湘提到的参照标准是"西方文学中有创造性的译诗"，如果是指翻译成西方文字的其他国家的文学作品，那么汉译诗歌与之很难有可比性；如果指西方文学中有创造性的汉译诗歌，是哪些译诗，朱湘语焉不详，因而无从比较。这种抽象、笼统的言说方式只能视为国粹派对"中国古典诗学的怀念，乃至于传统诗学遗产的下意识歉疚"（张新颖，2001：97），不足以当作客观冷静的理性分析。不论将白话译诗排除在白话新诗之外，还是用抽象的言说方式对白话译诗给予消极负面的评价，实际上均反映出言说者的主导意识形态和主流诗学的态度。"根据个人或团体在文学系统中所处地位和试图达到的目的，他们要么遵循、要么偏离主流规范，要么试图颠覆主流规范"（Alvarez and Vidal，1996：7），这是可以理解的。可以看出，有关诗歌翻译，进而有关文艺的论争与其说是要澄清是非，不如说是有更深层的政治动因。正如鲁迅与梁实秋有关直译意译的论争，不过是"以翻译标

准作包装"，是一个双方"相互攻击的切入点"，实际上是对各自
"政治活动的攻击"（王宏志，1999：264）。陈平原也称，"晚清
及'五四'的思想文化界，绝少真正意义上的'辩论'，有的只
是你死我活的'论战'"（陈平原，2003：139）。蓝志先对当时的
论争的概括颇为深刻："在中国，辩论却是呕气的变相，愈辩论
论旨愈不清楚，结局只能以骂人收场"（陈平原，2003：135）。
梅光迪就曾将新文化提倡者斥责为诡辩家、模仿家、功名之士和
政客："本无彻底研究，与自信自得之可言。特以为功利名誉之
念所驱迫，故假学问为进身之阶……求其趋时投机而已……故语
彼等以学问之标准与良知，犹语商贾以道德，娼妓以贞操也"
（梅光迪，1981：127~131），意气与偏激溢于言表。

　　另外，胡先骕与朱湘将《尝试集》中的译诗排除在白话新诗
之外，也是出于策略上的思考。"五四"前后人们对翻译这一概
念的理解比较宽泛，对创作与翻译之间的区别并不像现在这样严
格。改译、模仿外国诗的创作、译作合集，甚至伪译、伪托之作
时有发生。"许多诗人的诗作和译诗时常在期刊上同时出现，以
仿效带动创作……有的诗作无所顾忌，直言是模仿"（王建开，
2003：260~261）。胡适将若干白话译诗收入《尝试集》，一并作
为自己新诗探索的记录，甚至称《关不住了!》是其白话新诗成
立的纪元，就十分耐人寻味。佐哈尔在《翻译文学在多元系统中
的地位》一文中就指出，在翻译文学处于多元系统中心位置的时
候，翻译文学就成为"革新力量的组成部分"，因而"常常与文
学史上的重大文学事件联系在一起"。"原创与翻译之间泾渭分明
的界限不复存在。"（Even-Zohar，2000：193）戈达德就将翻译与
创作等同起来，认为"译者与作者一样，都是言语的生产者"
（Barbara，1990：92）。再说，文化对翻译的界定也属于规范的范
畴，"规范本身并没有对错之分……只带有'恰当'或'正确'
的含义"，而正确或恰当完全是"相对的"，是由"语言、社会、

政治和意识形态"所界定的（Hermans，1999a：84～85）。在"五四"前后，西化几乎与现代化同义，西化的一个重要组成部分便是西方文学的引入。白话既然可以用来译诗，且颇为成功，极受欢迎，自然也可以用来写诗。胡先骕、朱湘等《学衡》派对西方文化的了解与青睐并不亚于《新青年》诸君，在文学的转型期，不论保守派还是革新派，他们对传统文化与西方文化的冲突和协调都持有"既爱又恨说恨还爱的情意结"（叶威廉，1992：210）。他们都试图从西方的他者寻找理论根据，强化自己的意识形态和文学主张，以操控文学发展的方向。《学衡》派拒不承认白话译诗也是白话诗歌创作中极其重要的、最活跃的组成部分实在有难言之隐，因为"翻译的语言在很大程度上消解中国古典文学语言的正统性"（王宁，2002：38），"士的阶级向来所居奇的能力也就无所施其技了"（唐钺，1981：254）。当然，否定中国新诗自然比否定白话译诗来得容易。第一，否定白话新诗创作有数千年中国诗歌传统作参照，有唐诗宋词等不容质疑的光辉典范。第二，创作是极其个性化的美学体验，往往人见人殊，一时（当时）难有定论。这也许是《学衡》派拒绝将胡适白话诗与同时代文言诗歌创作相比较的原因。第三，译诗的背后往往涉及欧美文学大家的精神和思想，中国悠久的文学传统已不能成为合法和可行的参照物，评价往往只能限于形式和局部细节。用胡先骕的话来说，"诗之功用在能表现美感与情韵，初不在文言白话之别。白话之能表现美感与情韵，固可用之作诗"（胡先骕，1922：119～142）。显然，仅从白话形式或局部来否定胡适的译诗断难成功。第四，胡适译诗多附有原文，发难者最有效的武器便是自己翻译一篇，让天下人评头论足。但这是最费力不讨好的念头。诗无定法，译诗也无定法；况且，即便偶有佳译，也难免顾此失彼，授人以柄，自取其辱。

佐哈尔曾经说，他提出"多元系统"的用意"就是要明确表达动态的、异质的系统观念"（佐哈尔，2002：20），说明多元系统中"各阶层之间永无休止的斗争，构成了系统的（动态）共时"。佐哈尔认为，"经典性并非文本活动任何层次上的内在特征，某些特征在某些时期享有某种地位，并不等于这些特征的'本质'决定了它们必然享有这种地位……历史学家只能将之视为一个时期的规范的证据"（佐哈尔，2002：21）。他在《多元系统论》的注释中更加明确地解释说，"经典化（canonized）清楚地强调，经典地位是某种行动或者活动作用于某种材料的结果，而不是该种材料'本身'与生俱来的性质"（佐哈尔，2002：25），即文本的文学地位更多地取决于社会文化的因素。以此反观《学衡》对《尝试集》的讨伐，可以看出，不论否定白话新诗还是将白话译诗排除在白话诗之外，都不过是经典化与非经典化文化之间张力的表现。而《学衡》对白话新诗（包括译诗）所谓的分析，实在无助于揭示白话诗转移或转化为"一级"类型（primary models），或者从边缘移居中央的文化动因。但正是由于《学衡》派回避对胡适白话译诗的批评，胡适的译诗才先于白话诗歌创作得到正反双方的认可，这使白话译诗的诗学规范没有遭遇顽强抵抗便顺利建立起来。译诗在丰富诗人的创作手法、引进新意象、新的诗体和语言的同时，也在意识形态和诗学规范上为白话新诗最终占据诗坛提供了话语支持。

第五章　诗歌翻译学中的胡适研究

第一节　胡适译诗与翻译的历史语境

虽然"五四"前后中国学界都一致认同严复提出的"信、达、雅"翻译标准，但在诗歌翻译中却普遍有所背离。这种理论与实践严重脱离的原因就在于"五四"前后的社会文化语境。整理和分析胡适及其同辈的诗歌翻译，我们发现，"五四"前后文人学者对翻译的理解比较泛化，对翻译与创作的界限，也比较模糊化。在胡适的诗歌翻译中，以译代作、译中有作、译作合一现象普遍存在，这从深层次上揭示胡适从诗歌翻译中寻求艺术借鉴，使外国诗歌艺术本土化，从而促进新诗文化转型的艰难探索。

一　新诗文化转型与翻译的界定

在新诗文化转型时期，主体文化内部对域外诗歌的需求异常迫切。胡适在《建设的文学革命论》一文中，反复强调要借鉴域外文学作为中国文学的模范。胡适认为，"中国文学的方法实在不完备，不够作我们的模范"，创造新文学"只有一条法子，就是赶紧多多的翻译西洋的文学名著作我们的模范"（胡适，1918a：6～23）。1918 年 8 月，胡适在谈戏剧改良时又称，"现在中国戏剧有西洋戏剧可作直接比较参考的材料，若能有人虚心研究，取人之长补我之短……采用西洋最近百年来继续发达的新观念、新方法、新形式，如此方可使中国戏剧有改良进步的希望"（胡适，1918f：4~17）；他甚至认为，只有"西方的'少年血性汤'"方能使"暮气攻心，奄奄断气的"中国传统文学有更新复壮的可能（胡适，1918f：4~17）。由此可见，胡适已经意识到，诗歌翻译实际上是引入他者，是复壮民族语言和创新文学的手段。如此一来，引进域外诗学的紧迫性和功利性不仅推动了蓬蓬勃勃的诗歌翻译热潮，而且使诗歌翻译的内涵与外延变得十分宽泛。

　　奈达认为，"翻译就是在译入语中再现与原语讯息的最切近的自然对等物"（沈苏儒，1998：131）。卡特福德认为，翻译"是用一种等值的语言（译语）的文本材料去替换另一种语言（原语）的文本材料"（Catford，1965：20）。在中国，翻译的定义一般是，"将一种语言文字中蕴含的内容或信息换用另一种语言文字表达"（王克非，1997：1）。尽管上述定义有着细微的差异，但从支谦的"因循本旨"到严复的"信、达、雅"，其核心是忠实于原作，或求得功能对等。然而，翻译的界定包含了更丰富的历史文化内涵，因而可以接受和认可的翻译文本会因时代和文化的差异而有所不同。在"五四"前后，翻译、改写、转述、编写、借用、创作等并不像今天想象的那样泾渭分明。译界人士虽"欣然赞同并奉行严复的"信、达、雅"三标准"，但"任意篡改原著""漏译""任意增删"甚多，翻译成了"译述甚至变相撰述"（徐志啸，1999：13）。林纾翻译的小说，鲁迅的《摩罗诗力说》等，就是比较典型的例子。前者与其说是翻译不如说是译述；后者与其说是创作，不如说是翻译加上译序和译跋（徐志啸，1999：10）。朱自清称"周氏自己的翻译，实在是创作"（朱自清，1981：4）；甚至还会出现假托权威的伪译（孔慧怡，1999：199）。不论转述、创作还是伪译作品，从文化的角度来看，都在某种程度上

满足当时社会的某些意识形态，反映出主体文化的内部需求。有
学者指出，"假外国文学之手催生创作的并不鲜见"；"边译边创
作，互为推动，极其普遍，很少有只著不译或只译不著的作家，
相反，二者是相互渗透，合而不分"（王建开，2003：103）。著
译合集也是"五四"前后的普遍现象：《新青年》、《诗》月刊、
《文艺月刊》、《戏剧》、《新月》等许多刊物均同时发表创作与译
作。个人的著译合集也屡见不鲜：胡适的《尝试集》和《尝试后
集》均是典型的个人著译合集。

无独有偶，在美国 20 世纪初文学的转型期，同样出现了类
似的现象。不少美国诗人认为，"中国诗歌的英译，对美国诗人
的创作有很大影响，而且这些译文本身早已成为美国诗歌传统不
可或缺的一部分"（钟玲，2003：33），有人甚至认为，"庞德的
《古中国》是英文经典之作……是庞德的最佳作品"（钟玲，2003：
33）。这一方面说明美国译界认可庞德的"创意英译"，另一方面
又模糊了翻译与创作之间的界限。庞德翻译的李白的《长干行》
被重要的选集广泛收录，"在美国文学史上堪称经典之作"（钟
玲，2003：33）。显然，翻译的界定在很大程度上受历史文化语
境的影响和制约。

二　文化转型时期的翻译与创作界限

在中国新诗的文化转型期，诗歌翻译作为一种特殊的跨文化
交际活动，具有自身的特征。在特定的历史文化语境中，对翻译
传统的或抽象的界定没有意义，此时"原创与翻译之间明确的界
限不复存在"（Even-Zohar，2000：193）。翻译是规范化的文化行
为，然而"规范本身并没有对错之分……只带有'恰当'或'正
确'的含义，而'正确'或'恰当'完全是'相对的'"，是由
"语言、社会、政治和意识形态"所界定的（Hermans，1999a：
84～85）。如果说佐哈尔在《多元系统论》一文中强调"任何时代

流行的价值判断，本身也是其机制的组成部分"（佐哈尔，2002：20），那么我们同样也不能以今天认同的翻译定义与标准来评定另一个时代或文化的翻译。众所周知，林纾是清末民初译界巨擘，但林纾不懂外语，译文多靠他人转述而创译，不足为奇。就是首推"信、达、雅"翻译标准的严复，在他最负盛名的译著《天演论》出版 20 年后，也被傅斯年指责为"不曾对作者负责任"，倘若赫胥黎"晚死几年，学会中文……定要在法庭起诉，不然，也要登报辩明"（陈福康，1992：218）。由此可见，所谓的翻译标准或翻译规范，受时代历史文化语境影响，并非一成不变，这种现象在中国文化和文学转型时期更是如此。

话说回来，傅斯年认为严复翻译"不曾对作者负责任"，反倒反映了作为翻译主体的严复对主体文化的责任感和使命感，也反映了主体文化内部的迫切需求，这种亟待解决的需求使得严复更多考虑的是其译著的功利与效果。翻译本身就是创造性的工作，著名诗人郭沫若认为"好的翻译等于创作，甚至还可能超过创作"（陈福康，1992：272）。1914 年胡怀琛在《海天诗话》中也高度肯定诗歌翻译中的创造性："大抵多读西诗以扩我之思想，或取一句一节之意，而删节其他，又别以己意补之，使合于吾诗声调格律者，上也；译其全诗，而能颠倒变化其字句者，次也；按文而译，斯不足道矣"（陈福康，1992：200）。当然，时过境迁，胡怀琛当年所谓的上乘之作，当今的译界未必就认可。钱锺书在对林纾的翻译进行评论时曾说，"一个能写作或自信能写作的人从事文学翻译，难保不像林纾那样的手痒。他根据个人的写作标准和企图，要充当原作者的'诤友'，自信有点铁成金、以石攻玉或移橘为枳的义务和权利，把翻译变成借体寄生的、东鳞西爪的写作"（王克非，1997：88）。在钱锺书看来，翻译与创作很难分得清楚，而有些人的创作"也许并非自出心裁，而是模仿或改变，甚至竟就是偷天换日的翻译"（王克非，1997：104）。

这不仅反映出译者在翻译中的创作动机和意图，同时也说明翻译和创作在本质上有相通之处。诗歌语言的丰富性和不确定性决定了诗歌诠释的多元性。不同的文化、不同的时代，甚至不同的个人经历都有引发独特理解的可能，译诗的功能也因此发生流变。正如布什（Peter Bush）所言，"翻译是写作的探险……必然包含主观和想象的变形"（Bassnett，1997b：11）。作为特殊文体，诗歌翻译固有的特性决定了译与创本属于同一个连续体的两端。不同译本的差异之大超出人们的想象。列费维尔在论中国诗歌翻译时也指出，苏东坡一首《念奴娇·赤壁怀古》的若干种英文译本，从标题、涉及的历史事实、文体到措辞，出入（inconsistency）之大，让人迷惑不解，以致顿生疑窦："这是同一首诗吗？"（Lefevere，1997：64~79）因此，不论从大家认可的翻译标准或规范来说，还是从译者本人内心动机来看，"五四"前后的翻译与创作大多界限不清，更像是"翻译—创作"这个连续体的右端。如此一来，我们就能更好地理解胡适诗歌翻译中的以译代作、译中有作、译作合一现象了。

三　胡适译诗：以译代作、译中有作和译作合一

胡适早期的译诗主要表现为以译代作，即语言上归化，诗形上因袭，主题上挪用，功利性与政治化倾向都十分明显。具体地说，语言使用的是浅白文言，诗形上采用的是五七言古体，完全符合当时的主流诗学和翻译规范。译诗的主题以启迪民智、爱国尚武为主，与清末民初的历史文化背景非常契合，完全满足主体文化的精神需求。

胡适早年的一些译诗甚至只是前人译诗的审译或修改，比如他于1908年10月25日发表在《竞业旬报》第31期上的译诗《缝衣歌》就是对马君武相同译诗的少量修改。我们将改动最多的第四节的前半部分作一比较：

原诗：'O, men with sisters dear!

'O, men! with mothers and wives!

It is not linen you're wearing out,

But human creature's lives!

马译：人谁无姊妹，人谁无母妻。衣饰带丝罗，人命自不齐。

胡译：汝亦有母妻，汝亦有姊妹。粲粲绮罗衣，丝丝入血耳。

同样，他翻译的《哀希腊歌》也借鉴了马君武、梁启超和苏曼殊的译文。创作与偏离多体现于内容与主体文化的相关性，比如他翻译的《六百男儿行》，主题从原来的鞭挞军官的昏庸无能、哀叹士兵无谓的牺牲转变为赞颂士兵的英勇无畏（廖七一，2004：80~81）。这些译诗不仅主题与同时代的创作十分吻合，而且诗形上也完全归化，很难让人觉得是译诗。正如刘纳所言，这个特定历史时期的翻译是"循华文而失西义"（刘纳，1999：57~62），读这些译诗给人"似曾相识"的感觉（郭延礼，1998：101）。胡适自己也曾说，"当时所谓的翻译，都侧重自由的意译，务必要典雅，而不妨变动原文的意义与文字"（胡适，1931b：70~87）。换言之，翻译规范所要求的对内容与形式的忠实，事实上已让位于胡适改造语言，复壮民族诗歌的目标。对英美诗歌的翻译只是胡适用来操控或挪用的工具，他以此满足主体文化内部的需求而已。

胡适译诗的另一种形式是译中有作。"五四"前后的译家们借用域外诗歌来抒发特定的思想情感，或作为应景应时之作的现象较为普遍。胡适在译诗中对原诗进行局部的调整、改动，以便更好地表现自身的精神诉求，反映了他特有的译诗功能观，揭示出翻译与创作之间的联系。我们来看看胡适翻译的海涅的诗：

高松岑寂羌无欢，

独立塞北之寒山。

冰雪蔽体光漫漫，

相思之梦来无端。

梦见东国之芭蕉，

火云千里石欲焦。

悄悄无言影寂寥，

欲往从之道路遥。（胡适，1994/1911：167～168）

可以看出，胡适同严复一样，虽然强调"信"，避免"失之讹""失之晦"（胡适，1998/1914：190），但他的译诗并没有严格按照"信、达、雅"的翻译标准，而是与原诗相比，有所偏离，有所创造，即有"作"的成分。试看出自海涅《歌集》第33首的原诗：

Ein Fichtenbaum steht einsam

Im Norden auf kahler Höh.

Ihn schläfert; mit weißr Decke

Umhüllen ihn Eis und Schnee.

Er träumt von einer Palme,

Die, fern im Morgenland,

Einsam und schweigend trauert

Auf brennender Felsenwand.

首先，译诗在内容上有几处重大的改动。将第一、第二节的内容糅合进了前三行，最后一行"相思之梦来无端""欲往从之道路遥"又超出了原诗的意义，应该是胡适自己的"创作"。其

次，胡适将"棕榈"译为"芭蕉"这个地道的中国物种，显然不
是误译，也不是一般意义上的偏离，而是有意为之。因为胡适
1911年9月7日的日记记载："得君武书，知杨笃生投海殉国之
耗，为之嗟叹不已。其致君武告别书云：'哀哀祖国，徇以不吊
之魂；莽莽横流，淘此无名之骨。'读之如闻行吟泽畔之歌。君
武赠诗一首。"（胡适，2001a：133）第二天，胡适又在日记中写
道："昨夜译 Heine 小诗一首，作书寄君武。"（胡适，2001a：134）
胡适译诗前说："此诗为相思之词也。高松苦寒，诗人自况；南
国芭蕉，以喻所思；冰雪火云，以喻险阻……信笔译之，以寄吾
友。"（季羡林，2003：481）这说明胡适想要用这首译诗抒发朋
友之间的友情。一般而言，海涅的这首原诗被看作一首情诗，
"以北方的松树对东方的棕榈无望的思念为意象，表现了永恒的
无法消除的分离与孤独……以及由此而生的消除距离，跨越界
限，恢复和谐一致的渴望"（刘敏，2003：108）。胡适在翻译时
有意改动了几处，使得译诗的注意焦点从原文转向了译诗的读
者，从而使译诗成为胡适与马君武之间对话与交流的文本。明确
而特殊的译诗读者、译者与读者不同寻常的关系模糊了译与作的
界限。如此一来，马君武在阅读胡适的译诗时，感受最深的就不
是海涅原诗的意旨，而是胡适用译诗表达的思想与情感了。如果
我们参照看看冯至、杨武能、周依萍等的译文，就能更清楚地看
出胡适的动机与目的：

> 一棵松树在北方，/孤单单生长在枯山上，/冰雪的白被
> 把它包围，/它沉沉入睡。｜它梦见一棵棕榈树，/远远地在
> 东方的国土，/孤单单在火热的岩石上，/它默默悲伤。（冯
> 至译，1956：4）
> 北方有一棵松树，/孤零零立在秃冈上。/冰雪替它蒙上
> 白被，/送它沉沉入梦乡。/它梦见一棵棕榈，/在遥远遥远

的东方，/孤单单暗自哀戚，/在火辣辣的岩壁。（杨武能译，
2000：58）

　　北方寒冷的高山巅上，/挺立着一棵孤独的松树。/它微
微欲睡，昏沉模糊，/冰雪替它披上素装。/它梦见了一棵棕
榈/生长在遥远的东方，/那棕榈在灼热的岩壁上，/孤独，
寂寞，不胜忧郁。（周依萍译，1994：104）

　　除以译代作、译中有作之外，胡适的译诗还表现出较为明显
的译作合一，甚至以作代译的倾向。郭沫若在评述《鲁拜集》的
翻译时认为，"《鲁拜集》的英译，在费慈吉拉德之后，还有文
费尔德（E. H. Whinifield）、朵耳（N. H. Dole）、培恩（J. Payne）
等人的译本，对于原文较为忠实，但作为诗来说，远远不及费慈
吉拉德的译文……荒川茂的日文译品，说是直接从波斯文译出
的……我把它同费慈吉拉德的英译本比较，它们的内容几乎完全
不同。但是那诗中所流贯的情绪，大体上是一致的。翻译的工
夫，做到了费慈吉拉德的程度，真算得和创作无异了"（莪默，
2003：6）。显然，郭沫若主张"情绪上的"一致而不求文字和内
容上的相似，同意翻译应该与"创作无异"，甚至允许"内容几
乎完全不同"。然而，如果我们把郭沫若的翻译与胡适的相比较，
便会发现胡适的翻译在接近创作方面比郭沫若的翻译有过之而无
不及，试比较：

　　　　来呀，请来浮此一觞，
　　　　在春阳之中脱去忏悔的冬裳，
　　　　"时鸟"是飞不多时的——
　　　　鸟已在振翩翱翔。

　　　　　　　　　　　　　　　　　　（莪默，2003：7）

> 来！
>
> 斟满了这一杯！
>
> 让春天的火焰烧了你冬天的忏悔！
>
> 青春有限，飞去不飞回。——
>
> 痛饮莫迟捱！

（胡适之，1928：55～65）

两人翻译的前两句还大体差不多，但第三、第四句就相差太大，面目全非：郭沫若的翻译是描述"时鸟"展翅翱翔，而胡适的翻译却是恨春光不再，劝君对酒当歌，及时行乐。无论如何，都看不出这是同一首诗歌的译文。试对照一下《鲁拜集》第 7 首的原诗：

> Come, fill the Cup, and in the fire of Spring
>
> Your Winter-garmet of repentance fling：
>
> The Bird of Time has but a little way
>
> To flutter-and the Bird is on the Wing.

（莪默，2003：7）

我们发现，胡适的这首译诗出自他翻译的短篇小说《戒酒》，原诗只不过是一个诱因或触媒，却极大地激发了胡适丰富的想象力和创作欲望。显然，胡适的译诗近乎钱锺书所说的"偷天换日的翻译"（王克非，1997：88），明显比主张创作的郭沫若还要更"作"。

巴斯奈特曾在《什么时候翻译不是翻译?》一文中认为，翻译与创作并无实质性区别，它们只是读者与作者之间达成的一致，一种形式的"共谋"。她还列举了伪译、非真实材料源、自译、创译、游客译者、虚构翻译等，强调译与作的刻板界限不过是"物质主义时代"的"现代发明"，使翻译带有"种种商业化意义"（Bassnett，1998：25~40）。作如是观，那么"五四"前后胡适诗歌翻译中的以译代作、译中有作、译作合一现象，就只有度而没有质的差别。尽管"五四"前后文学翻译家信誓旦旦，以信为先，但通过分析和研究胡适的译诗可以发现，在文化和文学的转型期，因主体文化内部需求的迫切性，翻译定义的泛化、译与作界限的模糊化是一种客观的存在。

第二节　多元系统论中的胡适诗歌翻译与创作

一　多元系统论

1972 年，以色列学者伊塔马·埃文–佐哈尔在俄国形式主义和捷克结构主义基础上提出了多元系统理论。其核心内容就是将各种社会符号现象，具体地说是各种由符号支配的人类交际形式，如语言、文学、经济、政治、意识形态等，视为系统而非由各不相干的元素组成的混合体。这些系统并非单一的系统，而是由若干个不同的系统组成的系统；这些系统各有不同的行为，却又互相依存，并作为一个有组织的整体而运作。在这个系统里各个子系统受更大系统（母系统）影响，同时各个子系统之间也相互影响，各个子系统内部也不稳定，包含了更小的子系统，它们之间也保持同样的运动规律。例如，文学子系统按不同分类标准可分为翻译文学、原创文学，从另一角度又可分成成人文学、儿童文学等，各个子系统会有交叉、碰撞，且又相互依存，构成了多姿多彩的文学世界。世界文化系统就是这样千千万万的多级子系统的有机多元动态组合。

文学系统内部包含着多个相互联系的子系统，这些系统相互影响，相互作用。诗歌创作和诗歌翻译作为诗歌系统中的两个子系统必然存在多元互动关系，而且受到文学系统、社会文化系统等更大母系统的影响。本节将在多元系统理论框架下，以胡适诗歌翻译和创作为研究个案，首先分析社会文化系统对胡适诗歌风格的影响，再进一步阐述胡适诗歌创作和诗歌翻译两个子系统在其相继两个作诗阶段的多元互动关系。

二　社会文化系统对胡适诗歌的影响

五四新文化运动时期，整个社会文化系统发生了巨大变化，社会文化系统的动荡不安必然会导致诗歌系统发生变化。诗学语境指诗歌创作和发展所处的整个社会文化语境，它能促成或者阻碍某种类型诗歌的产生和发展。在中国社会文化转型和文学嬗变的新文化运动时期，诗学语境已经无法容纳旧体诗词，整个社会意识形态和整体文化价值取向是追求民主、自由和科学。西方各种思潮大量涌进，如同春风唤醒华夏大地，吹走了旧文化、旧思想的枯枝败叶，催生了新文化、新思想的嫩枝绿芽。新文化土壤中滋生的"五四"文学革命思潮担负着启蒙、救亡之重任，欲将文学进行从内容到形式的全面革新。新文学革命倡导者和思想启蒙者利用新文学作为启蒙和救亡的强大武器，作为诗人和翻译家的胡适发起了新诗运动，在整个文学革命中起着一马当先的作用。新文化运动时期，不少文人志士撰文发表在当时的先进刊物《新青年》上，为文学革命推波助澜。胡适在 1917 年 1 月《新青年》第 2 卷第 5 号上发表《文学改良刍议》一文，提出文学改良八大主张。胡适将诗歌作为文学改良的试验田，将八大主张试验于新诗创作。胡适是新文化运动的发起者，也是白话作诗第一人。新诗作为一种革命手段，成为新文化运动革新的一把利器。

多元系统中社会文化、文学系统对诗歌的作用方式：文化系统主要影响文学系统，文学系统进而影响诗歌的创作与翻译。微观层面上，系统元素或子系统之间相互影响，且有各自的行为方式；宏观层面上，社会文化、文学意识等以不同的方式与形态作用于具体的行为。整个社会文化系统会影响它所包含的各个子系统，社会文化系统的动荡不安必然会导致诗歌系统发生变化。五四时期以胡适为首发起的新诗运动正符合诗歌翻译占据诗歌系统中心位置的社会条件：整个社会诗学环境已经不能容纳古体旧诗。古体旧诗已有几千年的历史，纵然是瑰宝，也只能供文人墨客欣赏品味。在西学东渐的历史进程中，中国社会文化系统发生了巨大变化，广大民众的思想观念已大不同于过去，古体诗词与新思想、新观念是脱节的。在新诗学环境中，古体旧诗逐渐显出弱势，处在危机当中，白话新诗正在形成。这种社会条件给翻译诗歌提供了绝佳机会，它乘虚而入，逐渐占据中心位置，将传统古典诗歌逐至系统边缘，并不知不觉地影响着新诗创作。可见，诗学环境的改变为诗歌翻译占据中心位置打开了大门，并促成了诗歌翻译对新诗创作的影响。

用多元系统观点来解读社会文化系统对文学系统产生影响，进而影响诗歌创作这一现象，可以看出诗歌的发展不是孤立的，翻译诗歌是一种带有社会功能的文学行为。正如王东风所云："中国五四新诗运动……借了翻译的东风。表面上看似乎是一种偶然，但实际上却反映出了一种社会学意义上的规律，即对翻译的社会功能的利用。其目的并不仅仅在于翻译本身，或者说，不仅仅是介绍几首好诗，而是在于颠覆传统，建立一种新的诗歌价值观。"（王东风，2010：46）五四新文化运动的社会背景正符合多元系统理论提出的翻译文学能占据文学中心位置的社会条件，诗歌翻译占据中心位置后，不知不觉地推动、制约、左右着同期的诗歌创作，这在诗歌翻译家兼作家身上体现得尤为明显。

三　不同阶段的互动

诗歌翻译占据诗歌系统中心位置并非一蹴而就，最初处于中心位置的是诗歌创作，经过多年的竞争和壮大，诗歌翻译逐步占据了中心位置并开始影响诗歌创作。胡适的译诗和作诗经历很好地诠释了这一点。胡适的诗歌创作历经半个世纪（1907～1959年），诗体经历了从古体诗词到白话新诗的大转变。胡适的诗歌创作是连续的，诗歌翻译是断续的，其诗歌创作是诗歌翻译的前提，随着诗歌翻译的成熟壮大，诗歌创作吸收了新鲜血液，发生了脱胎换骨的改变。诗歌创作占据诗歌系统中心位置后，又会影响同期和后期的诗歌翻译。在诗歌翻译和诗歌创作两个子系统的相互竞争和影响中，诗歌母系统得以壮大和发展。现存胡适创作的旧体诗词、白话诗词以及译诗共有 320 首，大多有前言、后记、附注等。我们从胡适最初的诗歌创作开始，沿着他的创作足迹，探究这一影响之过程。

（一）古体旧诗阶段

胡适从幼年开始就饱读经书，成绩非常优异，胡适作诗始于古体。他于 1906 年开始作旧诗，旧体诗词集中写于 1907～1915年（其后也有小令和绝句）。据胡适《〈尝试集〉自序》所言，他于 1906 年开始写诗，直到 1910 年去美国之时。胡适少年时期旧诗，内容上主要表现在这四个方面：一是少年人忧时疾世的纯正胸怀，如《霜天晓角·长江》《赠同学鲁楚玉》等；二是小知识分子流行的伤感和磋叹，如《送二兄入都》《登楼》《岁暮杂感》等；三是题赠和题照，如《闰月六日中国新公学全体合影》《赠别汤保民》《大雪放歌和叔永》等；四是"大糊涂"生活的痕迹，如《菊部四律》《观世伶玉世俐玉合演富贵图戏作》等。他初学写诗，拟古较多，古体多学乐府、《古诗十九首》和白居易歌行。其中 1907 年所写的《弃父行》，就是模仿白居易的：

贵易交　富易妻　不闻富贵父子离　商人三十始生子　提携鞠

养思难比 儿生六岁教儿读 十七成名为秀士 儿今子女绕牀嬉
阿翁千里营商去 白首栖栖何所求 只为儿孙曾内顾 儿今授徒
居乡里 束脩不足赡妻子 儿妇系属出名门 阿母怜如掌上珍 掌
上珍 今失所 婿不自立母酸楚 检点查中三百金 珍重私将与息
女 夫婿得此欢颜开 睥睨亲属如尘埃 持金重息贷邻里 三岁子
财如母财 尔时阿翁时不利 经营惨淡还颠踬 关山屡涉鬓毛霜
岁月频催齿牙坠 穷愁潦倒始归来 归来子妇相嫌猜 道是阿翁
老不死 赋闲坐食胡为哉 阿翁衰老思梁肉 买肉归来子妇哭 自
古男儿贵自立 阿翁恃子宁非辱 翁闻斯言赫然怒 毕世劬劳殊自
误 从今识得养儿乐 出门老死他乡去。(铁儿，1908e：13～14)

全诗平易通俗，朴素的描述中，寄托着深厚的同情和悲愤。
从多元系统理论角度来看，此时的诗学环境是古体诗词占据诗歌
系统中心位置，故胡适诗歌更多的是受中国古体诗词影响。此诗
感于哀乐，缘事而发，继承了乐府诗以来的现实主义传统，让人
联想起汉乐府中的《东门行》《妇病行》《孤儿行》，以及唐代白
居易的《卖炭翁》、杜甫的"三吏三别"等诗。

此阶段，胡适也有一些早期译诗，但在当时古体诗词占据诗
歌系统中心位置的诗学环境下，这些译诗挣脱不出古诗旧词的壳
套，都是一些五言、七言和十言，如《六百男儿行》(1908)、《晨
风篇》(1909)，以及骚体形式，如《乐观主义》(1914)、《哀希
腊歌》(1911)、《墓门行》(1915)。此时胡适的作诗观念依然是
根深蒂固的古学文风，诗歌翻译对其诗歌创作的影响微乎其微。
随着目标文化圈内的读者自身素养的提高，尤其是处于佐哈尔按
照多元系统理论框架所划定的其中的两种情形，即"当译入语文
学处于边缘或弱势阶段"，或是"当译入语文学出现危机或转型
时期"，而在他们需要通过引入外国文学来帮助民族文学重建的
时候，这种翻译方式就显得不那么适宜了。胡适目睹了美国新诗

运动的全过程，从中受到启发。从此，胡适开始了他的白话新诗的尝试历程。

（二）新诗阶段

刚刚开始白话诗写作的胡适把重点放在诗歌语言的改变，尚未意识到形式也是新诗表达的一种束缚，故早期的新诗只是旧瓶装新酒的小小变革，并不是真正意义上的新诗。在意识到早期白话新诗的不足后，胡适学习翻译了一些美国诗歌，试图借鉴其自由体的形式，可见在新诗阶段初期，胡适有意识地将译诗作为自己诗歌创作的典范，诗歌翻译对诗歌创作存在积极影响。胡适的译诗不仅是他诗歌创作的有机组成部分，同时也为中国白话新诗的草创提供了可资借鉴的范例话语支持。1919 年胡适以自己翻译的美国意象派诗人莎拉·蒂斯黛尔的《关不住了!》为标志宣告自己新诗的成功。之后胡适的诗歌创作很明显带有《关不住了!》这首译诗的痕迹。

第三节　胡适情感在诗歌翻译中的伸展

虽然白话新诗是中国诗歌自然演进的必然趋势与结果，但是"五四"前后的诗歌翻译却是他山之石，是引进和借鉴西方现代性，复壮民族诗歌语言，打破古典诗歌凝固的范式、格律与用典规矩的武器。若如此，胡适的诗歌翻译似乎只是他文学创作理念的产物，只能从新诗的创作和发展中找到翻译的价值和意义。诚然，胡适的译诗与创作都经历了平行类似的诗体变化和主题类型的演进，如从五七言古体到白话诗体的转型，主题从极端的实用主义和急功近利到迂远之道，从战斗、社会革命的主题转向人文关怀、宗教玄学智慧直至对生死意义的探究。他的诗歌翻译在语言、格律和意境上都极大地促进了白话诗的草创和发展。胡适将

《关不住了!》作为自己新诗成立的纪元,明确肯定了译诗对创作的积极作用。

　　然而,胡适的诗歌创作是"有所为而为之",是"理胜于情";而他的诗歌翻译则是"无所为而为之",是"情胜于理"。一理一情不仅是诗歌不可或缺的两个方面,同时也是胡适完整人格的有机组成部分。胡适没有将《关不住了!》简单地看成他的译诗,看成原作者思想情感的转述或复制;而是将其视为一种挪用和创作,视为他作为译者自身某种心境的写照,视为他作为译者用其他形式不能或不便表达的某种情感体验。要探究胡适创作"理胜于情",而翻译"情胜于理"这种独特分野的原因,我们还得对"五四"前后特定的文化环境和胡适独特的个人经历进行考察。

一　诗歌创作:"理胜于情"

　　胡适因倡导新文化运动而"暴得大名"。《尝试集》于1920年3月出版后,"两年多时间发行了4版,销量达万册"(刘扬烈,2000:8),一时风靡全国,以至于章士钊说新文人"以绩溪为上京","以适之为大帝","于《尝试集》中求诗歌律令"(高旭东,2000:224)。然而,赞誉之后,谤亦随之。不仅林纾、严复等宗师硕儒不以为然,梅光迪、胡先骕、朱湘等也群起而攻之,对白话新诗《尝试集》颇有微词,称胡适的诗歌"不过是枯燥无味的教训主义","必死必朽"(胡先骕,1922:119~142),"其中虽不免稍有情意之处,然亦平常用语之情意,而非诗之情意也"。"诗之职责,则在能动感情"(胡先骕,1922:119~142)。朱湘则对胡适在诗中大谈主义极为不满,"本来在诗里谈主义,就是一个大笑话,只有外行的人才能作得出来。我们试看古今中外的诗人,那有一个谈过主义的"(朱湘,1926:4)。出于新旧文学理念的冲突和文学派别争取话语权斗争的需要,胡先骕、朱湘

等人的言论有失公允、几近偏激是可以理解的，但他们的批评也
不乏合理之处。

半个世纪以后，人们在重新评价胡适的诗歌创作的时候，应
该说已经少了许多意气，多了几分客观和公正。周策纵于 1977
年称，胡适的诗"清新者有之""轻巧者有之""智慧可喜者有
之"（周策纵，1990：227），但除"缺少深度"之外，最主要是
"欠缺热情或挚情"。在胡适的新诗里，"几乎找不到一首真正热
情挚情的诗来"（周策纵，1990：224～225）。周质平也持类似的
观点，认为，"胡适的诗，理胜于情"，因此有"寡情"一说（周
质平，2002：190）。胡适的诗重理轻情，其诗"所表达的，往往
是他的思想，而不是感情"（周质平，2002：191）。

当然，如果将"理胜于情"里的"情"意义泛化，理解为对
国家和社会的使命感和责任感，那么胡适的诗歌未必完全"寡
情"，其中也不乏"充满热情与挚情的作品"（周质平，2002：
191）。比如：

> 我们后死的人，
>
> 尽可以革命而死！
>
> 尽可以力战而死！
>
> 但我们希望将来
>
> 永没有第二人请愿而死！

（胡适，1926c）

假如以"儿女私情"或"爱情"而言，胡适的诗歌创作确实
有点"寡情"。我们发现，在《尝试集》中的 90 余首诗歌中，如
果不算译诗，真正关于爱情的诗歌不到 1/10。显然，诗歌创作不
是胡适抒发情感的主要载体。即使有那么几首情诗，也"多泥于
具象，滞留于事实，缺乏想象的飞扬与气韵的生动"（龙泉明，

1999：57）。即使其中有情，也是"藏而不露"，"深而不激"（周质平，2002：191）。我们看看胡适 1917 年 1 月 16 日写的《病中得冬秀书》：

> 我不认得他，他不认得我，我总常念他，这是为什么？
> 岂不为我们，分定常相亲，由分生情意，所以非路人？
> 海外"土生子"，生不识故里，终有故乡情，其理亦如此。
> 岂不爱自由？此意无人晓：情愿不自由，也是自由了。
>
> （胡适，1998/1917：107）

这首诗创作于胡适接到订婚 13 年的未婚妻的来信之后所感，与其说诗中抒发的是胡适的相思之苦，倒不如说是胡适竭力说服自己"应该"善待未婚妻冬秀。诗的最后一节更是说明了胡适无奈的自我解嘲：自己情愿接受母亲安排的婚姻，也就省了不少心，不再为爱情烦恼了。

二　理性的诗歌创作与情感的无奈

胡适曾反复强调文学革命是"有意识的主张，有计画的革命"（胡适，1923），其实他的诗歌创作也是如此。就胡适的诗歌创作与理论的关系而言，胡适是先有理论和主张，然后才有创作实践的。胡适于 1916 年首先提出"八不主义"，发表《文学改良刍议》；然后再通过创作验证自己提出的理论。他自己承认的 14 首"白话新诗"全都是 1917 年以后创作的。周质平曾经一针见血地指出，胡适的诗歌创作"是立言的事业"，因此"顾虑较多"。比如，诗人必须时时想到他的诗是否"言之有物"，是否有"摹仿古人"的毛病，是否"讲求了文法"，是否作了"无病呻吟"，是否用了"滥调套语"，是否"用了典"，是否"用了对仗"，是否用了"俗语俗字"等（周质平，2002：194）。

我们知道，早期白话诗是思想解放的产物。诗人要借助白话诗传达时代的信息，传播时代的新思想，带有偏重说理的倾向是自然而然的。刘扬烈就认为"新诗的基本走向是写实和说理"（刘扬烈，2000：49），是理性和科学成分较强的写实主义，"根本忽视了情感在诗中的位置"（高旭东，2000：41~42）。比较而言，情感和个性追求，对当时的诗人来说，并非目的。他们的目的很明确，那就是以文学为武器，再造中华文明。这种以民族振兴为己任的使命感和忧国忧民的忧患意识使得他们过分关注诗歌创作的社会功用，"泛滥的理性化倾向……损害了情感的表达"（龙泉明，1999：59），以至不自觉地忽视了诗歌创作的抒情功能。

胡适是新文化运动的主要旗手，理所当然要肩负起民族文化振兴的大任，这就限制了他在诗歌创作中的个人情感抒发。为了抵制传统诗词中悲物伤情、无病呻吟的倾向，胡适刻意在诗歌创作中追求浅白、具体和写实，有意识地保持积极向上的心态，维持积极、乐观的主格调。然而，"诗必穷而后工"，诗人是痛苦的夜鹰。诗不是，至少不只是理性的述说，而是情感的迸发。其实，胡适对文学中的情和理是明白人，他在 1915 年 8 月 18 日《论文学》中就曾清楚地作过如下论述：

> 文学大别有二：一，有所为而为之者；二、无所为而为之者……有所为而为之者，或以讽谕，或以规谏，或以感事，或以淑世……无所为而为之者，"情动于中，而形于言"。其为情也，或感于一花一草之美，或震于上下古今之大；或叙幽欢，或伤别绪；或言情，或写恨。其情之所动，不能自己，若茹鲠然……（胡适，2001/1915c：237~240）

虽然胡适明白理与情是文学的一体两面，但是新文学的草创需要他侧重"有所为而为之",放弃"无所为而为之"。其实,胡适自身的情感生活并不圆满,必然需要得到抒发和表现。胡适与江冬秀的婚姻完全受制于传统习俗。父母之命,媒妁之言使胡适注定会痛苦、纠结乃至抗争。到美国之后,胡适于 1913 年与韦莲司交往,1915 年 1 月 23 日访"韦莲司于其寓,纵谈极欢……女士见地之高,诚非寻常女子所可望其肩背。余所见女子多矣,其真能具思想、识力、魄力、热诚于一身者惟一人耳"(胡适,2001/1915d:19)。其后,两人热烈而真挚的感情已超越所谓的"智识"之交,从 1913 年至 1916 年,胡适给韦莲司的书信有一百多封(沈寂,1996:367),韦莲司将这些信珍藏了半个世纪,情真意切可窥一斑。周质平认为"胡适是韦莲司毕生惟一想嫁的男人",她对胡适的爱慕"终其一生"(周质平,2002:404)。胡适与陈衡哲的恋情虽颇有争议,但他们之间从"神交"到相识、相知,一往情深,其间柏拉图式的爱情应该说是存在的(沈寂,1996:377)。胡适 1918 年的中秋日记、1920 年《纪梦》一诗以及将女儿取名素斐,都能说明他对这段恋情难以忘怀。1923 年胡适与曹诚英同住于烟霞洞,这是他们两人"一生中最美的时刻"。《秘魔崖月色》《也是微云》等隐晦的情诗都委婉但明白无误地道出了这段婚外情。胡适是性情中人,但他是"发乎情,止乎礼的胆小君子"(夏志清,2000:174),终究没能挣脱旧礼教的枷锁,与有情人终成眷属。

　　胡适于 1917 年 12 月 30 日与江冬秀完婚,了结了一桩"分定"的债务。传统的、毫无爱情可言的婚姻从此"牢牢的套住了这位为个人自由和尊严而奋斗一身的哲人"(周质平,2002:326)。胡适曾痛陈中国婚姻制度的弊端:"中国男女的终身,一误于父母之初心,二误于媒妁,三误于算命先生,四误于土偶木头,随随便便,便把中国四万万人,合成了许许多多的怨耦,造成了无数不和睦的家族。"(铁儿,1908f:1~5)然而,对于自己的婚礼，胡适完全没有"洞房花烛夜"的喜悦，只是"十三年没见面的相思，于今完结"（胡适，1918g：28～29），只是了却了一桩任务。因为新婚半年后，胡适就在给胡近仁的信中坦诚："吾之就此婚姻，全为吾母起见，故从不曾挑剔为难（若不为此，吾决不就此婚，此意但可为足下道，不足为外人言也）。"（胡适，1996/1918：155）由此可见，胡适与江冬秀结婚，实出于对母亲的孝顺，出于迫不得已的责任，情感上的无奈，跃然信中。

三　诗歌翻译："情胜于理"

作为"新文化中旧道德的楷模"，胡适对悲剧式的婚姻虽然能默默承受，但无奈的情感生活与被压抑的欲求总得以某种文学形式宣泄和抒发，这便是诗歌翻译。原因很简单，在一般读者看来，翻译是复制或摹仿，通常不会因为原诗的内容而苛求译者，因而无论多么炽热的情感，多么离经叛道的念头，多么缠绵悱恻的思念，都能在译诗中宣泄与抒发，甚至夸张渲染，不担心受到读者的价值判断和道德谴责。由于翻译"阻断了原文与读者的直接联系"，因而具有"间接性"（Irina，1993：98）。译者的介入使翻译"总能满足个人的真实需求"，个人的真实需求也能在翻译中"找到自身"（find itself），而且能"被对象化"（objectivized），这种被对象化了的个人真实需求便"成为翻译的动机"（Irina，1993：97）。换言之，在翻译过程中，译者能在原诗中找到共鸣，并借翻译来表现自身的情感体验。因此，如果说胡适的诗歌创作是"有所为而为之"，侧重"理胜于情"，那么他的诗歌翻译则是"无所为而为之"，强调"情胜于理"。至少胡适在1918～1925年翻译的诗歌就是如此。据统计，胡适在此期间总计翻译了13首诗，除《奏乐的小孩》和《竖琴手》外，全都是"情动于中"的"情诗"，与其创作的诗歌形成鲜明的反差。这些译诗除了数量占绝对优势之外，诗中反映出的情绪或哀婉凄泣，或激烈奔放，或缠绵悱恻，或缱绻无奈。比起胡适创作的诗歌，其译诗热烈直露，荡气回肠，不仅胡适自己"几乎掉下泪来"，就连"打字小姐……都为之落泪"（周质平，2002：193）。试看胡适完婚三个月后翻译的《老洛伯》，便知他当时的心情：

> 我如今坐也坐不下，那有心肠纺纱？
> 我又不敢想着他：
> 想着他须是一桩罪过。
> 我只得努力做一个好家婆，
> 我家老洛伯他并不曾待差了我。
>
> （胡适，1918h：40 ~ 44）

　　我们把胡适译的这首诗与他给胡进仁的信加以对照，可以看出他的无奈之情更加明显。一年后的 1919 年 3 月，胡适撰文称这首译诗是"世界第一首哀情诗"，传达了"人生一件无可奈何的悲剧"（胡适，1996/1919：201 ~ 203）。我们再看看胡适在母亲去世不到三个月后翻译的《关不住了！》：

> 他（爱情）说，"我是关不住的，
> 我要把你的心打碎了！"
>
> （胡适，1919f：280）

　　母亲的逝世，似乎解除了胡适对母亲的承诺，成了他改变婚姻的契机。因为责任、义务和同情而接受的这门婚姻似乎再也不能束缚胡适的感情了。于是，炽热的情感在责任和理智的重压下喷发出来了。值得一提的是，这首译诗的原诗题目是"Over the Roofs"，直译应该是"在屋顶上"，但胡适没有采用直译的方法，而是将它意译为"关不住了！"，不仅传达了原诗的主旨意义，而且表达出了胡适意欲摆脱无奈婚姻的心理。接着，胡适很快又翻译了菲茨杰拉德（Edward Fitzgerald）英译的《鲁拜集》第 108 首四行诗《希望》，我们不妨看看英语译诗和汉语译诗：

> Ah! Love, could you and I with Him conspire
> To grasp this Sorry Scheme of Things entire,
> Would not we shatter it to bits—and then
> Remould it nearer to the Heart's Desire?

> 要是天公换了卿和我，
> 该把这糊涂世界一齐都打破，
> 再磨再炼再调和，
> 好依着你我的安排，把世界重新造过。

（胡适，1919g：38）

从对爱情的无奈到重新燃起希望，可以说是贯穿胡适这一时期诗歌翻译的主题。有趣的是，一年后，胡适将张籍的《节妇吟》翻译成白话诗，发表在 1920 年 11 月 1 日《新青年》第 8 卷第 3 号上：

> 但我低头一想，
> 忍不住泪流脸上：
> 我虽知道你没有一毫私意，
> 但我总觉得有点对他不起。
> 我噙着泪呀把明珠还了，——
> 只恨我们相逢太晚了！（胡适，1920：71~72）

从 1919 年到 1923 年，胡适没有译诗，但他却在 1923 年实实在在与曹诚英坠入了情网，进行了一场轰轰烈烈的爱情，以至于在 1924 年至 1925 年间，他翻译的诗歌《译亨利·米超诗》《别离》《清晨的分别》《你总有爱我的一天》《译薛莱小诗》《月光里》等，全是清一色的情诗。

胡适的诗歌翻译是他追求精神和情感自由的载体，折射出"人的自然本性，本能冲动和原始欲念的真实性与合理性"，突出译者"主体的内心生活经验对于既定现实的超越和否定"（谭好哲，2000：361），因而是社会变革的积极力量。

总之，如果说胡适的诗歌创作是他思想理念的产物和立德立言的事业，那么他的诗歌翻译则是他情感抒发之地，是他心灵深处情感的结晶。"五四"前后是中国社会新旧交替的特殊时期，胡适做出这样一理一情的选择，应该说是见怪不怪，社会压力使然而已。

第四节　胡适诗歌翻译的现代性

中国早期新诗现代性的发生与草创同外国文化和诗歌的翻译密切相关，新诗的现代性是翻译引进的现代性。由此，新诗诗人兼翻译家是最重要的研究对象，而在众多的新诗诗人兼翻译家中，胡适是白话新诗理论的首倡者，他的《文学改良刍议》拉开了文学革命的序幕，和其后发表的《建设的文学革命论》、《文学进化观念与戏剧改良》以及《谈新诗》等一系列文章一起，奠定了新文学和白话新诗发展的理论基础。不仅如此，胡适还是新文学和白话新诗身体力行、率先垂范的实践者：他于 1917 年发表的《白话诗八首》和《白话词四首》被称为中国现代第一批白话诗词；于 1918 年翻译的苏格兰女诗人林德塞（Anne Lindsay）的《老洛伯》在形式和语言上就是一首地道的白话诗，被称为中国现代第一首白话译诗；而他那著名的《尝试集》则是中国新文学史上第一部新诗集。这一切无疑牢固地奠定了胡适作为中国新诗总设计师和开拓者的地位。从这个意义上说，要研究中国早期新诗的现代性，胡适及其译诗绝对是一个绕不开的课题。

中国现代性的发生是对西方文化被动（清末）或主动（五四时期）接受的结果，"鸦片战争已降，随着西方列强船坚炮利叩开国门，现代性始遭遇中国"（周宪、许均，2004：2）。就早期中国新诗的现代性而言，我们几乎可以武断地说，没有译诗，中国新诗很难积聚起从旧诗中突围而出的强大力量；没有译诗，中国诗歌还会在传统诗歌审美的轨道上缓慢地演变而难以实现文体创新；没有译诗，中国新诗就不会具有与传统相疏离的现代性特质。在新诗发生和萌芽的最初几年里，新诗在内容上与传统诗歌相比尽管有了一丝"现代性"的气质，但总是难以摆脱传统的樊篱，在形式上依然可以视为古典诗歌。究竟什么样的诗歌才具有现代性呢？中国新诗运动的总设计师胡适认为他的译诗《关不住了!》开创了新诗成立的"新纪元"。事实上也是如此，在所有收入胡适《尝试集》的翻译和创作的诗歌中，最具开创意义，也是他最得意、得到最广泛认可的，就是他 1919 年 3 月 15 日发表在《新青年》第 6 卷第 3 号上的这首译诗《关不住了!》：

原诗：

OVER THE ROOFS

Sara Teasdale（1884 – 1933）

I said, "I have shut my heart
As one shuts an open door,
That Love may starve therein
And trouble me no more."

But over the roofs there came

The wet new wind of May,

And a tune blew up from the curb

Where the street-pianos play.

My room was with the sun

And Love cried out in me,

"I am strong, I will break your heart

Unless you set me free."

译诗：

关不住了!

莎拉·蒂斯黛尔（1884～1933）

我说，"我把心收起，

像人家把门关了，

叫爱情生生饿死，

也许不再和我为难了。"

但是屋顶上吹来，

一阵阵五月的湿风，

还有那街心琴调，

一阵阵的吹到房中。

一屋里都是太阳光，

这时候爱情有点醉了，

他说，"我是关不住的，

我要把你的心打碎了!"

　　　一九一九年二月二十六日 （胡适，1919f：280）

　　从翻译的角度讲，由于语言的差异和诗歌的抗译性以及文化翻译不可避免的缺失，译诗不能够完全依照原诗的韵律方式，但是在诗形上，大多依照原形。绝大多数还采用了押韵方式，从中可见译诗极大地影响了新诗的诗形和诗律。胡适这首译自"美国新诗人"莎拉·蒂斯黛尔的新诗《关不住了!》就是这方面的例子。原诗是四句一诗节，偶句第一个单词后退一个词书写。胡适的译诗也是四句一诗节，偶句退后一个词书写。这种分节书写方式后来成为新诗创作最流行的方式。原诗偶句押韵，为了打破无韵则非诗的传统作诗法则，证明自己鼓吹的"作诗如作文"的文体革命的正确性，胡适在此诗的三节中用了重复的字，适度破坏了原韵。这种在诗节中使用阴韵的方法，在当时中国诗坛上实属少见。与此同时，胡适还改变了原诗句的具体句式，如在最后一个诗节的最后两句前加上了"他说"，使原诗变得散文化，凝练的诗的句式因变成了散文句式而更加通俗化起来。这当然是胡适为建立中国新诗诗律自由化而有意进行的尝试。总的说来，由于这首译诗无论在语言表达、诗体形式还是思想内容等方面，都很好地贯彻和满足了胡适自己倡导的"八事"与在《谈新诗》一文中对新诗文体的要求，比之前他及同道创作的所有新诗都更符合他在新诗诞生前主张的新诗理论，所以胡适以这首译诗来宣告白话新诗成立的新纪元。言外之意，开新诗理论和实践风气之先的胡适，当然也把这首译诗作为中国整个新诗的"纪元"了。但这首译诗的现代性究竟表现在什么地方呢？我们认为，从根本上说它的现代性就在于它的语言表达、诗体形式超越了传统，它的思想内容表现了一种现代精神。

　　首先，译诗《关不住了!》改变了中国新诗的语言表达和诗歌的文体形式，促成了中国诗歌白话化和诗体大解放。它在语言上不再遵循过去文人化、贵族化的文言，而是以白话入诗，即

"推翻词调曲谱的种种束缚；不拘格律，不拘平仄，不拘长短；有什么题目，做什么诗；该怎么做，就怎么做"（胡适，1919c：1~4），从而实现了"诗的白话化"，在语言上声援了中国的白话新诗运动，使中国新诗的语言染上了平民化的色彩；同时，在诗歌文体形式上，它打破了旧诗词格律的限制，使用自由的句式和音律。胡适"充分采用白话的字，白话的文法，和白话的自然音律"，"做长短不一的诗"，追求"诗的散文化""诗的白话化"，从而实现了"诗体的大解放"（胡适，1919c：1~4）。正是"诗的白话化"引发了诗体的大解放。与文言相比，白话更具有自然性、自由性，更缺少形式和思维上的束缚。所谓不拘格律，不拘平仄，不拘长短，有什么题目，做什么诗，诗该怎么做，就怎么做，其实都与白话的本性有关系。胡适翻译《关不住了!》的"译"和我们现在所理解的"译"是有很大不同的，胡适主要是在诗的意象和意境上借鉴莎拉·蒂斯黛尔诗作的意义而称为"译"，实际上它具有巨大的创作性，是把创作和翻译密切结合起来的一种"创译"，即创作式的翻译。这在著译不分的五四时期是译诗的一大特征，已成为当时一种常态。王佐良就认为，"每一首好的译诗不仅是好的翻译，也是好的创作"（王佐良，1997：531）。由于该诗对传统诗歌和传统诗歌模式的巨大突破，它不论对于诗歌翻译还是对于诗歌创作都具有巨大的开创意义。勒弗维尔把翻译看作"重写"的一种重要形式，翻译不仅可以为主体文学引进新的表现手法，而且可以转变译入文化的文学功能观（Lefevere，1992：38）。胡适的这首译诗正好在这两个方面都丰富了中国的现代文学，并把白话"提升到民族和文化语言的地位"（Brisset，2000：346）。同时，与胡适创作的白话新诗相比，胡适的这首译诗不仅采用完全的白话，而且更少旧诗的痕迹。我们以《尝试集》中胡适的译诗《关不住了!》与他在同一时期创作的白话新诗《十二月奔丧到家》为例做一比较，就会明白胡适

为什么选择译诗而不是创作诗作为他的新诗的"纪元"了。请看
胡适创作的《十二月奔丧到家》中的一节：

> 往日归来，才望见竹竿尖，才望见吾村，
>
> 便心头乱跳，遥知前面，老亲望我，含泪相迎。
>
> "来了？好呀！"——更无别话，说尽心头欢喜悲酸无
> 限情。
>
> 偷回首，擦干眼泪，招呼茶饭，款待归人。（胡适，1918i：
> 5）

胡适创作的这首新诗和他翻译的《关不住了!》前后时间仅
差两个月，具有很强的可比性。然而，它们仅在语言表达方面就
有明显的差异，胡适自己也承认这首创作诗"只是半阕添字的
《沁园春》词"（胡适，1984：185）。除了带有浓重的"词曲的
气味与声调"之外，语言与白话也相去甚远。"才望见吾村""遥
知前面""更无别话，说尽心头欢喜悲酸无限情"等，虽也通俗
直白，但毕竟不是白话，不易上口。相比之下，译诗《关不住
了!》不仅毫无词曲的痕迹，而且语言朴实无华，真正做到了"有
什么话，说什么话；话怎么说，就怎么说"（胡适，1984：149），
音节也"顺着诗意的自然曲折，自然轻重，自然高下"（胡适，
1984：191）。因此，两相比较，我们除了看出译诗在胡适新诗诗
体建构和语言转折期的积极作用外，自然明白了胡适为何对这首
译诗很"得意"并把它作为其新诗成立的"纪元"。虽然此前中
国已经有很多译诗，包括胡适自己也翻译过《哀希腊歌》《缝衣
曲》等名篇，但都是用文言，用中国传统诗体，译作最后都被
"归化"为中国旧体诗词，具有"古典性"。而胡适以白话入诗，
"诗的白话化"则不仅改变了译诗的体制，而且改变了中国古典
诗词的固有模式，从而创造了一种新的诗体，因而具有"纪

元"性。

其次，"诗的白话化"也促成了诗歌在精神内涵上的实质性变革。所谓"诗的白话化"，主要是"作诗如作文"，也即胡适在《建设的文学革命论》中所说的"有什么话，说什么话；话怎么说，就怎么说"，"要说我自己的话，别说别人的话"（胡适，1918a：6~23）。如果单从艺术精神角度讲，这和晚清黄遵宪提倡的"吾手写吾口"非常相似，但实际上它们之间在本质上是有很大差异的，这种差异的关键体现在"话"与"口"。无病呻吟当然是晚清文学的弊病之一，但晚清文学的根本性缺陷不在于"口"与"手"的脱节，而在于"口"的传统性，在于传统的语言及其承载的传统的思想与现代社会的不相适宜。因此，是语言而不是"写"规定了晚清文学的传统性，晚清文学需要从根本上进行变革的是"口"而不是"手"。胡适的"有什么话，说什么话；话怎么说，就怎么说"，当然也有文学技术改良的意义，但它的实际意义主要不在"说"而在"话"。由于胡适特殊的经历以及其学识修养，特别是他长期的留学生涯，他所说的"话"和黄遵宪所说的"口"已经有本质上的不同，黄遵宪所说的"口"是古代汉语话语，承载的是古代思想和思维方式；而胡适所说的"话"则主要是现代汉语话语，它在外形上与传统的白话非常相似，但实质上是西方话语，具有现代西方的思想和思维性。事实上，《关不住了！》作为译诗，其内容正是通过描述政治伦理与自然人性的冲突，描述爱情作为人性对道德的胜利，表达了对自由的追求与渴望。"自由"作为一种新的精神内容，不是中国传统诗歌的基本内涵。《关不住了！》其实也是这样，正好说明了它所表现的爱情与自由的思想之西方性，它用现代白话表现现代思想，具有巨大的创新性，因而具有"纪元"性。

新诗的本质是什么？中国古代诗词如何界定？新诗与中国古典诗词的界限在什么地方？如何看待现代人写作旧体诗词？这些

是非常复杂而不易说清楚的问题。但我们应该承认在新诗与中国
古典诗词的本质区别中，语言及其表现出来的思想是构成这种区
别的最重要的因素。古代汉语和由古代汉语所规定的古代思想是
中国古典诗词最重要的特征之一；现代汉语和由现代汉语所规定
的现代思想是新诗最重要的特征之一。新诗在胡适之后，无论在
具体形式还是在具体内容上都有很大的发展，但在总体上没有违
背现代汉语与现代思想这一基本原则，否则就不能称为新诗。从
这个意义上说，胡适的新诗创译奠定了新诗的基本原则。

　　总体而言，新诗作为一种新诗体是现代白话的，它正是因为
现代白话而具有现代思想。仅以"白话入诗"不一定就是新诗，
因为白话有古代白话与现代白话之分，古代白话诗不能成为新
诗。古代白话主要是语言形式或语言工具，承载的依然是古代思
想，而现代白话不仅是语言工具，同时也是思想本体，正是在思
想层面上现代白话与古代白话有本质的区别。现代白话是构成新
诗的最为深层的基础，不是现代白话，即使是西方现代诗歌的译
诗也不能算是新诗。严复的《原人篇》和王佐良的《人论》均译
自英国诗人蒲伯（Alexander Pope）的同一首英语诗"Essay on
Man"，这就是一个很好的例子。我们现将蒲伯的英语原诗和严复
的译诗、王佐良的译诗一并录下，以相比较：

蒲伯的原诗：

All Nature is but Art, unknown to thee；

All Chance, Direction, which thou canst not see；

All Discord, Harmony, not understood；

All partial Evil, universal Good：

And, spite of pride, in erring Reason's spite,

One truth is clear, whatever is, is right.

Huxley：*Collected Essays*, Vol. IX, P. 72.

严复的译诗：

元宰有秘机，斯人特未悟；

世事岂偶然，彼苍审措注。

乍疑乐律乖，庸知各得所；

虽有偏沴灾，终则其利薄；

寄语傲慢徒，慎勿轻毁诅；

一理今分明，造化原无过。

王佐良的译诗：

整个自然都是艺术，不过你不领悟；

一切偶然都是规定，只是你没看清；

一切不协，是你不理解的和谐；

一切局部的祸，乃是全体的福。

高傲可鄙，只因它不尽情理。

凡存在都合理，这就是清楚的道理。

　　对比这三首诗，我们可以看到，虽然严复的《原人篇》和王佐良的《人论》都是由蒲伯的"Essay on Man"翻译而来，但是非常明显，它们诗体不同，因而性质也不同。蒲伯原诗是现代英语诗，严复的译诗是古诗，王佐良的译诗则是中国现代诗即新诗。三首诗无论在艺术形式上还是在思想文化内涵上都有质的区别，而造成这种区别的根本原因就是语言。语言体系不同，语言所蕴含的思想和思维不同，因而其艺术价值和思想意义也不同。《原人篇》实际上是把"Essay on Man"置于古代汉语语境中，用中国传统话语体系以及隐含在这种话语体系中的思想方式和艺术方式去理解它，很多英语中具有独特内涵的词汇和话语方式被置换成具有中国传统思想文化特殊内涵的古代汉语术语、概念和话语方式，从而其意义和价值都迥异，这是严译不准确的地方比比皆是的根本原因。如果把严复的译诗再回译成英语，和原诗之间肯定是天壤之别。而《人论》则是把"Essay on Man"置于现代汉语语境中，用现代汉语话语体系以及蕴含在这种话语体系中的思想方式和艺术方式去理解它，由于原诗是现代英语诗，所以王译就相对准确得多，尽管他的译诗在艺术和内容上也有不同程度的缺失。以原诗最后一句"One truth is clear, Whatever is, is right"为例，"One truth is clear"在原诗中最富有诗意，意义简洁，语句优美，富于韵味，但严复把它译为"一理今分明"，凭空加一"今"字，而且"One truth"译为"一理"也显得很生硬；而王佐良把它译为"这就是清楚的道理"，意思虽然吻合，但平淡无奇，诗意全无。对于"Whatever is, is right"，严译为"造化原无过"，王译为"凡存在都合理"，而"Whatever is, is right"直译就是：无论什么，都是正确的。"right"一词在这里的意思是复杂的，既有"正确""合理"的意思，也有"正好"的意思，"无过"这个译语无论怎样都不能包容其全部内涵。"造化"既指自然，也指自然的创造者，还有"福气"的意思，这里用"造化"翻译自然或存在，就增加了原诗的韵味，因而可以说不准确。相比较而言，王佐良套用黑格尔名言把"Whatever is, is right"译为"凡存在都合理"就准确得多，当然仍有遗憾，因为"凡存在都合理"在汉语语境中明显缺乏诗味。但这不是王佐良的错，而是两种语言在转换过程中无法克服的困难，说到底，文化翻译原本就不可能"等值"或"等效"。

现代白话既是新诗最外表的特征，也是新诗最深层的基础。正如有论者称，"诗的白话化"，"也即实行语言形式与思维方式两个方面的散文化。这实际上就是对发展得过分成熟、人们业已习惯，但已脱离了现代中国人的思维、语言的中国传统诗歌语言与形式的一次有组织的反叛，从而为新的诗歌语言与形式的创造开辟道路。"（钱理群等，1998：120）从这个意义上说，以"自由"精神为核心的译诗《关不住了!》所表现出来的对传统的反叛和对现代的追求，以及语言形式的自由与思想内容的自由二者有机地契合所表现出的一种高度意境，正是在现代白话的语言形式和思想方式两个方面确定了新诗的基本原则，从而具有带着纪元意义的现代性的。

　　总而言之，胡适说《关不住了!》开创了新诗的"新纪元"，他其实是看中了这首诗在形式上和内容上特有的"双重"现代性特质：一方面，该译诗在形式上采用了四行体且分节排列的作诗方法，在语言上采用了白话，完全吻合了新诗运动的主张；另一方面，该译诗在精神上引入了挣脱传统利益的束缚而自由恋爱的现代爱情观和婚姻观。值得注意的是，此前胡适翻译的《老洛伯》在形式上也完全是一首脱离了古诗严整形式的自由诗，但急于宣告新诗成立纪元的胡适并不看重这首诗，原因就在于他知道这首诗表达的情感与中国传统的礼仪观和爱情观没有本质的不同，其现代性体现得并不充分。这一事例可以使中国早期新诗现代性的形成有赖于译诗这一观念得到进一步指认。从这个角度来说，早期新诗最初的现代性实质上是翻译的现代性，它集中地体现在译诗的内容和形式上。因此，没有译诗，中国新诗的现代性就会因为失去影响源而难以发生。

第六章　胡适诗歌翻译思想
与早期新诗文化转型

第一节　文化转型中的胡适翻译思想

胡适与庞德都生活在各自社会文化转型和文学嬗变的历史时期。他们选择了非常类似的文学创作道路，成为中美两国现代新诗的开拓先锋。有趣的是，胡适与庞德都对诗歌翻译情有独钟。在诗歌翻译中他们完全背离了当时诗歌翻译流行的句式、诗体和语言规范，引发了审美心理结构、想象定势和美学原则的革命。他们类似的选择体现了历史发展中的一致性和规律性。但是，中美文化 20 世纪初发生的现代化转型分属"后发外生"和"早发内生"两个迥异的类型，中美两国有着完全不同的文学传统，而且胡适和庞德对文化"非我"的了解与认同也存在巨大差异；这些都对他们各自诗歌翻译的策略、翻译理念以及对翻译与文学创作的关系的认识，产生了深刻的影响。

一　文化转型的类型

中美文化在 20 世纪初都经历了向现代化转型的历史阶段。按照有些学者的划分，美国文化的现代化属于"早发内生"的类型，而中国的文化转型则属于"后发外生"的类型。到 20 世初，美国在政治经济上的飞速发展引发了思想观念、宗教信仰和价值观的嬗变，出现了"划时代意义的历史进程"（埃利奥特，1994：395）。正如坎利夫所言，美国工业生产能力的飞速发展在世界范围内"无人可以匹敌"，"20 世纪将成为美国的世纪"（Cunliffe，1975：1）。政治经济的发展增强了美国在国际事务中的自信心和话语权，其希望"对全社会的生活与幸福承担起自己的责任"（埃利奥特，1994：403）。尽管美国在现代化进程中也吸收了外来文化成分，但由于美国与欧洲，特别是英国天然的亲缘关系，工业革命和其他政治经济思潮并未与本土文化形成尖锐冲突，造成"文化震荡"。所以美国基本上属于"由本土文化自然演进所推动的现代化模式"，即"早发内生"型模式（吕进，2000：23）。

与美国完全不同的是，中国的现代化转型属于"后发外生"型。吕进概括了"后发外生"型的三个基本特征：第一，现代化起步较晚，现代化的第一推动力不是本土文化内部因素的自然积累结果，而是出于外在刺激引发的反应；第二，已经实现现代化的国家在文化方面（特别是物质文化）的先进性所构成的威胁，逼着"后发外生"型国家在内部缺少现代性因素积累的条件下，自上而下强行启动现代化的进程；第三，"后发外生"国家必须借鉴采纳现代化国家成功的经验才能加速本国的现代化（吕进，2000：23～24）。中国在外力的逼迫之下被动地打开国门，外来文化与传统秩序发生严重的对峙，以至于出现传统主体性的严重危机和社会的剧烈动荡。所以中美两国的现代化分属完全不同的转型类型。

20 世纪初，在中国与西方的交流与碰撞中，中国文化的"低势态"与西方文化的"高势态"导致西方文化思潮的全面引入，以及物质和精神产品输出与输入的失衡。钱杏邨曾估计清末民初翻译小说占当时出版小说的 2/3，至少是 58%，超过创作。樽本照雄曾撰文对此质疑，根据他的统计，"1919 年以前……翻译（小说）只占 44%"（樽本照雄，2000：158）。不论翻译是否超过创作，翻译数量之大是不容置疑的事实。相比之下，西方翻译输入的作品数量就少得多。据统计，英美出版的翻译作品还不到所有作品的 3%（Venuti，1996：327）。巴斯奈特认为，这种现象与"英语文学系统固有的优越感"不无关系（Bassnett，1993：143）。

文化交流的"势差"，必然会在意识形态和文化心理，甚至交流策略等方面对交流双方产生影响，并决定主体文化是倾向于开放接受还是封闭拒斥。胡适和庞德虽然都"别求新声于异邦"，但他们对外来文化毕竟抱有不尽相同的心态。他们的文学理念、诗歌翻译的目的以及翻译主题和策略也随之存在显著差异。

二 文学传统与文学创新

20 世纪初中美诗歌都经历了从传统到现代化的嬗变。与中美文化转型一样，中美诗歌的传统和现代化也有着完全不同的内涵。胡适与庞德诗歌翻译的目的，都是要反叛旧的文学传统，促进诗歌向现代化转型。但他们心目中要背离的传统却存在本质的差别。

20 世纪初，在狄金森和惠特曼逝世以后，美国诗人竞相效仿英国维多利亚的诗风，过分"讲究措词谋篇"，"矫揉造作，凄婉多情，有时甚至无病呻吟"（蒋洪新，2001：45）。针对诗坛因循守旧、缺少创新的风气，庞德提倡诗歌创作"日日新"。庞德用翻译为诗歌创新开道基于两个假设：其一，某些外国诗歌具有英语诗歌缺少的洞察力；其二，这些洞察力证明，诗歌创作存在一条"还没有选择的道路"，而这正是英语诗歌"应该追求的发展道路"（Donoghue，1989：249）。可见，庞德反叛的传统，实际上只是当时"软绵绵的"颓唐诗风。而对于整个英美文学传统，庞德则抱着积极和肯定的态度，认为"传统是一种我们要保存的美"（蒋洪新，2001：55）。

但胡适面临的是两千多年中国传统文学的沉重包袱。到晚清末年，诗歌已"完全处于停滞状态"，"旧体诗已走上穷途末路，再也没有什么生机，变革已势在必行"（刘扬烈，2000：7～8）。康有为、梁启超、夏曾佑、谭嗣同、黄遵宪等虽曾倡导"诗界革命"，希望对旧体诗做一些修补，但主要是"侧重于形式上的变革……仍然没有冲出旧体五七言的樊篱"（刘扬烈，2000：10）。胡适倡导的文学革命旨在打破"上千年来古典诗歌已经形成的凝固的不可稍微超越的范式"，"打破旧诗格律与文言，用典等规矩"（孙玉石，1999：55）。他将所谓"宇宙古今之至美"的古典诗歌认定为"僵死的残骸"，主张"推倒那僵死的古文学，建立那有生命有价值的白话文学"（胡适，1930a：134～151）。胡适倡导的文学革命，其任务显然比庞德要艰巨得多。

从表面上看，胡适似乎与庞德一样，只注重语言与技巧的创新。其实不然，胡适的语言观只是其"历史的文学进化观念"的组成部分。在《谈新诗》一文中，胡适从哲学的高度论述了语言形式与新诗进化的关系：

> 文学革命的运动，不论古今中外，大概都是从"文的形式"一方面下手，大概都是先要求语言文字文体等方面的大解放……初看起来，这都是"文的形式"一方面的问题，算不得重要。却不知道形式和内容有密切的关系……若想有一种新内容和新精神，不能不先打破那些束缚精神的枷锁镣铐。因此，中国近年的新诗运动可算得是一种"诗体的大解放"。（胡适，1919c：1～4）

许多研究胡适白话新诗理论的学者都认为，胡适的理论受到

美国意象派诗歌主张的影响，他提出的"八不主义"是对意象派
"六项原则"的附会，没有实质性的区别。连胡适本人也承认，
"此派主张，与我所主张多相似之处"（胡适，2001/1915e：522）。
但周质平认为，胡适的"八不主义"与"六项原则"有一个
"基本的不同"：

> "六项"主要讨论诗格与用字的问题，对整个文学的发
> 展并没有全面的看法；胡适的"八点"也讲风格，也讲用
> 字，但他理论的基础是由"不模仿古人"这一点而衍生出来
> 的"历史的文学观念"。这个观念是胡适之文学理论的中心，
> 也是他文学革命的主要武器……不从"历史的文学观念"上
> 来讨论胡适的文学主张，而但从遣词用字的几点上着眼，这
> 不但是避重就轻，也是本末倒置。（周质平，2002：169）

应该说，周质平的分析是十分中肯的。白话诗虽然"从偏重
语言形式的白话运动开始"，但目的却是"服务于伦理道德的文
化革命"，是"大规模地扫荡中国文学传统的叛逆运动，除了以
'革命'二字加以形容，别无他词"（胡适，2001/1916f：337～
338）。胡适与庞德所反叛的传统不尽相同，诗歌创新的内涵与任
务也存在很大的差异。这些都直接体现和反映了他们对翻译诗
学、翻译主题和翻译策略的不同思考。

三 非我的认同与翻译理念

文化转型的类型差异决定了他们对文化他者不同的接受心
态；不同的诗歌发展理念又决定了他们对诗歌翻译策略的不同选
择。当然，胡适与庞德自身的学养、对原语文化的认同和语言的
熟悉程度，也在相当大的程度上制约了他们的诗歌翻译策略。

在诗歌翻译中，庞德将目光投向华夏文明遥远的古代，即从

《诗经》、乐府和唐诗中寻找灵感，这是庞德欧美中心论的心态使然。首先，到 20 世纪初，中国经过数百年西方的"虚构"和自身的衰落，在国际舞台上已沦落为落后与失败的象征。这种虚构的形象在一定程度上强化了欧美自尊和自傲的心理。但是，在西方人心里，古老的中华文明又是"理想化的乌托邦，诱人和充满异国风味的梦境"（张隆溪，1997：217）。其次，西方人对汉字抱有根深蒂固的谬见，认为汉语是"大洪水之前全世界通用的语言"，汉字表现的是"事物或概念"（张隆溪，1997：204～207）。再次，庞德显然同意塞加伦的"异国情调论"，视"时间与空间上久远者为美"（张隆溪，1997：219）。最后，中国诗"注重'意象''神韵''简洁''音乐'等"，恰好与他所倡导的意象派"诗学观不谋而合"（蒋洪新，2001：52）。鉴于上述原因，作为一个艺术家和思想家，庞德要探索已知领域之外的艺术观念和艺术实践，理所当然会将华夏文明遥远的古代视为界定自身、汲取创作灵感的"非我"。

　　相反，胡适则将学习和借鉴的目光投向欧美的现代。他感兴趣的诗歌大多是英美近现代的作品，哈代（Thomas Hardy，1840～1928）、蒂斯黛尔、多布森（Austin Dobson，1840～1921）和凯切姆（Ketchum）甚至是当时健在的诗人。胡适对英美现代诗歌的选择应该说也有其文化动因。首先，在 20 世纪初，英美文学（包括文化）已经在世界上建立起十分巩固的地位，得到各国的认可，符合胡适"只译名家著作，不译第二流以下的著作"的翻译标准（胡适，1918a：6～23）。其次，英美经济政治上的成功以及在海外的扩张，推动了英语和英语文学在国际范围的传播。在中国知识阶层的心目中，西方同样是与自我相对立的"非我"和"文化他者"，中国人当时所渴求的、所构想的，以及在现实中无法满足的，都投射于西方的物质文明、政治制度以及精神与艺术产品。这一切使"西化"成为中国现代化的代名词。最后，

选择近现代作品符合胡适的"历史的文学进化观念"。胡适认为
文学是从低级到高级，通过不同文学相互借鉴逐渐演进的。他的
文学进化观应该说有其合理性，特别是在"五四"前后具有积极
的意义。但将过去与落后、现在与进步简单等同起来的思维方式
未免有些极端，有时甚至阻碍胡适对文学现象的客观认识。胡适
对莎士比亚的评价就是一例：

> 萧士比亚在当日与伊里沙白女王一朝的戏曲家比起来，
> 自然是一代圣手了：但在今日平心而论，萧士比亚实多不能
> 满人意的地方，实远不如近代的戏剧家。……他那几本"最
> 大"的哀剧，其实只当得近世的平常"刺激剧"（Melodra-
> ma）。（胡适，2001b：291）

文学直线进化的思维定势决定了胡适对英美现当代名著的青
睐和对古典作品的拒斥。除了历史的必然之外，个人的文学理念
也是决定待译主题的重要因素。

另外，胡适与庞德各自对原语文化、文学和文字的了解、把
握和认同，也相去甚远。庞德在 1913 年秋得到费诺罗萨遗稿的
时候不识汉字，对中国只有十分模糊的概念："人口众多，历史
悠久的古国……但对孔子的思想和儒家的智慧知之甚少"（蒋洪
新，2001：47）。为了翻译，尽管他也研究过中国文化与语言，
"研读了赫伯特·翟尔斯（Herbert Giles）所著的《中国文学
史》"，购买了七卷本的《中英词典》，但到 1915 年《华夏集》
出版为止，其间不到两年时间。可以想见，他对汉语的理解十分
有限，要准确地把握他所要翻译的中国古诗是很不现实的。实际
上庞德从 1936 年才"开始认真学习汉语"（Gentzler，1993：21）。
尽管蒋洪新引用恩特梅尔的话，称庞德"不仅有鉴别才干，而且
有选择的天赋"（蒋洪新，2001：51），但是庞德很难达到通常意

义上翻译要求的基本语言和文化素养。幸运的是，意象派诗歌的
"六项原则"决定了庞德的诗歌翻译并不要求字词传统意义上的
忠实。庞德所谓的"诠释性翻译"注重的是"对国内文化形势的
回应"（Venuti，1995b：37），注重"语言的能量"和意象并置
的结构方式。这种翻译策略的选择既不要求译者对原文有精细的
理解，又给予译者广阔的想象空间和创作自由。试想，如果庞德
熟知汉语，对中国文化有如胡适对英美文化般深刻的了解，庞德
是否会采取另一种截然不同的翻译策略？《华夏集》是否也会因
此而遇见完全不同的命运？有趣的是，庞德不是英美翻译界唯一
恣意"挪用"东方诗歌瑰宝并因此而名声大振的翻译家。英国著
名翻译家菲茨杰拉德在翻译《鲁拜集》，莱恩（Edward Lane）在
翻译《一千零一夜》时都采用了类似的翻译策略。菲茨杰拉德提
出，自己"创译"的原因是波斯人缺乏艺术才能；而莱恩在注释
中称自己必须删节、编辑原文，因为阿拉伯人"分不清理性与杜
撰的区别"（Bassnett and Trivedi，1999：6）。个中缘由是否与强
势文化的心态有关颇值得考究。

与庞德截然不同的是，胡适在美国留学七年，能熟练地用英
语交际、讲演，甚至用英语作诗，其英语语言和文学素养完全达
到译界公认的水平。此其一。其二，胡适浸润于美国社会文化之
中，对英美文化的熟悉也远非庞德可以相比。这从《哀希腊歌》
一诗翻译的注释中可窥一斑（胡适，1998/1914：190）。如果说
庞德的"创译"实属无奈，是语言文化功力不逮所致，那么胡适
的"创译"则明显属于有意的选择。综观胡适的诗歌翻译，真正
属于"创译"的地方极其有限。

从主观上看，胡适选择的翻译策略一方面表明译者具备了翻
译要求的语言文化素养，另一方面也体现了译者开创中国白话新
诗的主观意图："输入欧西名著"，"使国中人士有所取法，有所
观摩，然后乃有自己创造之新文学"（胡适，2001/1916f：337～

338）。既然是为了"取法"与"观摩"，那么忠实再现原诗的精神、内容，甚至形式、韵律则成为必须，非苦心孤诣，孜孜以求不能为功。

胡适不仅对西方文明有深入的了解和强烈的认同，而且将"五四"前后的文学革命看成"中国文艺复兴的一个阶段"（胡适，1993/1958：295），希望从中发现庞德所说的"历史的可译性"，即在中国重现欧洲文艺复兴的历史。在他眼里，诗歌翻译已远远超出纯粹的文学意义而成为"再造"中国文明的手段。可以说，胡适对西方文学和文化的认同在"五四"前后的知识界很具代表性，反映出弱势文化在"后发外生"的现代化转型时期较为普遍的文化心态。刘禾称，此时的中国与"现代希腊、印度、非洲以及阿拉伯民族不无类似"，是一个"迟到的民族"，"迫切需要减轻古代传统的重负，以求赶上世界其他的民族国家"（刘禾，2002：264），对于"迟到"民族的精英而言，这种认同常常体现为一种真诚的开放和主动的接受，并且常常是以牺牲或彻底否定传统自我为代价，与强势文化自我优越、挪用文化他者以强化自身的文化传统和文化中心地位所具有的心态全然不同。胡适"西化"的政治主张，其实也是一种形式的翻译，是对西方物质文明、政治制度和民主理念的一种摹仿和移植。

四　翻译策略

庞德的翻译策略与他的诗学观和他对汉字的思考密切相关。根茨勒精辟地将庞德的翻译"理论"概括为"闪光的细节"（luminous details）；称其核心在于"精确地表现细节，表现个别词语，表现单个甚至是残缺的意象"（Gentzler，1993：19）。在庞德看来，汉字代表的"是事物本身，尤其是表示动作和过程的事物，或者表示能量和形式的事物"（Gentzler，1993：22）；另外，庞德认为词语总是处于某种关系的网络之中，穿越历史的词语或主题并没有统一稳定的意义。因而艺术品的意义同样不可能固定不变，词语在原来作品中的联想范围与在另一个时代和另一个文化中词语的意义将完全不同。也就是说，通过翻译的词语的意义实际上要发生变形。翻译者的责任是领悟文本的情绪、氛围和思路，并在译文中"重建氛围和背景"（Gentzler，1993：27），让"死人复活"（Bassnett-Mcguire，1991：83）。诗歌翻译者和诗人一样，是要通过"并置和结合"，"产生新的化合物，以此释放出能量"。可见，译者是"催化者"（Gentzler，1993：28），是"活生生的创作主体"（Gentzler，1993：25）。庞德对翻译诗学最敏锐的洞察竟出于对汉字和中国诗歌的无知与误解；他突出了译者的主动性和创造性，为挪用经典作品开辟了一块新的天地。试看下例：

怨歌行

班婕妤

新裂齐纨素，皎洁如霜雪。
裁成合欢扇，团团似明月。
出入君怀袖，动摇微风发。
常恐秋节至，凉风夺炎热。
弃捐箧笥中，恩情中道绝。

庞德译诗（经赵毅衡回译成汉语）：

扇，致陛下
哦，白绸的扇，
洁白如草叶上的霜
你也被搁在一边。（蒋洪新，2001：64）

　　比较班婕妤的原诗与庞德的译诗，我们可以清楚地发现庞德的诗歌翻译策略。庞德删去了原诗中的六行，留下了他认为"闪光的细节"和意象："白绸""扇""草叶""霜"。意象之间"解释性和连接性的东西"，"链条中的连接"也被一一省略（琼斯，1986：48），形成"并置"甚至"对峙"的局面，这种并置与对峙一方面与读者期待和习惯的联想暗合，另一方面又让人感到意外和陌生，"创造出一种新的关系"（Gentzler，1993：25）。诗体上庞德既不摹仿原诗，也不因袭英诗固有的形式，而是让译诗自行生成"独特的诗歌形态"（Hermans，1999a：27）。庞德与其说是在翻译，不如说是在挪用、改造和创造；有学者将其称为"带有压迫性质的、男性家长"式的翻译模式（model of oppressive masculine patriarchy）（Bassnett and Trivedi，1999：16），其中有暴力、伤害、利用，但也不乏庞德对中国古诗的崇敬（Bassnett and Trivedi，1999：5）。他对意象的把握与其说是客观的，不如说是主观的和出于直觉的；对他而言，诗歌翻译与其说是求真，不如说是求善求美。

　　与庞德迥异的是，胡适的翻译策略是其文学革命理念的延伸与发展。庞德注重译诗的意象与词语，而胡适则重视诗歌的主题、形式与语言。由于明确的诗歌翻译功利观，译诗的主题选择便成为胡适必须首要考虑的问题。胡适早期的译诗侧重爱国、反抗和战斗的主题；中期选择"迂远之道"，侧重宗教玄学和感怀生死的意义；晚期则倾向于人文关怀和个性张扬。在形式上看，胡适早年基本采用归化的手法，用中国传统的五七言旧体诗来再现和传达西方的"新意境"。1918 年以后则采用异化的手法，即模仿和引进英美诗歌的诗体和形式，促进中国白话新诗的草创。《老洛伯》和《关不住了！》等完全摈弃了传统诗格律，基本保持了原诗均匀整齐的形式。语言也采用白话口语，音节和节奏也一如原诗，顺着诗意的自然起伏而变化。试以《关不住了！》中一节为例：

I said, "I have shut my heart

As one shuts an open door,

That Love may starve therein

And trouble me no more."

我说"我把心收起，

像人家把门关了，

叫爱情生生的饿死，

也许不再和我为难了。"（胡适，1919f：280）

　　和庞德相反，胡适不仅完整地再现了原诗主人公对爱情无奈的复杂情绪，而且也尽可能再现原诗的形式特征，四行一节，并用三"顿"模仿原诗的节奏；原诗取 abcb 的韵式，译诗同样二、四行押韵。在以归化为主流翻译规范的 20 世纪初，这是大胆的反叛，开中国自由诗之先河。但是，这种创新与庞德的创造相比，显然有本质的区别。胡适的诗歌翻译促进了自身白话诗歌的创作，引发了中国新诗的滥觞，而且使中国诗歌和文字的发展出现了不可逆转的变化。而庞德倡导的意象派诗歌虽也受益于诗歌翻译，但到 1930 年已基本销声匿迹，曾经为着共同信念"联合战斗"的意象派诗人，已经"扔掉了旗帜，解散了队伍"，早已"不复存在"（琼斯，1986：25）。

　　历史文化发展的普遍性和一致性造就了庞德和胡适两位诗人兼诗歌翻译家，开创了一代诗风。但由于文化转型的类型差异，庞德与胡适对原语文化的认同与接受必然存在极其显著的差异，彼此的文学与翻译理念也不尽相同，最后形成了直觉浪漫的创造模式与理性现实的再现模式的重要分水岭。在描述文化决定论的同时，笔者希望能揭示近代东西方交流中文化动因的多元性和偶然性，避免因袭"最后之因"或非此即彼的简单思维方式，唯有如此，我们才会更接近翻译作为一种文化现象的本质。

第二节　胡适诗歌翻译思想中的矛盾论

一　胡适诗歌翻译中传统表达与现代表达的矛盾

胡适作为一位自由主义知识分子，主张通过翻译西洋名著输入西方的先进思想和文化，是当时现代化的典型。然而，胡适自小受到中国传统文化的熏陶，自然不能摆脱它的影响。

（一）传统与现代的矛盾表现

胡适因主张"全盘西化"而著称于世，被认为是资产阶级自由主义知识分子，他早年留学于美国，一生中与英美联系较多，深受西方思想文化的影响。为了给中国人寻找科学的思想，全面引进西方民主和科学的观念，胡适与陈独秀等发起了一场彻底的反封建文化的新文化运动，提倡民主和科学，反对专制和迷信，提倡新文学，反对旧文学。胡适提倡"全盘西化"，主张"打倒孔家店"，推翻儒家的经典地位，祛除旧学的影响。胡适还发起了"整理国故"运动，要把宗教性的封建经典送进封建博物院，剥除它的尊严，使旧思想不能再在新时代里延续下去。

胡适认为中国的文学方法实在不完备，以体裁而论，散文只有短篇，韵文只有抒情诗，戏本更在幼稚时代，小说好的，只不过三四部，这三四部之中，还有许多弊病，至于最精彩的"短篇小说""独幕戏"，就更没有了。这些文字，简直无一毫材料可说。至于布局，除了几首实在好的诗之外，几乎没有一篇东西当得"布局"两个字。因此，胡适认为要引进新文学，引入西方的思想，就要翻译西洋文学名著作为我们的典范。他翻译了大量的西方作品，为我国引进了短篇小说和现代戏剧新的文学形式，通过翻译诗歌，胡适借鉴了西方诗歌的形式，进行了白话自由体诗歌的草创，开辟了我国新诗的纪元。同时，通过翻译，胡适向国人介绍了西方的民主自由思想，胡适翻译了易卜生的戏剧《玩偶之家》，它的发表在封建的中国引起强烈的反响，为妇女解放树立了榜样，胡适借戏剧宣扬了独立自主的思想。可见，胡适极力推崇西方的思想文化，激进地反对中国传统的旧学，在当时是一位有影响的反传统的现代化人物。

但是，尽管胡适极力抨击中国的传统文化及文学形式，主张"全盘西化"，他的一生却始终与中国的传统文化息息相关，他骨子里仍是个传统文人。胡适热衷于中国传统的考据学（古典学术和史学家治学的方法），对《红楼梦》《官场现形记》等很多古典文学进行研究考证，尤其是他历经 20 年考证《水经注》这部我国历史上年代久远的奇书。胡适反对五七言八句的旧体诗，但是他对我国传统五七言旧体诗总不能忘情，这些似乎都表明了胡适在对待现代与传统文化上的矛盾。

（二）矛盾分析

要分析胡适对待中国传统文化和西方文化主张矛盾的原因，仍旧离不开当时的社会文化环境。胡适自小深受中国传统文化的熏陶，打下了坚实的古文基础，中国传统文化中光辉灿烂的一面使他一生都不能忘情。但是，随着西方资产阶级民主思想进入我国，旧的封建思想受到了极大的冲击，旧的文学形式越来越不适应表达新思想新文化的需要，作为文学工具的文言文也到了山穷水尽的地步。当时中国的进步知识分子，从引进西方的思想文化着手，掀起了轰轰烈烈的反封建的新文化运动。胡适成为这一运动的重要成员，为了实现新文化运动的目的，胡适主张"全盘西化"，学习西方的先进思想和文化，翻译西方文学名著来作为典范，从而摆脱旧文化束缚。笔者认为，中国旧文化中的糟粕应该剔除，但胡适的"全盘西化"却不免偏激，而实际上胡适自己始终未能脱离中国的传统文化及文学，这表明胡适对中国传统文化的眷恋。胡适抨击中国传统的旧文学、旧文化，主张输入西方思想文化和文学形式，是为了给中国创造新文学开辟道路，为了实现文学革命的目标，而这一目标恰恰是反对拟古主义，也就是说，尽管胡适深知传统文化精华的魅力，但是为了提倡新文学、新文化的需要，为了新文学、新文化的诞生，他有意为之。正如姜义华所说："他自居为旧文化的叛逆者，别人也经常视他为旧文化的死敌，其实，在他身上最经常最持久地起作用的，却正是他所秉承的中国传统文化所固有的根性"（姜义华，1998：27）。

如前文所述，胡适的诗歌翻译和诗歌创作是相互影响、不可分割的，诗歌是胡适寄托情感的重要载体。有学者称胡适的诗歌创作是"有所为而为之"，是"理胜于情"，而他的诗歌翻译是"无所为而为之"，是"情胜于理"，而一情一理是诗歌不可或缺的两个方面。情与理的矛盾体现着胡适翻译和创作诗歌中情感表达的差异。当然，这里的情主要从胡适对待爱情的角度而论。

（三）"理胜于情"与"情胜于理"的矛盾

胡适年轻时在美国留学，受西方思想文化影响很深，他反对旧道德，提倡新道德，提倡民主，反对专制，因此，胡适反对中国传统的包办婚姻，主张自由恋爱，从胡适的译作《玩偶之家》和他创作的戏剧《终身大事》可以看出，娜拉为了自己的幸福离开了已有的婚姻，而田亚梅不顾父母的反对离家出走，去自己决断自己的终身大事，可以说，这表现了胡适对自由婚姻的向往。但是，胡适始终没能突破传统束缚，他接受了母亲安排的婚姻，未能与有情人终成眷属。文学作品是作者抒发情感表达观点的载体，胡适个人的情感必然要在他的作品中有所体现。

尽管翻译作品被认为是原作者的情感抒发，但是，结合胡适译诗时的情感历程，他的情诗不免透露了他自己的情感纠葛。胡适在美国与韦莲司有过热烈而真挚的感情，后来与陈衡哲彼此一往情深，与曹诚英的一段婚外情也让胡适难忘，然而，母亲在世时，他不肯伤几个人的心，母亲去世后，他一度徘徊，但仍旧没能冲破传统婚姻，胡适对爱情和婚姻的矛盾态度一定会有所抒发。廖七一分析，《老洛伯》译于胡适婚后三个月，从诗中可以一目了然地看到他当时的心情，此诗表现了胡适对婚姻的无奈，《关不住了!》、《希望》、《清晨的分别》和《你总有爱我的一天》等译诗，或透露了胡适对婚姻的矛盾心情，或表达他对自由爱情的向往，感情或激烈奔放，或缠绵悱恻，或伤感无奈。胡适把激情寓于诗歌翻译中了。

可以看出，胡适对待爱情和婚姻的矛盾态度，在他的诗歌翻译和创作中表现得一览无余，这也表明了胡适诗歌翻译和创作在情感表达上的矛盾，胡适没能通过诗歌创作表达自己对爱情的向往，他的爱情诗绝大部分是翻译作品，他以此委婉表达自己的情感。胡适的诗歌创作"理胜于情"，而诗歌翻译"情胜于理"。

胡适诗歌翻译和创作在爱情表达上的矛盾，笔者认为可以尝试从两方面去解释。

第一，提倡文学革命的需要。胡适是文学革命和白话文运动"首举义旗的急先锋"，在《文学改良刍议》一文中，胡适提出文学改良须从八事入手，其中的第四点是"不作无病之呻吟"，他鼓吹诗体的解放，为了抵制传统诗词无病呻吟的倾向，胡适在创作诗歌中对自己情感的抒发必然会有些限制，因此，胡适的创作诗歌偏重说理，这也是早期新诗的普遍倾向，刘扬烈称"新诗的基本走向是写实和说理"（刘扬烈，2000：49），高旭东也指出，新诗"根本忽视了情感在诗中的位置"（高旭东，2000：41~42）。在"文学革命"之外，胡适个人情感生活的无奈和对爱情的向往，也要得到释放，于是，胡适的情感借诗歌翻译表现了出来，译诗成为胡适委曲抒发个人情感的载体。

第二，胡适的阶级性。胡适作为一位资产阶级学者，易于接受西方的先进思想和文化，对中国传统文化中的不足进行了极力的抨击和改革。但是，他终究受到自己阶级性的限制，和众多资产阶级革命家一样，他具有革命的不彻底性和软弱性。他反对包办婚姻，但是，最终未能摆脱其束缚，他自称是为了自己的母亲，在他母亲死后，由于对妻子的责任感，胡适始终处于徘徊之中，从《关不住了!》这首译诗可见他矛盾的心情。无论什么原因，胡适充分暴露了他自身的软弱性和对旧传统革命的不彻底性，这一点在他的诗歌中必然有所体现。胡适的创作极少有爱情诗，或许表明了他对自己情感生活的隐晦，而他的译诗大多为爱情诗，在译诗中，他在原作的保护下，可以大胆表达自己的情感，因为读者多认为译作是原作者思想情感的表述，译者只是在尽量如实转达。胡适在表达自己情感方式上的矛盾，体现了他的阶级局限性，导致了他的诗歌创作以说理见长，而他的爱情诗多为翻译作品。

二　胡适诗歌翻译理论与实践的矛盾

大多译者在从事翻译的过程中，不论成体系的还是零散的，都会对翻译活动提出自己的看法或主张，但是理论和实践毕竟不同，有时二者会有抵触。就连"译才并世数严林"的大翻译家之一的严复也不例外，他主张翻译要做到"信、达、雅"的统一，然而在实际翻译时，他运用了"达旨（即'词句之间，时有所颠倒附益，不斤斤于字比句次，而意义则不倍本义'）、删节和换例等译法"，这与他的理论有出入。理论是相对理想化的概念，要经过实践的检验才能证明其能否适用及适用程度大小，而实践是现实的操作行为，它会受到具体实践环境和条件的影响。胡适的翻译实践和翻译主张也存在矛盾。

（一）"信"和"达"的统一与"改译"的矛盾

在翻译理论上，胡适反对当时盛行的自由的意译和改译，认为"与其译而失真，不如不译"（胡适，2001/1916f：337～338），翻译文学作品的首要条件就是语言明白流畅，让人能读懂，胡适提出直译和意译并不互相矛盾，它们只是不同的翻译手段。胡适提出"善译"，认为翻译过程中应该去"讹"除"晦"，"讹则失真，晦则不达"（胡适，1998/1914：190），即翻译标准是"信"和"达"的结合。在翻译实践中，胡适却没有严格遵守"信"和"达"的准则，而是有所偏离，有时采用改写的方法。

（二）"诗体大解放"主张与"五七言"的矛盾

在《谈新诗》一文中，胡适提出："五七言八句的律诗决不能容丰富的材料，二十八字的绝句决不能写精密的观察，长短一定的七言五言决不能委婉达出高深的理想与复杂的情感。"（胡适，1919c：1～4）因此，胡适主张"诗体的大解放"，使诗歌从语言文字和文体上得到解放，即诗歌的语言要用白话文，诗体是自由体。在诗歌翻译过程中，胡适不断进行探索和尝试，从五七言的古体诗到句式参差不齐的骚体，最后到自由体的新诗，胡适的诗歌翻译和诗歌创作逐渐实现了解放，胡适也因倡导白话新诗而在新文化运动时期声名大振，为我国新诗的草创做出了贡献。

研究胡适的译诗要与他的诗歌创作相联系。姜秋霞通过数据分析表明，在诗体上，胡适的诗歌翻译和诗歌创作是相互影响、不可分割的，他的诗歌翻译受到同期及前期诗歌创作的影响，因此，研究胡适的诗歌翻译不能离开他的诗歌创作。从胡适的诗歌翻译与创作可以看出，在提倡新诗前后的 1918 年 3 月到 1930 年 1 月，他翻译的诗歌都是自由体，与自己的主张相一致，创作的诗歌中虽有五七言，但仍以自由体为主。1930 年 2 月之后，胡适创作的五七言诗歌的数量明显超过了自由体，提倡诗体解放的胡适自己却越来越热衷于古体诗。

（三）翻译批评态度的偏差

胡适认为对翻译批评的态度要严肃，他写道"翻译是一件很难的事，谁都不免有错误。错误之因不止一种。粗心和语言文学的程度不够是两个普通的原因。还有一个原因就是主观的成见。……翻译别国文字的书，也往往因主观的成分不同而发生歧异的解释……我们同是练习翻译的人，谁也不敢保没有错误。发现了别人的一个错误，正当的态度似是'宜哀矜而勿喜'罢……批评翻译，也应该敬慎将事。过失是谁也不能免的，朋友们应该切实规正，但不必相骂，更不必相'宰'"（胡适之，1929：114～124）。可以看出胡适对翻译实践和翻译批评的态度是很严谨的。但是，在翻译中，胡适尽管自己有时也采用了改译的方法，却对林纾的改译有微词，"林琴南的'其女珠，其母下之'，早成笑柄……林琴南把 Shakespeare 的戏曲，译成了记叙体的古文！这真是 Shakespeare 的大罪人，罪在《圆室案》译者之上"（胡适，1918a：6～23）。可见，胡适并没有考虑到林纾当时的翻译目的而对其进行指责，对林纾的误译多少带有嘲讽的意味，这与他提倡的对待翻译批评的严谨态度是有出入的。

基于以上种种矛盾表现，笔者将尝试从当时的社会文化角度分析探讨矛盾成因。

（四）翻译理论与实践矛盾分析

勒弗维尔指出任何文学都生存在一定社会文化环境中，穆雷也认为研究译者要看他们的选题和翻译过程、翻译策略受到哪些社会环境因素的影响。胡适提倡翻译要做到"信"和"达"的统一，而在翻译实践中却未能严格遵守，这和他的翻译目的以及当时的社会文化环境是分不开的。

胡适早期的翻译除了兴趣和养家外，是为了宣扬革命思想和战斗精神，开启民智。《六百男儿行》的译文发表于 1908 年反清革命风起云涌之际，胡适翻译此诗的意图是歌颂反清的革命精神，注重的是诗歌的宣传鼓动效果，而并非诗歌的原文内容，丁尼生原诗中对英军指挥官的谴责和士兵对自己命运的无奈已经不存在，因此，胡适运用改写翻译就成为必然。译诗《希望》写于 1919 年，此时胡适正在进行白话新诗的探索尝试，要打破传统诗歌流行的句式、诗体和语言规范，为了新诗的自由体形式，原文中 "with Himconspire"，"To grasp…entire"，"this Sorry Scheme of Thing" 的走失和 "要再磨再炼再调和" 的创作，也就成为可能，胡适的改译是有一定目的的。

胡适本人的写作实践，影响最大的是白话诗的翻译和创作。胡适鼓吹诗体的解放，反对五七言八句的旧体诗，提倡新诗，即白话入诗和诗体的解放，但是胡适始终没能放弃五七言的诗歌翻译和创作，并且其数量在后期还超过了自由体诗歌。笔者分析其原因有三。

其一，前文中已提及，胡适的诗歌翻译和创作是相互影响、不可分割的，胡适的译诗是自由体时，他创作的诗歌也多为自由体，1928 年 8 月以后，胡适已不怎么从事诗歌翻译了，因此影响了他的创作，姜秋霞指出："远离了自由体诗歌翻译实践的胡适，其诗创作又呈现出五、七言体倾向"（姜秋霞、郭来福，2007：70~80）。

其二，笔者认为这与胡适进入仕途，夺取时代话语权有关。随着封建王朝的覆灭，被极少数知识分子所拥有的语言——文言文也丧失了原有的价值，不能适应社会的发展，不再是知识分子跻身仕途的工具，而知识分子要获得话语权就要另辟蹊径。笔者认为胡适认识到了这一点，他撰写了《白话文学史》（上卷），证明白话文学是有很长又很光荣的历史的，而不是他们几个人凭空捏造出来的，他掀起了轰轰烈烈的以白话文为中心的新文化运动。胡适亲身尝试白话诗歌、小说和戏剧的翻译和创作，经过与反对派的辩论，文学革命的目的基本实现，胡适也因此"暴得大名"。不妨说，这为胡适在思想学术界乃至政治领域争得了话语权，使胡适成为当时知识分子马首是瞻的人物，尽管胡适多次声称不谈政治，不入政界，但他终未忘情于政治，他曾担任驻美大使、考试院院长等职务，并被推荐为副总统候选人，这些都与胡适在学术领域拥有的话语权是分不开的。学而优则仕是中国传统知识分子的追求。1930 年后，新文化运动已经深入人心，白话文写作也被绝大多数人接受，白话译诗也很普遍，而胡适也已经功成名就，不必再去与反对派争夺话语权了。

其三，虽然胡适深受西方文化熏陶，主张翻译模仿西方的文学作品，引入西方先进的思想文化，但是他从小就在中国传统文化的氛围中成长，五七言古体诗对他有着根深蒂固的影响，可以说古体诗的美妙之处还是让胡适不能忘怀，在除去了文学革命的任务之后，胡适对五七言古体诗的真实情感也就表现了出来，这或许可以从另一方面解释胡适新诗理论与诗歌翻译和创作的矛盾。

改译在胡适的翻译中时有运用，但是胡适对林纾等的改译却颇有微词，这与他对待翻译批评的谨慎态度是不同的。林纾是我国近代文学翻译界的泰斗，是一位不通西文而译著颇丰的杰出翻译家，在长达 20 年的时间内，他每年几乎都有 10 种左右的译品问世。林纾精通古文，他的译文尽管流畅易懂，冲破了传统古文森严的文戒，使用了大量的白话口语，但仍旧主要运用了古文这一传统工具。胡适发起白话文运动，他认为时代变化的太快了，新的事物太多了，新的知识太复杂了，新的思想太广博了，那种简单的古文体，无论怎样变化都不能应付这个新时代的要求，终于失败了。失败最大的是严复式的译书，其次是林纾式的翻译小说，林译小说虽读者较多，但能读懂这种古文小说的人，实在是很少的，至于古文不能翻译外国近代文学的复杂文句和细致描写，这是能读懂外国原书的人都知道的。可见，胡适对林纾等的古文翻译从根本上是持否定态度的，他否定的不是林纾的译才，而是封建传统文人林纾使用的文字工具，是旧的工具所代表的传统的旧思想，而胡适等人所进行的白话文运动，实际上是号召世人从旧思想方式转向新思想方式，从旧思想转向新思想。可以说，五四时期的文白之争，实质上是新旧思想的斗争在文学观上的体现。因此，胡适对林纾等人的改译有很多微词，是有深层的社会文化动因的。

第三节　胡适译诗与早期新诗的诗学观念

梁实秋曾经说："我一向以为新文学运动的最大的成因，便是外国文学的影响……胡［适］先生对于新诗的功绩，我以为不仅是提倡以白话为工具，他还很大胆地提示出一个新的作诗的方向。"（梁实秋，1985：141）文学翻译不仅为新文学引进了新的文学理念，同时也为新诗的发展提供了某种范本和规范。胡适是"中国新诗体翻译的先锋"（高玉，2001：89）；他翻译的几十首诗歌，其诗歌翻译主题的选择、翻译诗体的流变、诗歌翻译理念以及在诗歌翻译中白话语言的尝试与探索，都揭示出胡适从顺应翻译时尚到引领和构建新兴译诗规范的演变。

一　主流政治话语与译诗主题

胡适的诗歌翻译集中在 1908～1925 年，早期主题集中于爱国尚武，中期关注哲学宗教，晚期则偏重人道、爱情。而这三个阶段，不仅反映出他自身文学翻译观念的演进，同时也反映了译入语文化的意识形态与理想价值。

辛亥革命之前，亡国灭种的普遍焦虑使文学翻译充满了救亡意识，胡适的译诗同样带有明显的功利性和政治化的倾向，他的译诗或洋溢着爱国热情，如《六百男儿行》；或表现民众的悲惨境遇，如《缝衣歌》；或歌颂自由恋爱、鞭笞封建婚姻制度，如《惊涛篇》。这些译诗顺应了反清救国的政治诉求和革命意识，主题与时代主流规范保持高度的一致。

到美国留学以后，胡适对文学的"济用"功能有了更深刻的认识：

> 文学大别有二：（一）有所为而为之者；（二）无所为而为之者……有所为而为之者，或以讽喻，或以规谏，或以感事，或以淑世……无所为而为之者……或感于一花一草之美，或震于上下古今之大；或叙幽欢，或伤别绪；或言情，或写恨。……更言之，则无所为而为之之文学，非真无所为也。其所为，文也，美感也；其有所为而为之，美感之外，兼及济用。（胡适，2001/1915c：237~240）

胡适开始对崭新的诗歌领域进行探索。这一阶段的译诗，除了拜伦的《哀希腊歌》似乎带有明显的"济用"和战斗热情之外，勃朗宁的《乐观主义》、爱默生的《大梵天》《康可歌》、凯切姆的《墓门行》更多地集中于宗教或玄学智慧，或对生死意义的感怀和思辨。译诗的主题宽泛了许多，包容性也逐渐增强；译诗不再纯粹是社会批评或变革的工具。而到了1919年，译诗几乎全是爱情诗。译诗也成为胡适"中国的文艺复兴"的重要组成部分。

二 译诗与现代文学观念构建

翻译最重要的功能之一是引进新的文学式样和主题，构建现代艺术规范。外国艺术观念和表达方式等必须转化为目的语文化可接受的艺术形态，方能产生理想的艺术效果；而翻译正是外国艺术顺应目的语文化艺术规范，或促使本土艺术规范发展、更新的主要手段。胡适的译诗引入的独语、爱情诗、哲理诗以及悲剧观念，丰富了传统译诗的诗学观念，同时也为现代新诗创作提供了范本与典范。

（一）"独语"

在《尝试集》再版自序中胡适曾言，"《应该》一首，用一个人的'独语'（monologue）写三个人的境地，是一种创体；古诗中只有《上山采蘼芜》略像这个体裁。以前的《你莫忘记》也是一个人的'独语'，但没有《应该》那样曲折的心理境地"（胡适，1998c：84~90）。且不论传统古诗中是否存在独语，至少胡适认为"独语"在中国诗歌中是一种创体。仔细阅读胡适的译诗就不难发现，独语首先是经由译诗而实现本土化，并在胡适的创作中得以实践的。在创作《你莫忘记》之前三个多月，白话译诗《老洛伯》便使用了内心独白：

> 我爹爹再三劝我嫁；
> 我妈不说话，他只眼睁睁地望着我，
> 望得我心里好不难过！
> 我的心儿早已在那大海里，
> 我只得由他们嫁了我的身子！（胡适，1919f：280）

无独有偶，译诗《关不住了!》和《希望》也都使用独白，而且也都在创作《应该》以前。这种时序上的先后在一定程度上揭示了独白本土化的路径，表现了译诗与创作的关系。在此之后，不论创作还是翻译，使用"独语"的诗歌都占了相当大的比例。译诗包括《译诗一篇》《清晨的分别》《你总有爱我的一天》《译薛莱的小诗》《月光里》等；而创作则包括《一颗星》《戏代慰慈作》《追悼许怡荪》《一笑》《我们的双生日》《别赋》等。

表面上看独语似乎只是"体裁"的引入，但实际上它涉及新的文学观念的构建。在中国传统诗歌中，第一人称单数的"我"，常常被淡化，被隐藏在社会群体或自然环境的背后，绝少以大写的个人出现。个体生命、个人的喜怒哀乐常常淹没在宏大叙事之中。独语中的"我"是文化转型期对人本主义的肯定和张扬，是艺术表现上偏重自我和内心世界的转向。

（二）哲理诗与爱情诗

哲理诗和直白的情诗似乎同样是通过译诗而进入创作，进而完成本土化的。朱自清曾经说，说理诗在"旧诗中极罕见"（朱自清，1981：2）；从 1914 年到 1915 年，胡适翻译的《乐观主义》《康可歌》《大梵天》《墓门行》等诗歌，基本上都属于抽象的说理诗。胡适曾记云："以骚体译说理之诗，殊不费气力而辞旨都畅达。"（胡适，2001/1914g：228～230）可见胡适对哲理诗的翻译有一种自觉的意识。其后的创作《他》《病中得冬秀书》《人力车夫》《看花》《应该》《梦与诗》等，都带有浓重的说理成分；一些创作也因此被贬斥为"枯燥无味的教训主义"（胡先骕，1922：119～142）。朱湘称，"在诗里面谈主义，就是一个大笑话"（朱湘，1926：4）。其实，朱湘的话只说对了一半，中国传统的确缺少哲理诗；但是，"诗的天地广阔，有如人生，不但能表现感情，也能提供知性；不但可以抒情，也可以说理"（余光中，2003：48）。文化转型必然要求诗歌包容更加广泛的经验领域；哲理诗经由译诗影响创作，进而影响中国的诗学观念。

十分有趣的是，胡适同时也是用白话翻译直露的情诗的先行者之一。他的白话译诗几乎全是情诗，而这些情诗又与他同期的创作有着剪不断、理还乱的复杂关系。朱自清曾言，在中国诗歌传统中"缺少情诗……为爱情而歌咏爱情的更是没有"（朱自清，1981：1～8）。爱情诗通过翻译丰富了传统文学的"感情模式与表述模式"（刘纳，1999：57～62）。胡适晚期的翻译，情诗不仅在数量上占绝对优势，而且"直露热烈，回肠荡气"（廖七一，2003：113～118）：

> 我坟上开的一朵紫罗兰，——
>
> 爱的遗迹，——你总会瞧他一眼；
>
> 你那一眼吗？抵得我千般苦恼了。
>
> 死算什么？你总有爱我的一天。（胡适，1998/1925：238）

胡适是性情中人，发乎情而止乎礼；他用翻译来曲折隐晦地表现情感纠葛，引发类似的创作冲动，并通过翻译引入了新的诗歌类型。

（三）悲剧意识

西方的悲剧意识是胡适通过翻译中介，创造性移植于自身创作的另一个因素。胡适的白话译诗《老洛伯》描写村妇的爱情无奈，后竟引来一些文人的模仿。这种模仿本身就反映出译诗对中国文坛的积极影响。然而，意义更为深远的是，译诗引入了"无可奈何"的悲剧意识，打破了传统文学中"牢不可破"的"团圆迷信"（胡适，1918f：4～17）。胡适曾经说"即是承认世上的人事无时无地没有极悲极惨的伤心境地，不是天地不仁，'造化弄人'，便是社会不良使个人消磨志气，堕落人格，陷入罪恶不能自脱。有这种悲剧的观念，故能发生各种思力深沉，意味深长，感人最烈，发人猛省的文学。这种观念乃是医治我们中国那种说谎作伪思想浅薄的文学的绝妙圣药。"（胡适，1918f：4～17）胡适稍后创作的《人力车夫》正是表现下层人民的悲惨与无奈，尽管力度和影响稍逊一筹。在其后的创作中，"无可奈何"逐渐发展为一个明显的主题，在《你莫忘记》、《应该》、《追悼许怡荪》、《怨歌》、《秘魔崖月夜》、《暂时的安慰》、《也是微云》和《无心肝的月亮》中，均有所表现。这些作品"硬起心肠说老实话"（胡适，1993/1919：489），真实地刻画令人痛惜的人生悲剧，改变了传统大团圆的思维定势。

独语、哲理诗、爱情诗以及现代悲剧观通过译诗进入中国文学视野，拓展了传统翻译观念，丰富了翻译文类形式库，进而融入现代文学的主流话语，成为社会普遍认可和接受的文学形式和观念。

三 译诗与语言形式规范

译者的翻译动机和预期的翻译目标往往决定了翻译文本的选择，翻译目的也自然决定了译者心目中特定的读者群，决定了是因袭传统诗体、沿用文言文，还是创造或尝试新的诗体、运用平民大众的白话。这也间接地决定了翻译的"手法与方式"（Reiss and Vermeer，1984：101），即坚持或顺应传统的翻译规范还是探索、开拓和构建新的翻译语言规范和诗体表现形式。

胡适曾借鉴意大利、英国、法国等国语言变迁的历史，阐明中国新文学必须走白话的道路，希望"输入新的表现方法，从而改革中国语文"（王宏志，2000：134）。胡适预见到欧美文学具备可资借鉴的诗风和诗体，有意识地"偏离或试图颠覆"传统的文学规范（Alvarez and Vidal，1996：7），通过"创造性的翻译、借用和改写"来更新译入语文字和诗体（Boase-Beier and Holman，1998：15）。

从形式上看，胡适的诗歌翻译经历了因袭文言五七言、探索骚体、尝试白话新诗的三个阶段。在《尝试集》的自序中，胡适称新的思想必须要求新的语言形式，"白话实在有文学的可能，实在是新文学的唯一利器"（胡适，1919e：44～55），认为只有诗体解放，"丰富的材料，精密的观察，高深的理想，复杂的感情，方才能跑到诗里去"（胡适，1919c：1～4）。他尝试新的诗体规范，"做五言诗，做七言诗，做严格的词，做极不整齐的长短句；做有韵诗，做无韵诗，做种种音节上的实验"（胡适，1919e：44～55），最后向完全的白话新诗体的转变。《老洛伯》是胡适用白话新诗体翻译的第一首诗歌：

> 羊儿在栏，牛儿在家，
> 静悄悄地黑夜，
> 我的好人儿早在我身边睡了，
> 我的心头冤苦，都逆作泪如雨下。（胡适，1918h：40～
> 44）

一年以后，译诗《关不住了!》成为他"'新诗'成立的纪元"：

> 我说，"我把心收起，
> 像人家把门关了，
> 叫'爱情'生生的饿死
> 也许不再和我为难了。"（胡适，1919f：280）

译诗不仅完全采用白话，而且还大胆地对韵式进行探索。原诗共3节，每节4行，用abcd韵，译诗也与原诗相同，即2、4行押韵；并且尝试了阴韵。卞之琳曾高度评价胡适对阴韵的尝试："可以说开一个纪元，后来，直至今日，只有陆志韦、闻一多等少数人了解过这个道理并也试用过。"（王克非，1997：219）译诗保持了原诗的排列形式，每行基本上保持3个"音组"或

"顿","顺着诗意的自然曲折,自然轻重,自然高下"。胡适还尝
试过三连韵:

> "你懂什么! 那可不真趁了我的心愿!　　c
>
> 我宁愿见伊的鬼,不愿看谁的面。　　c
>
> 可怜呵,我那会有那样的奇缘!"　　c(胡适,1918h:
> 40~4)

模仿原诗的抱韵:

> 刚转个湾,忽然眼前就是海了,　　a
>
> 太阳光从山头上射出去;　　b
>
> 他呢,前面一片黄金的大路,　　b
>
> 我呢,只剩一个空洞洞的世界了。　　a(胡适,1926d:
> 64~65)

《译葛德的"竖琴手"》借鉴了交韵:

> 谁不曾含着眼泪咽他的饭,　　a
>
> 谁不曾中夜叹息,睡了又重起,　　b
>
> 泪汪汪等候东方的复旦,——　a
>
> 伟大的神明呵,他不认识你。　b(胡适,1925c:15~16)

列费维尔曾经说过,翻译是"改写"的一种重要形式,翻译
"可以为主体文学引进新的表现手法,而且可以转变译人文化中
文学的功能观"(Lefevere,1992:38)。胡适的译诗正好在这两
个方面丰富和改变了译诗甚至白话诗歌创作的语言和形式规范,
实现了文学语言和诗体的现代化转型。

　　胡适的译诗不仅改变了国人的文学观念，丰富了翻译文类形式库，而且引发了翻译观念、翻译诗体、语言表现形式的变革，推动了现代翻译规范的创立。然而，在强调转型期主体文化内部需求对翻译的制约和操控的同时，我们也发现胡适作为翻译主体在译诗中"留下的痕迹"（Bassnett，1997a：7）。正是无数像胡适、刘半农、郭沫若等翻译家在诗歌翻译中的自觉探索与尝试，促进了传统翻译诗学在翻译动机、翻译主题、翻译目标、翻译语言和翻译表现形式等方面的深刻变化。在短短十余年间，文学翻译完成了从传统规范到现代规范的转变。

第四节　胡适诗歌翻译的社会文化功能

　　现代性是一个"发轫于西方，范畴宽泛的概念"（周宪、许均，2004：2）。它是怎样在异质的中国文化土壤上有效地成为中国诗歌 20 世纪 20 年代后的主要时代特质呢？"我想这大概和一些鼓吹现代性的中国文化和文学革命先行者的介绍和实践密切相关，而他们的介绍和实践又在很大程度上是通过翻译的中介来完成的……因此，从翻译文学的视角来重新思考中国文化和文学的现代性形成和历史演进无疑是切实可行的。"（王宁，2002：33 ~ 40）同样的道理，通过翻译诗歌这一视角来考察中国白话新诗现代性的发生和历史意义也应该是行之有效的。在中国白话新诗的发生和草创初期，以胡适为代表的诗歌翻译在诗体形式、表现方法和情感特质等方面为中国新诗摆脱传统诗歌美学规范的束缚积蓄了能量，以现代性的面孔表达着现代人的情思与时代精神。可以说，翻译为中国诗坛注入了现代性的血液，中国早期新诗的现代性孕育集中体现为译诗的现代性。

　　胡适是中国白话新诗创作的第一人，也是白话译诗的第一人。胡适的译诗不仅是他诗歌创作的有机组成部分，同时也为中国白话新诗的草创提供了可资借鉴的范例话语支持。然而，胡适译诗的意义远不止于此。胡适的译诗是提倡活的民众语言、创造新文学、反抗封建传统、张扬生命和人的价值、再造文明的武器。他在策动新文化运动的初期就明确指出："民国七年一月《新青年》复活之后，我们决心做两件事：一是不作古文，专用白话作文；二是翻译西洋近代和现代的文学名著。"（胡适，2009/1935：25~27）胡适的白话译诗正好将这两件事有机结合起来。胡适认为，文学革命在海外发难的时候，"我们早已看出白话散文和白话小说都不难得着承认，最难的大概是新诗"（胡适，2009/1935：25~27）。为了攻克白话新诗这个"唯一有待克服的堡垒"（胡适，1999：97），胡适除了身体力行、尝试创作白话新诗外，自然将白话译诗作为新诗草创的突破口。

首先，胡适的译诗为文学语言革命和白话入诗开辟了道路，在语言表达和诗体形式上引入了现代性。胡适的白话译诗与白话新诗的创作几乎是同步的。在胡适看来，白话入诗表面上虽然是一个形式问题，但语言的形式实际上又决定了诗歌的内容："五七言八句的律诗决不能容丰富的材料，二十八字的绝句决不能写精密的观察，长短一定的七言五言决不能委婉达出高深的理想与复杂的感情"，只有语言文字的革新和诗体的解放，"丰富的材料，精密的观察，高深的理想，复杂的感情，方才能跑到诗里去"（胡适，1919c：1~4）。与胡适的白话新诗比较起来，他的译诗不仅采用完全的白话，而且更少旧诗的痕迹。例如，在他著名的《尝试集》中既有同一时期的诗歌创作又有同一时期的诗歌翻译，我们仔细观察和分析就会发现，完全脱离"词曲的气味与声调"的诗只有《老鸦》、《老洛伯》、《关不住了!》和《希望》四首；而除《老鸦》之外，其余三首全是译诗。由此可见，译诗在胡适新诗创作和语言转折时期的重要作用和积极影响。卞之琳在谈到翻译对于中国现代诗的功过时曾说，"胡适自己借一首译

诗的顺利，为白话'新诗'开了路"，并认为胡适和他的同道
"通过模仿和翻译尝试，在五四运动时期促成了白话新诗的产生"
（卞之琳，1997：219），这无疑阐明了胡适的白话译诗在新诗创
作处于幼稚阶段时输入现代性的巨大推动作用。

　　其次，胡适的译诗在白话入诗和诗体解放两个方面所做的尝
试，不仅革新了诗歌语言工具和传统诗学观念，预示了新诗的方
向，而且具有现代人文主义的积极意义，使诗歌从贵族化转向大
众化。既然胡适将白话新诗看成文艺复兴和再造文明的利器，诗
歌翻译和创作必然以普通民众为指归。早在 1916 年胡适就指出，
"吾以为文学在今日不当为少数文人之私产，而当以能普及最大
多数之国人为一大能事"（胡适，2001/1916e：427～428）。事实
上，白话肩负的使命正好"是要把旧文化旧思想的缺点和新思想
的需要'传达'到更多的人，到底'文言'是极少知识分子所拥
有的语言"（叶威廉，1992：216），不能普及，不能行远。而白
话代替文言成为诗歌语言的正宗，能"促进文学接近文学的本
原"，使诗歌"充分地、自由地表现人的直观感受、真实情感和
深切的生活见解"（王铁仙，2003：170）。胡适的译诗不仅采用
白话，而且译诗表现的主题也同样是普通百姓和"下等人"特有
的生活与情感。以译诗《老洛伯》为例：

　　　　他去了没半月，便跌坏了我的爹爹，病倒了我的妈妈；
　　　　剩下一头牛，又被人偷去了。
　　　　我的吉梅他只是不回家！
　　　　那时老洛伯便来缠着我，要我嫁他。（胡适，1918h：40～
44）

　　该译诗描写的是一位普通村妇生活的艰难和感情的无奈，译诗
全篇和原诗一样，"作村妇口气，语语率真"（胡适，1918h：40～

44），完全是"引车卖浆之徒"的白话口语。胡适弃文言而用白话译诗使其作为新文化旗手贴近了平民大众，译诗本身也成为启蒙和宣扬新道德的号角。孔慧怡曾经指出，一旦译者"选择了译入语以后，在很大程度上就受他自己选择的语言文化参照系的限制"（孔慧怡，1999：88）。从这个意义上说，胡适的白话译诗具有深远的社会含义和政治意义。文言古文"能给极少数拥有闲暇和从事文化学习才能的人带来文盲大众无法染指的高贵社会地位和取得政治权利的途径。因而，这种书面语言，与其他任何制度一样，维护了传统中国中统治者和被统治者之间的等级界限……这场文学革命的目标就远远超出了对一种文学风格的破坏。这场革命的反对者所保护的是一完整的社会价值体系"（格里德，1989：81）。因此，看似简单的文字变革，不仅是文字工具的差异，而且更包含了中国阶级结构现代化的积极意义。

最后，白话语诗体大解放体现了胡适及其同道的文学和社会的历史进化观。林毓生在论述白话文的意义时认为，文学革命以前，文人学士"只是认为白话文是有效的宣传工具。但是强调白话文作为产生新文学的基础则自胡适开始，功不可没。"（林毓生，1988：235）在胡适看来，白话文学是中国历史上的"自然趋势，这是历史的事实"（胡适，2009/1935：25～27）。中国文学史是一部工具变迁史，是用活的语言、活的文学代替死的语言、死的文学的历史。他援引欧洲文艺复兴时各国"活文学"为例，证明白话是文学的正宗与必然："欧洲中古时，各国皆有俚语，而以拉丁语为文言，凡著作书籍皆用之，如吾国之以文言著书也。其后意大利有但丁诸文豪，始以其国俚语著作。诸国踵兴，国语亦代起……故今日欧洲诸国之文学，在当日应为俚语。"（胡适，1917：26～36）一个时代有一个时代的文学；一个时代有一个时代的语言形式，这也是自然的趋势。胡适和他的同道提倡白话文与但丁提倡俚语的本质相似性还在于，语言不仅仅是表情达意的工具，更不仅仅是一个形式问题，而是“思想的解放和思维方式的解放”，是民族意识和文学程序及其观念的建构（周海波，2000：70）。除“活的文学”外，胡适白话译诗的另一个重要特征就是提倡“人的文学”，即文学在内容上也必须反映时代的脉搏，体现时代的精神。胡适认为，以白话取代文言的语言变革运动实质上构成了中国现代新文学运动的有机组成部分。如果说欧洲文艺复兴“将人从中世纪的封建神学束缚下解放出来，还原充满生命力、充满自由意志和理性的人”的话，那么胡适和他同道的译诗就是要将民众从封建的桎梏下解脱出来，肯定人的自然属性与世俗生活的意义。他的译诗要么抨击不平等的社会制度，表现出对弱势群体的同情：

爵爷的宴会要他奏乐，
太太不时高兴又要他奏乐。
直到后来他的小头发痹，
他的小脑要昏晕了。（天风，1919：48～49）

要么肯定人性的解放和颂扬对爱情的追求：

一屋里都是太阳光，
这时候爱情有点醉了，
他说，“我是关不住的，
我要把你的心打碎了！”（胡适，1919f：280）

要么抒发人生的屈辱与悲哀：

谁不曾含着眼泪咽他的饭，
谁不曾中夜叹息，睡了又重起，

> 泪汪汪地等待东方的复旦，——
>
> 伟大的神明呵，他不认识你。（胡适，1925c：15~16）

要么表现砸碎旧世界，创造新世界的大无畏精神：

> 要是天公换了卿和我，
>
> 该把这糊涂世界一齐都打破，
>
> 要再磨再炼再调和，
>
> 好依着你我的安排，把世界重新造过。（胡适，1919g：
> 38）

　　胡适的上述译诗，不仅在语言、语体、韵律和节奏等诸方面冲破了中国固有的诗歌审美观念和形式观念，为白话新诗的创作提供了借鉴，同时也表现了胡适反抗封建礼教、颂扬人的价值与尊严的人文主义时代精神，是中国文艺复兴运动中新文学的典范。然而，这个层面的分析仅仅是胡适译诗的社会功能，还不能概括胡适译诗的全部意义。作为新文学革命的发难者和新文化运动的旗手，胡适的诗歌翻译，尤其是在国家民族文化转型期对外国文学的译介，显然有更深刻的思考和期盼，因而我们不能仅仅停留在其译诗的这种"工具"层面上。有论者称，在中国文化转型、中西文化剧烈冲突的语境中，白话译诗作为"一种新文体，本身所肩负的使命比诗这一品种所应承担的重得多"（龙泉明，1995：135）。换言之，白话译诗具有"由文学现象承载文化现象的特点"（吕进，2000：44）。胡适把新文化运动比附成欧洲文艺复兴，显然有哲学和历史进化论的考量。

　　第一，在胡适看来，诗歌翻译是一种移植或嫁接形式。中国传统诗歌犹如一颗衰老的果树。胡适在《建设的文学革命论》中，曾深刻地描述了半死的中国传统文学：

中国文学的方法实在不完备，不够作我们的模范。即以体裁而论，散文只有短篇，设（没）有布置周密，论理精严，首尾不懈的长篇；韵文只有抒情诗，绝少纪事诗，长篇诗更不曾有过；戏本更在幼稚时代，但略能纪事掉文，全不懂结构；小说好的，只不过三四部，这三四部之中，还有许多疵病；至于最精采之"短篇小说"，"独幕剧"，更没有了。（胡适，1918a：6～23）

而谈到西洋文学，胡适则认为其方法"实在完备得多……我们如果真要研究文学的方法，不可不赶紧翻译西洋名著，做我们的模范"（胡适，1918a：6～23）。很明显，胡适已经意识到，诗歌翻译实际上是引入文化他者，是复壮民族语言和创造新文学的手段。他在其著名的《白话文学史》中曾论述过翻译的积极意义，认为佛经翻译"给中国文学史开了无穷新意境，创造了不少新文体，添了无数新材料"（胡适，1998a：231）。如此看来，译诗嫁接在中国传统文学的树桩上，有望长出结满丰硕果实的枝条来。

第二，译诗是胡适对中国文化演进所进行的哲学思考的取样。中国文化的衰落是"五四"前后知识分子痛心疾首而又无可奈何的关注焦点。近两百年来，中国承受了西方军事、经济和政治上的挑战，但从深层次上说，中西文化的本质冲突还是"西方价值对中国价值的挑战，西方文化对中国文化的挑战。的确，这不止是一国族兴亡的问题，也是一个文化绝续的问题"（金耀基，1987：5）。总体而言，中国对西方的接受从时间和难易程度上分为器物、制度和精神文化三个层面。随着时间的推移，器物技能比较容易为中国接受，西方的制度也在一定程度上能被中国陆续模仿而逐渐采纳，唯有西方的精神文化"却很少为中国接受，这就形成了中国文化的'脱序'（或失调）的现象"（金耀基，1987：
11）。胡适等人策动的新文化运动，正是要为中国的现代政治建
立"思想文化的基础"。而白话译诗，作为引进、借鉴和模仿西
方精神文化的一种形式，暗含了胡适为寻求现代政治经济文明而
模仿文艺复兴运动的动机。在胡适心目中，"凡富于创造的人，必
敏于模仿，凡不善于模仿的人决不能创造"（陈子伶，1996：130）。
我们从中可以看出，胡适倡导的白话译诗实质上就是他所谓的精
神文化意义上的模仿。

　　翻译作为不同语言之间的转换，两种语言"相互定位、相互
影响和相互澄清……每一种语言都通过另一种语言对自身有了更
为清晰的意识，意识到它自己的可能性与局限性"（刘禾，2002：
26）。文化交流又何尝不是如此！欧洲的文艺复兴运动能否在中
国再现？中国能否因思想文化的复兴而出现现代政治民主与经济
发展？这就涉及"历史的可译性"（Translatability of History）问
题（殷国明，1999：155），对胡适而言，这种历史的可译性主要
表现在如下两个方面：其一，诗歌翻译"试图引进一种历史转
换，使西方的意识情感在中国语境中再次呈现"（殷国明，1999：
158），在诗歌创作和翻译中，白话入诗能否实现，涉及"欧洲三
百年前的文艺复兴运动能不能在中国重演或重现"，因而必须
"找出一种历史的相通之处和必然联系"。若如此，西方文艺复兴
及其文学观念就"不单单是一种资料和参照，而成为一种可翻译
和转换的过程"（殷国明，1999：157）。其二，胡适希望从文学
的历史可译性推而广之，探索中国社会文化的现代化途径。既然
欧洲民族语言与文学的兴起能在中国重演，那么文艺复兴在欧洲
带来的社会和政治进步也同样可能在中国出现。中国文艺复兴运
动也必然会为中国的政治现代化奠定坚实的基础。胡适曾将五四
运动视为"一场不幸的政治干扰"（胡适，1999：212），声称不
谈政治，其目的正是希望历史的可译性进程不至于因政治干扰而

毁掉。从中我们可以看出，胡适强调了白话译诗和中国文艺复兴
的一体性。唐晓渡在论述新文学对中国现代思想文化的影响时指
出，新文学的"影响主要还不在实用的层面，而在于从根本上改
变了所谓'语言的世界图像'，首先是时间图像"，它"彻底抛弃
了传统文化时间观的循环轮回模式……摆脱了'过去'的纠缠并
始终面向未来，它同时获得了道德上的清白无瑕和价值上的优先
权，从而立即成为话语权的真正制高点"（唐晓渡，1997：54）。
正如胡适所言，"民主中国的制度……既是哲学传统的产物，又
是哲学传统的化身"，这说明胡适深悟在中国文化的现代转型时
期，诗歌翻译作为文化现象所承载的历史使命和所具有的独特文
化价值。总而言之，胡适的译诗确实是他"文化哲学思维方式的
一种文学实践形式"（吕进，2000：46）。

参考文献

埃利奥特，1994，《哥伦比亚美国文学史》，朱通伯等译，四川辞书出版社。

卞之琳，1997，《"五四"以来翻译对于中国新诗的功过》，载王克非编著《翻译文化史论》，上海外语教育出版社。

伯恩斯、佩尔塔森、克罗宁，1993，《美国式民主》，谭君久、楼仁煊、孙心强、王胜明译，中国社会科学出版社。

蔡元培，1923，《五十年来中国之哲学》，申报馆编《最近之五十年》，申报馆。

陈独秀，1915，《敬告青年》，《新青年》第 1 卷 1 号。

陈独秀，1916a，《一九一六年》，《新青年》第 1 卷 5 号。

陈独秀，1916b，《吾人最后之觉悟》，《青年杂志》第 1 卷第 6 号。

陈独秀，1916c，《宪法与孔教》，《新青年》第 2 卷第 3 号。

陈独秀，1916d，《孔子之道与现代生活》，《新青年》第 2 卷第 4 号。

陈独秀，1917a，《答俞颂华》（宗教与孔子），《新青年》第 3 卷第 1 号。

陈独秀，1917b，《旧思想与国体问题》，《新青年》第 3 卷第 3 号。

陈独秀，1917c，《答胡适之》（文学革命），《新青年》第 3 卷第 3 号。

陈独秀，1917d，《文学革命论》，《新青年》第 2 卷第 6 号。

陈独秀，1919，《〈山东问题和国民觉悟〉——对外对内两种彻底的觉悟》，《每周评论》第 23 号。

陈福康，1992，《中国译学理论史稿》，上海外语教育出版社。

陈绛，1993，《西学传播与晚清社会的蜕变》，《复旦学报》（社会科学版）第 3 期。

陈金淦，1989，《胡适研究资料》，北京十月文艺出版社。

陈平原，2001，《经典是怎样形成的——周氏兄弟等为胡适删诗考》（二），《鲁迅研究月刊》第 5 期。

陈平原，2002，《思想史视野中的文学——〈新青年〉研究》（上），《中国现代文学研究丛刊》第 3 期。

陈平原，2003，《思想史视野中的文学——〈新青年〉研究》（下），《中国现代文学研究丛刊》第 1 期。

陈万雄，1997，《五四新文化的源流》，三联书店。

陈子伶，1996，《胡适文化观研究》，载沈寂主编《胡适研究》（第一辑），东方出版社。

多林，1997，《引言》，载雅赛《重申自由主义：选择．契约、协议》，陈茅、徐力源、刘春瑞译，中国社会科学出版社。

莪默，2003，《鲁拜集》，郭沫若译，中国社会科学出版社。

费正清，2017/1982，《费正清中国回忆录》，中信出版集团。

冯友兰，1984，《三松堂自序》，三联书店。

冯至译，1956，《海涅诗选》，人民文学出版社。

高旭东，2000，《五四文学与中国文学传统》，山东大学出版社。

高一涵，1918，《非"君师主义"》，《新青年》第 5 卷第 6 号。

高玉，2001，《"异化"与"归化"——论翻译文学对中国现代文学发生的影响极其限度》，《江汉论坛》第 1 期。

高玉，2007，《近 80 年鲁迅文学翻译研究检讨》，《社会科学研究》第 3 期。

格里德，1989，《胡适与中国的文艺复兴——中国革命中的自由

　　主义》，鲁齐译，王优琴校，江苏人民出版社。

耿云志，1995，《胡适研究丛刊》（第 1 辑），北京大学出版社。

辜正坤，2003，《中西诗比较鉴赏与翻译理论》，清华大学出版社。

谷银波、郑师渠，2006，《北洋政府与新文化运动》，《中州学刊》
　　第 3 期。

顾颉刚，1982，《古史辨》（第 1 册），上海古籍出版社。

郭延礼，1998，《中国近代翻译文学概论》，湖北教育出版社。

韩毓海，1998，《中国当代文学在资本全球化时代的地位》，《战
　　略与管理》第 5 期。

韩毓海，1999，《相约"98"，告别"98"——新年答客问》，《中
　　国图书商报》2 月 9 日。

赫胥黎，1971，《进化论与伦理学》，科学出版社。

胡适，1911，《寄吴又陵先生书》，《白话文选》。

胡适，1917，《文学改良刍议》，《新青年》第 2 卷第 5 号。

胡适，1918a，《建设的文学革命论》，《新青年》第 4 卷第 4 号。

胡适，1918b，《文学进化观念与戏剧改良》，《新青年》第 5 卷第
　　4 号。

胡适，1918c，《易卜生主义》，《新青年》第 4 卷第 6 号。

胡适，1918d，《贞操问题》，《新青年》第 5 卷第 1 号。

胡适，1918e，《惠施公孙龙之哲学》，《东方杂志》第 15 卷第 5 号。

胡适，1918f，《文学进化观念与戏剧改良》，《新青年》第 5 卷第
　　4 号。

胡适，1918g，《新婚杂詩》，《新青年》第 4 卷第 4 号。

胡适，1918h，《老洛伯》，《新青年》第 4 卷第 4 号。

胡适，1918i，《奔丧到家》，《每周评论》第 1 号。

胡适，1919a，《新思潮的意义》，《新青年》第 7 卷第 1 号。

胡适，1919b，《多研究些问题、少谈些"主义"》，《每周评论》
　　第 31 号。

胡适，1919c，《谈新诗——八年来一件大事》，《星期评论》纪念
　　专号。

胡适，1919d，《论贞操问题——答蓝志先》，《新青年》第 6 卷第
　　4 号。

胡适，1919e，《我为什么要做白话诗》，《新青年》第 6 卷第 5 号。

胡适，1919f，《关不住了!》，《新青年》第 6 卷第 3 号。

胡适，1919g，《希望》，《新青年》第 6 卷第 4 号。

胡适，1920，《译张籍的节妇吟》，《新青年》第 8 卷第 3 号。

胡适，1922a，《我的歧路》，《努力周报》第 7 期。

胡适，1922b，《读楚辞》，《读书杂志》第 1 期。

胡适，1922c，《蕙的风》，《努力周报》第 21 期。

胡适，1922d，《康白情的草儿》，《读书杂志》第 1 期。

胡适，1922e，《俞平伯的冬夜》，《读书杂志》第 2 期。

胡适，1922f，《北京的平民文学》，《读书杂志》第 2 期。

胡适，1923，《五十年来之中国文学》，申报馆编《最近之五十年》，
　　申报馆。

胡适，1924，《不见也有不见的好处……》，《语丝》第 2 期。

胡适，1924，《差不多先生传》，《兴华》第 21 卷第 26 号。

胡适，1925/1922，《三国志演义·序》，载罗贯中著、汪原放标点
　　《三国演义》，亚东图书馆。

胡适，1925a，《吴歌甲集序》，《国语周刊》第 17 期。

胡适，1925b，《老章又反叛了!》，《国语周刊》第 12 期。

胡适，1925c，《竖琴手》，《晨报副刊》，10 月 8 日。

胡适，1926a，《我们对于西洋近代文明的态度》，《现代评论》第
　　4 卷第 83 号。

胡适，1926b，《译诗三首》，《现代评论》第一年周年纪念增刊。

胡适，1926c，《死者》，《民国日报》副刊《觉悟》，6 月 21 日。

胡适，1926d，《清晨的分别》，《现代评论》第一年周年纪念增刊。

胡适，1929a，《我们走那条路?》，《新月》第 2 卷第 10 号。

胡适，1929b，《知难，行亦不易——孙中山先生的"行易知难说"述评》，《新月》第 2 卷第 4 号。

胡适，1930a，《介绍我自己的思想》，《新月》第 3 卷第 4 号。

胡适，1930b，《在上海（一九〇四——一九一〇）》（一），《新月》第 3 卷第 7 号。

胡适，1930c，《（二）评"梦家诗集"》，《新月》第 3 卷第 5 ~ 6 号。

胡适，1931a，《我的信仰》，《上海青年（上海 1902）》第 31 卷第 4 期。

胡适，1931b，《在上海》（二），《新月》第 3 卷第 10 号。

胡适，1934，《逼上梁山：文学革命的开始》，《东方杂志》第 31 卷第 1 期。

胡适，1935，《个人自由与社会进步——再谈五四运动》，《独立评论》第 150 期。

胡适，1936，《谈谈"胡适之体"的诗》，《自由评论》（北平）第 12 期。

胡适，1947，《谈"绝句"的一封信》，《申报》，12 月 6 日。

胡适，1948a，《自由主义》，《广播周报》。

胡适，1948b，《人生问题》，北平《世界日报》，8 月 13 日。

胡适，1952，《什么是"国语的文学"、"文学的国语"》，台北《"中央"日报》，12 月 8 日、9 日。

胡适，1983，《胡适口述自传》，唐德刚译注，华东师范大学出版社。

胡适，1984，《尝试集》，人民文学出版社。

胡适，1993/1919，《〈人道主义〉的真面目》，载姜义华编《胡适学术文集·新文学运动》，中华书局。

胡适，1993/1958，《中国文艺复兴运动》，载姜义华《胡适学术文集》，中华书局。

胡适，1994/1911，《译诗一首》，载耿云志主编《胡适遗稿及秘
　　藏书信》（11），黄山书社。

胡适，1996/1918，《致胡近仁》，载欧阳哲生、耿云志编《胡适书
　　信集》（上），北京大学出版社。

胡适，1996/1919，《致〈晨报〉副刊》，载欧阳哲生、耿云志编
　　《胡适书信集》上，北京大学出版社。

胡适，1998/1906，《物竞天择适者生存试申其义》，载欧阳哲生编
　　《胡适文集》（9），北京大学出版社。

胡适，1998/1914，《哀希腊歌》序，载欧阳哲生编《胡适文集》
　　（9），北京大学出版社。

胡适，1998/1917，《病中得冬秀书》，载欧阳哲生编《胡适文集》
　　（9），北京大学出版社。

胡适，1998/1919，《关不住了!》，载欧阳哲生编《胡适文集》（9），
　　北京大学出版社。

胡适，1998/1925，《你总有爱我的一天》，载欧阳哲生编《胡适文
　　集》（9），北京大学出版社。

胡适，1998/1932，《谈谈诗经》，载欧阳哲生编《胡适文集》（5），
　　北京大学出版社。

胡适，1998a，《白话文学史》，载欧阳哲生编《胡适文集》（8），
　　北京大学出版社。

胡适，1998b，《胡适口述自传》，载欧阳哲生编《胡适文集》（1），
　　北京大学出版社。

胡适，1998c，《尝试集》（再版自序），载欧阳哲生编《胡适文集》
　　（9），北京大学出版社。

胡适，1998d，《尝试集》（四版自序），载欧阳哲生编《胡适文集》
　　（9），北京大学出版社。

胡适，1998e，《文学革命的结胎时期》，载欧阳哲生编《胡适文
　　集》（1），北京大学出版社。

胡适，1998f，《从文学革命到文艺复兴》，载欧阳哲生编《胡适文集》（1），北京大学出版社。

胡适，1998g，《一首白话诗引起的风波》，载耿云志选编《胡适论争集》上卷，中国社会科学出版社。

胡适，1999，唐德刚译注《胡适口述自传》，安徽教育出版社。

胡适，2001/1911a，《哭乐亭诗》，载曹伯言编《胡适日记全编》（1），安徽教育出版社。

胡适，2001/1911b，《程乐亭小传》，载曹伯言编《胡适日记全编》（1），安徽教育出版社。

胡适，2001/1913，《道德观念之变迁》，载曹伯言编《胡适日记全编》（1），安徽教育出版社。

胡适，2001/1914a，《国家主义与世界主义》，载曹伯言编《胡适日记全编》（1），安徽教育出版社。

胡适，2001/1914b，《"容忍迁就"与"各行其是"》，载曹伯言编《胡适日记全编》（1），安徽教育出版社。

胡适，2001/1914c，《波士顿游记》，载曹伯言编《胡适日记全编》（1），安徽教育出版社。

胡适，2001/1914d，《论充足的国防》，载曹伯言编《胡适日记全编》（1），安徽教育出版社。

胡适，2001/1914e，《赴亥叟先生之丧》，载曹伯言编《胡适日记全编》（1），安徽教育出版社。

胡适，2001/1914f，《自杀篇》，载曹伯言编《胡适日记全编》（1），安徽教育出版社。

胡适，2001/1914g，《乐观主义》，载曹伯言编《胡适日记全编》（1），安徽教育出版社。

胡适，2001/1915a，《女子教育之最上目的》，载曹伯言编《胡适日记全编》（2），安徽教育出版社。

胡适，2001/1915b，《送梅觐庄往哈佛大学诗》，载曹伯言编《胡适日记全编》(2),安徽教育出版社。

胡适,2001/1915c,《论文学》,载曹伯言编《胡适日记全编》(2),
    安徽教育出版社。

胡适,2001/1915d,《再游波士顿记》,载曹伯言编《胡适日记全
    编》(2),安徽教育出版社。

胡适,2001/1915e,《印象派诗人的六条原理》,载曹伯言编《胡
    适日记全编》(1),安徽教育出版社。

胡适,2001/1916a,《文学革命八条件》,载曹伯言编《胡适日记
    全编》(2),安徽教育出版社。

胡适,2001/1916b,《吾对于政治社会事业之兴趣》,载曹伯言编
    《胡适日记全编》(2),安徽教育出版社。

胡适,2001/1916c,《吾国历史上的文学革命》,载曹伯言编《胡
    适日记全编》(2),安徽教育出版社。

胡适,2001/1916d,《谈活文学》,载曹伯言编《胡适日记全编》
    (2),安徽教育出版社。

胡适,2001/1916e,《觐庄对余新文学主张之非难》,载曹伯言编
    《胡适日记全编》(2),安徽教育出版社。

胡适,2001/1916f,《论译诗寄陈独秀》,载曹伯言编《胡适日记
    全编》(2),安徽教育出版社。

胡适,2001/1917,《归国记》,载曹伯言编《胡适日记全编》(2),
    安徽教育出版社。

胡适,2001/1921,《8月9日日记》,载曹伯言编《胡适日记全编》
    (3),安徽教育出版社。

胡适,2001/1922,《7月15日日记》,载曹伯言编《胡适日记全编》
    (3),安徽教育出版社。

胡适,2001a,载曹伯言编《胡适日记全编》(1),安徽教育出版社。

胡适,2001b,载曹伯言编《胡适日记全编》(3),安徽教育出版社。

胡适,2003/1921,《与高梦旦谈自己的婚姻》,载《胡适全集》

第 29 卷，安徽教育出版社。

胡适，2005，《中国古代政治思想史的一个看法》，载《胡适的声音 1919—1960 胡适演讲集》，广西师范大学出版社。

胡适，2007，唐德刚译《胡适口述自传》，广西师范大学出版社。

胡适，2009/1935，《〈建设理论集〉导言》，载鲁迅等著、刘运峰编《1917—1927 中国新文学大系导言集》，天津人民出版社。

胡适，2012，叶君主编《胡适文选·假设与求证》，北方文艺出版社。

胡适，2013/1920，《论女子为强暴所污——答萧宜森》，载《胡适往来书信选》，社会科学文献出版社。

胡适，2013，《中国古代哲学史·自序》，载叶君主编《胡适文选·文学与哲学》，北方文艺出版社。

胡适，2015，《中国哲学里的科学精神和方法》，载耿云志编《中国近代思想家文库 胡适卷》，中国人民大学出版社。

胡适，2016a，《中国抗战也是要保卫文化的一种方式》，载《容忍与自由 胡适演讲集》，中国画报出版社。

胡适，2016b，《少年中国之精神》，载《容忍与自由 胡适演讲集》，中国画报出版社。

胡适、汉民、仲恺，1919，《女子解放从那里做起?》，《星期评论》第 8 期。

胡适、钱玄同，1918，《论小说及白话韵文》，《新青年》第 4 卷第 1 号。

胡适、王庸工、王醒侬，1916，《独秀先生足下，二月三日……》，《新青年》第 2 卷第 2 号。

胡适之，1928，《戒酒》，《新月》第 1 卷第 7 号。

胡适之，1929，《论翻译：寄梁实秋，评张友松先生评徐志摩的曼殊斐儿小说集》，《新月》第 1 卷第 11 号。

胡适之，1930，《慈幼的问题》，《慈幼月刊》第 5 期。

胡适之、甘蛰仙，1921，《好政府主义》，《晨报副刊》11 月 18 日。

胡适之、孟侯，1925，《新文学运动之意义》，《晨报副刊》10 月 10 日。

胡先骕，1922，《评尝试集》，《学衡》第 1 期。

胡梓方，1906，《发刊辞》，《竞业旬报》第 1 期。

黄杲炘，1999，《从柔巴依到坎特伯雷——英语诗汉译研究》，湖北教育出版社。

黄克武，2000，《自由的所以然：严复对约翰·密尔自由思想的认识与批判》，上海书店出版社。

黄燎宇、赫费编，2010，《以启蒙的名义》，北京大学出版社。

黄平，1996，《解读》，《读书》第 6 期。

季羡林，2003，《胡适全集》第 42 卷，安徽教育出版社。

季羡林，2010，《站在胡适之先生墓前》，《武汉文史资料》第 6 期。

江枫、许钧，2001，《形神兼备，诗歌翻译的一种追求》，载许钧《文学翻译的理论与实践——翻译对话录》，译林出版社。

姜秋霞、郭来福，2007，《多元系统中诗歌创作与诗歌翻译的互动——一项基于胡适、郭沫若作品分析的描述性研究》，《外国文学研究》第 6 期。

姜新艳，2013，《穆勒：为了人类的幸福》，九州出版社。

姜义华，1998，《胡适学术文集·中国哲学卷》（上），中华书局。

姜义华，2000，《理性缺位的启蒙》，上海三联书店。

蒋洪新，2001，《英诗新方向——庞德、艾略特诗学理论与文化批评研究》，湖南教育出版社。

金林祥，1994，《蔡元培教育思想研究》，辽宁教育出版社。

金耀基，1987，《中国的现代化》，载姜义华编《港台及海外学者论近代中国文化》，重庆出版社。

卡西尔，1985，《人论》，上海译文出版社。

克里普克，2017，《维特根斯坦论规则和私人语言》，周志羿译，漓江出版社。

孔慧怡，1999，《翻译·文学·文化》，北京大学出版社。

孔慧怡、杨承淑，2000，《亚洲翻译传统与现代去向》，北京大学
　　出版社。

雷池月，1999，《主义之不存，遑论乎传统——闲话自由主义和
　　中国知识分子的关系》，《书屋》第 4 期。

李敖，2006，《胡适研究》，中国友谊出版公司。

李大钊，1916，《青春》，《新青年》第 2 卷第 1 号。

李大钊，1962/1926，《马克思的中国民族观》，载《李大钊选集》，
　　人民出版社。

李欧梵，2000，《现代性的追求》，三联书店。

李庆西，2000，《何谓"自由主义知识分子"》，《读书》第 2 期。

李延，1992，《论胡适在〈新青年〉前期文学活动的意义与局限》，
　　《上海师范大学学报》第 2 期。

李泽厚，1987，《胡适、陈独秀、鲁迅——"五四"回想之三》，
　　《福建论坛》第 2 期。

李泽厚，1996，《再说"西体中用"——在广州中山大学香港中
　　文大学演讲》，《原道》第 3 辑。

梁劲泰，2008，《佛教平等观在中国的历史发展》，载杜丽燕主编
　　《中外人文精神研究》（第 1 辑），中国大百科全书出版社。

梁启超，1902a，《论自由》，《新民丛报》，5 月 8 日、22 日。

梁启超，1902b，《论进步》，《新民说十》，6 月 20 日、7 月 5 日。

梁启超，1903，《说希望》，《新民丛报》第 31 期。

梁启超，1921，《清代学术概论》，商务印书馆。

梁启超，1937，《子墨子学说》，中华书局出版社。

梁实秋，1985，《新诗的格调及其他》，载杨匡汉、刘福春《中国
　　现代诗论》，花城出版社。

梁实秋，1997，《怀念胡适先生》，载郜元宝编《胡适印象》，学

林出版社。

廖七一，2001，《当代英国翻译理论》，湖北教育出版社。

廖七一，2003，《诗歌翻译——胡适伸展情感的翅膀》，《四川外
　　语学院学报》第 4 期。

廖七一，2004，《译者意图与文本功能》，《解放军外国语学院学
　　报》第 1 期。

廖七一，2006，《胡适诗歌翻译研究》，清华大学出版社。

廖七一，2009，《胡适译诗与现代翻译规范的构建》，《译苑新谭》。

廖仲恺，1994，《廖仲恺致胡适信》，载耿云志主编《胡适遗稿及
　　秘藏书信》38，黄山书社。

林纾，1917，《论古文之不宜废》，《学生周刊》第 2 期。

林毓生，1988，《中国传统的创造性转化》，三联书店。

刘禾，2002，《跨语际实践——文学，民族文化语被译介的现代
　　性》，宋伟杰译，三联书店。

刘敏，2003，《海涅歌集中的爱情主题》，《外国文学》第 4 期。

刘纳，1999，《辛亥革命时期至"五四"时期翻译文学的价值取
　　向》，《荆州师专学报》第 1 期。

刘乃银，1989，《谈胡适〈尝试集〉中的几首译诗》，《中国翻译》
　　第 5 期。

刘扬烈，2000，《中国新诗发展史》，重庆出版社。

龙泉明，1995，《"五四运动"白话新诗的"非诗化"倾向及历
　　史局限》，《文学评论》第 1 期。

龙泉明，1999，《中国新诗流变论》，人民文学出版社。

卢梭，1958，《民约论》（《社会契约论或政治权利原理》），何兆
　　武译，法律出版社。

鲁迅，1918，《狂人日记》，《新青年》第 4 卷第 5 号。

鲁迅，1923，《呐喊·自序》，《晨报·文学旬刊》第 9 期。

鲁迅等，2009/1935，《1917—1927 中国新文学大系导言集》，刘

运峰编，天津人民出版社。

吕进，2000，《文化转型与中国新诗》，重庆出版社。

吕叔湘，2002，《中诗英译比录》，中华书局。

罗家伦，2015/1950，《元气淋漓的傅孟真》，载《逝者如斯集》，
　　商务印书馆。

罗素，2015，《西方哲学史及其与从古代到现代的政治、社会情
　　况的联系》下卷，马元德译，商务印书馆。

罗章龙，1999，《椿园载记》，生活·读书·新知三联书店。

洛克，2011，《洛克谈人权与自由》，石磊译，天津社会科学院出
　　版社。

迈尔，2012，《进化是什么》，田洺译，上海科学技术出版社。

毛子水，1919，《国故和科学的精神》，《新潮》第1卷第5号。

毛子水，2002，《胡适传》，载黄艾仁编《胡适传记三种》，安徽
　　教育出版社。

梅光迪，1981，《评提倡新文化者》，载郑振铎主编《新文学大系·
　　文学论争集》，上海文艺出版社。

蒙兴灿，2011，《翻译的现代性与历史的可译性——论胡适白话
　　译诗的社会文化功能》，《浙江学刊》第5期。

密尔，2010，《论自由》，顾肃译，译林出版社。

墨子，2006，《墨子校注》，中华书局。

穆木天，1985，《谭诗——寄沫若的一封信》，载杨匡汉、刘福春
　　《中国现代诗论》，花城出版社。

欧阳哲生，1997，《胡适与北京大学》，《北京大学学报》（哲学
　　社会科学版）第3期。

欧阳哲生，2003，《自由主义之累 胡适思想之现代阐释》，江西
　　教育出版社。

欧阳哲生，2009，《前言：胡适的文化世界》，载欧阳哲生编《再
　　读胡适》，大众文艺出版社。

潘公展，1919，《实验主义：记胡适之先生在江苏省教育会演说辞》，《新教育》第 1 卷第 3 号。

潘文国，2009，《五四前后英诗汉译的社会文化研究·序一》，载蒙兴灿《五四前后英诗汉译的社会文化研究》，科学出版社。

钱理群，2003，《北京大学教授的不同选择》，《文艺争鸣》第 1 期。

钱理群、温儒敏、吴福辉，1998，《中国现代文学三十年》（修订本），北京大学出版社。

钱玄同，1918，《尝试集序》，《新青年》第 4 卷第 2 号。

琼斯，1986，《意象派诗选》，裘小龙译，漓江出版社。

任鸿隽，1915，《科学与教育》，《科学》第 1 卷第 12 号。

任继愈，1979，《学习中国哲学史的三十年》，《哲学研究》第 9 期。

沈寂，1996，《时代碣鉴——胡适的白话文·政论·婚恋》，重庆出版社。

沈寂，2000，《胡适研究》（第 2 辑），安徽教育出版社。

沈苏儒，1998，《论信达雅——严复翻译理论研究》，商务印书馆。

史景迁，1997，《文化类同与文化利用》，廖世奇、彭小樵译，北京大学出版社。

斯诺，1984/1937，《西行漫记》/《红星照耀中国》（《西行漫记》），董东山译，新华出版社。

宋伯鲁，1898，《宋侍御奏请经济岁举归并正科并各省岁科试迅即改试策论折》，《知新报》第 61 期。

孙伏园，1922，《我的歧路！》，《努力周报》。

孙玉石，1999，《中国现代主义诗潮史论》，北京大学出版社。

索绪尔，1980，《普遍语言学教程》，高名凯译，商务印书馆。

谭好哲，2000，《文艺与意识形态》，山东大学出版社。

唐德刚，1990，《胡适杂忆》，华文出版社。

唐德刚，1998，《胡适口述自传》，载欧阳哲生编《胡适文集》（1），北京大学出版社。

唐晓渡，1997，《五四新诗的"现代性"问题》，《文艺争鸣》第 2 期。

唐钺，1981，《告恐怖白话文的人们》，载郑振铎主编《新文学大 系·文学论争集》，上海文艺出版社。

天风，1919，《奏乐的小孩》，《新青年》第 6 卷第 6 号。

铁儿，1908a，《论家庭教育》，《竞业旬报》第 26 期 。

铁儿，1908b，《本报周年之大纪念》，《竞业旬报》第 37 期。

铁儿，1908c，《缝衣歌（The Song of the Shirt)》，《竞业旬报》第 31 期。

铁儿，1908d，《军人梦（Soldier's Dream)》，《竞业旬报》第 31 期。

铁儿，1908e，《弃父行（有序)》，《竞业旬报》第 25 期。

铁儿，1908f，《婚姻篇》，《竞业旬报》第 25 期。

铁儿，1908g，《适庵平话》，《竞业旬报》第 24 期。

汪晖，1997，《韦伯与中国的现代性问题》，载《汪晖自选集》， 广西师范大学出版社。

王东风，2010，《论误译对中国五四新诗运动与英美意象主义新 诗运动的影响》，《外语教学与研究》第 6 期。

王宏志，1999，《重释"信达雅"——二十世纪翻译研究》，上海 东方出版中心。

王宏志，2000，《"欧化"："五四"时期有关翻译语文的讨论》， 谢天振编《翻译的理论建构与文化透视》，上海外语教育出 版社。

王建军，1996，《中国近代教科书发展研究》，广东教育出版社。

王建开，2003，《五四以来我国英美文学作品译介史》，上海外语 教育出版社。

王珂，2007，《胡适没有受到意象派的真正影响——兼论胡适提 出"作诗如作文"的原因》，《中州学刊》第 2 期。

王克非，1997，《翻译文化史论》，上海外语教育出版社。

王宁，2002，《现代性：翻译文学与中国现代文学经典重构》，《文艺研究》第 6 期。

王铁仙，2003，《中国文学的现代转型及意义》，《中国社会科学》第 3 期。

王星拱，1920，《什么是科学方法?》，《新青年》第 7 卷第 5 号。

王佐良，1997，《另一面镜子：英美人怎样译外国诗》，载《王佐良文集》，外语教学与研究出版社。

闻继宁，1999，《胡适之的哲学》，三联书店。

吴相湘，2002，《胡适"但开风气不为师"》，载吴相湘、胡不归、毛子水、黄艾仁编《胡适传记三种》，安徽教育出版社。

吴虞，1985/1917，《儒家主张阶级制度之害》，载赵清、郑城编《吴虞集》，四川人民出版社。

吴虞、康有为，1985/1917，《君臣之伦不可废 驳议》，载赵清、郑城编《吴虞集》，四川人民出版社。

希疆，1906a，《社会小说真如岛》，《竞业旬报》第 3 期。

希疆，1906b，《社会小说真如岛》，《竞业旬报》第 4 期。

希疆，1906c，《社会小说真如岛》，《竞业旬报》第 6 期。

夏志清，1990，《夏志清先生序》，载唐德刚译《胡适杂忆》，华文出版社。

夏志清，2000，《胡适的情爱》，载沈卫威《自古成功在尝试——关于胡适》，北京广播学院出版社。

萧南，1995，《我的朋友胡适之》，四川文艺出版社。

谢天振，1999，《译介学》，上海外语教育出版社。

谢天振，2003，《翻译研究新视野》，青岛出版社。

谢泳，1999，《我们有没有自由主义传统》，《书屋》第 4 期。

徐志摩，1988，《徐志摩全集》第 4 卷《散文集丙、丁》，上海书店。

徐志啸，1999，《鲁迅早期与外国文学的关系》，《中国文学研究》

第 3 期。

严复，1923，《文录：严几道与熊纯如书札节钞》，《学衡》第 20 期。

杨德豫，1994，《用什么形式翻译英语格律诗》，载杨自俭、刘学云《翻译新论 1983—1992》，湖北教育出版社。

杨武能译，2000，《海涅诗选》，译林出版社。

叶威廉，1992，《中国诗学》，三联书店。

易白沙，1916，《孔子平议》（上），《青年杂志》第 1 卷第 6 号。

殷光海，2008，《五四的再认识》，载张建军、从丛编《殷光海哲学与文化思想论集》，南京大学出版社。

殷国明，1999，《20 世纪中西文艺理论交流史》，华东师范大学出版社。

余光中，2002，《余光中谈翻译》，中国对外翻译出版公司。

余光中，2003，《余光中谈诗歌》，江西高校出版社。

俞平伯，1981，《社会上对于新诗的种种心理观》，载胡适主编《中国新文学大系·建设理论集》，上海新文艺出版社。

张隆溪，1997，《非我的神话》，载史景迁《文化类同与文化利用》（第 2 版），北京大学出版社。

张新颖，2001，《20 世纪上半期中国文学的现代意识》，三联书店。

张中行，2007，《文言和白话》，中华书局。

章士钊，1981，《评新文化运动》，载郑振铎主编《新文学大系·文学论争集》，上海文艺出版社。

郑观应，1988，《盛世危言后编·自序》，载《郑观应集》（下册），上海人民出版社。

钟玲，2003，《美国诗与中国梦》，广西师范大学出版社。

仲密，1919，《思想革命》，《每周评论》第 11 期。

周策纵，1990，《论胡适的诗》，载唐德刚译《胡适杂忆》，华文出版社。

周策纵，2016，《五四运动史 现代中国的知识革命》，陈永明、张静译，世界图书出版公司。

周海波，2000，《两次伟大的文艺复兴——意大利无奈艺复兴运动与五四新文学》，《东方论坛》第 1 期。

周明之，2005，《胡适与中国现代知识分子的选择》，雷颐译，广西师范大学出版社。

周宪、许均，2004，《现代性研究译丛总序》，载卡林内斯库《现代性的五副面孔》，顾爱彬译，商务印书馆。

周依萍译，1994，《歌集海涅》，东方出版社。

周振环，1996，《影响中国近代社会的一百种译作》，中国对外翻译出版公司。

周质平，1998，《胡适与韦莲司——深情五十年》，北京大学出版社。

周质平，2002，《胡适与中国现代思潮》，南京大学出版社。

周作人，1985，《〈扬鞭集〉序》，载杨匡汉、刘福春《中国现代诗论》，花城出版社。

朱尔迈，1918，《会葬唐烈妇记》，《中华新报》，7 月 23 日、24 日。

朱光潜，1985，《心理上个别的差异与诗的欣赏》，载杨匡汉、刘福春《中国现代诗论》，花城出版社。

朱经白、胡适、任鸿隽，1918，《通信：新文学问题之讨论》，《新青年》第 5 卷第 2 号。

朱湘，1926，《新诗评：一：尝试集》，《晨报副刊：诗刊》第 1 期。

朱自清，1946，《语文零拾》，名山书局。

朱自清，1981，《中国新文学大系·诗集导言》，《中国新文学大系·诗集》，上海文艺出版社。

樽本照雄，2000，《清末民初的翻译小说》，载王宏志《翻译与创作——中国近代翻译小说论》，北京大学出版社。

佐哈尔，2002，《多元系统论》，张南峰译，《中国翻译》第 4 期。

Alvarez, Roman, and M. Carmen-Africa Vidal, 1996. "Translating: A Political Act." In *Translation, Power Subversion*, edited by Roman

Alvarez and M. Carmen-Africa Vidal. Mul-tilingual Matters Ltd.

Barbara, Barbara. 1990. "Theorizing Feminist Discourse/Translation." In *Translation, History and Culture*, edited by Susan Bassnett and Andre Lefevere. London: Cassell.

Bassnett-Mcguire, Susan. 1991. *Translation Studies revised edition*. London and New York: Routledge.

Bassnett, Susan. 1993. *Comparative Literature: A Critical Introduction*. Oxford: Blackwell.

Bassnett, Susan. 1996. "The Meek or the Mighty: Reappraising the Role of The Translator." In *Translation, Power, Subversion*, edited by Roman Alvarez and M. Carmen-Africa Vidal. Multilingual Matters Ltd.

Bassnett, Susan. 1997a. *Translating Literature*. Cambridge: D. S. Brewer.

Bassnett, Susan. 1997b. "Intricate Pathway: Observations on Translation and Literature." In *Tranalating Literature*, edited by Susan Bassnett. D. S. Brewer.

Bassnett, Susan. 1998. "When a Translation Is not a Translation?." In *Constructing Culture: Essays on Literary Translation*, edited by Susan Bassnett and Andre Lefevere. Multilingual Matters Ltd.

Bassnett, Susan, and Andre Lefevere. 1998. *Constructing Cultures: Essayson literary Translation*. Multilingual Matters.

Bassnett, Susan, and Harish Trivedi. 1999. *Post-colonial Translation Theory and Practice*. London and New York: Routledge.

Boase-Beier, Jean, and Michael Holman. 1998. *The Practices of Literary Translation*. St. Jerome.

Brisset, Annie. 2000. "The Search for a Native Language: Translation and Cultural Identity." In *The Translation Studies Reader*, by Lawrence Venuti. London and New York: Routledge.

Catford, J. C. 1965. *A Linguistic Theory of Translation*. London: Oxford University Press.

Cunliffe, Marcus. 1975. *American Literature Since* 1900. Sphere Refernce.

Donoghue, Denis. 1989. "Translation in Theory and in a Certain Practice. " . In *The Art of Translation*, by Rosanna Warren. Boston: Northeastern University Press.

Even-Zohar, Itamar. 2000. "The Position of Translated Literature within the Literary Polysystem. " In *The Translation Studies Reader*, edited by Lawrence Venuti. London and New York: Routledge.

Gentzler, Edwin. 1993. *Contemporary Translation Theories*. London: Routledge.

Hermans, Theo. 1999a. *Translation in Systems: Descriptive and Systemic Approach Explained*. St. Jerome Publishing.

Hermans, Theo. 1999b. "Translation and Normativity. " In *Translation and Norms*, edited by Christina Schaffner. Clevedon: Multlingual Matters Ltd.

Irina, Zimnyaya. 1993. "A Psychological Analysis of Translation as a Type of Speech Activity. " . In *Translation as Social Action*, by Zlateva Palma. London: Routledge.

Lefevere, Andre. 1992. *Translation, Rewriting and the Manipulation of Literary Fame*. London & New York: Routledge.

Lefevere, Andre. 1997. "Translation and the Creation of Imagea, or Excuse Me, Is This the Same Poem? . " In *Translatiing Lierature*, edited by Susan Bassnett. D. S. Brewer.

Malmkjaer, Kirsten. 1998. "Literary Translation as a Research Sourse for Linguistics. " In *Rimbaud's Rainbow: Literary Translation in Higher Education*. Amsterdam and Philadelphia: John Benjamins

Publishing Company.

Newmark, Peter. 1993. *Paragraphson Translation*. Multilingual Matters.

Reiss, Katharina, and Hans J Vermeer. 1984. *Grundlegung einer allgemeinen Translations theorie*. Tubingen: Niemeyer.

Toury, Gideon. 1995. *Descriptive Translation Studies and Beyond*. John Benjamins Publishing Company.

Venuti, Lawrence. 1995a. "Translation and the Formation of Cultural Identities." In *Cultural Functions of Translation*, edited by Christian Schaffner and Helen Kell-Holmes. Multilingual Matters, Ltd.

Venuti, Lawrence. 1995b. *The Translator's Invisibility: A History of Translation*. London: Routledge.

Venuti, Lawrence. 1996. "Translation and the Pedagogy of Literature." *College English*, Vol. 58, No. 3 March.

Waldrop, Rosmarie. 1984. "The Joy of the Demiurge." In *Translation: Literary, Linguistic, and Philosophical Perspectives*, edited by William Fraw Ley. Newark: University of Delaware Press.

图书在版编目（CIP）数据

胡适诗歌翻译与中国新诗文化转型／蒙兴灿，熊跃
萍著. -- 北京：社会科学文献出版社，2022.12（2023.9 重印）
　ISBN 978 - 7 - 5228 - 1006 - 5

　Ⅰ.①胡…　Ⅱ.①蒙…②熊…　Ⅲ.①胡适（1891 -
1962）- 诗歌 - 翻译 - 文学研究②新诗 - 诗歌研究 - 中国
Ⅳ.①I207.22②I207.25

中国版本图书馆 CIP 数据核字（2022）第 205603 号

胡适诗歌翻译与中国新诗文化转型

著　　者／蒙兴灿　熊跃萍

出 版 人／冀祥德
责任编辑／赵　娜
文稿编辑／张静阳
责任印制／王京美

出　　版／社会科学文献出版社·群学出版分社（010）59367002
　　　　　　地址：北京市北三环中路甲 29 号院华龙大厦　邮编：100029
　　　　　　网址：www.ssap.com.cn
发　　行／社会科学文献出版社（010）59367028
印　　装／唐山玺诚印务有限公司

规　　格／开 本：787mm×1092mm　1/16
　　　　　　印 张：17.25　字 数：225 千字
版　　次／2022 年 12 月第 1 版　2023 年 9 月第 2 次印刷
书　　号／ISBN 978 - 7 - 5228 - 1006 - 5
定　　价／98.00 元

读者服务电话：4008918866